Christian Amling * Bonnie und Claus

Christian Amling

Bonnie und Claus

Kriminalroman

dr. ziethen verlag
Oschersleben

Bibliografische Information der Deutschen Nationalbibliothek:
Die Deutsche Nationalbibliothek verzeichnet diese Publikation
in der Deutschen Nationalbibliografie; detaillierte bibliografische
Daten sind im Internet über http://dnb.d-nb.de abrufbar.

Friedrichstraße 15a, 39387 Oschersleben
Telefon 03949 4396, Fax 03949 500 100
www.dr-ziethen-verlag.de
email: info@dr-ziethen-verlag.de
2017

Satz & Layout dr. ziethen verlag
Umschlaggestaltung und Foto frotispiz: Signa Graphic Design
Atelier Fischer
Autorenfoto auf dem Umschlag: Magdalena Dreysse
Zeichnung S. 175: Jochen Müller
Satz mit QuarkXPress auf Macintosh
Schrift: GillSans, Frutiger
Druck: Halberstädter Druckhaus GmbH
ISBN: 978-3-86289-149-8

Frauen sind schon geplagte Wesen, pflegte die Mutter immer zu sagen. Dieser Gedanke kreiste in ihrem Kopf, als sie das Treppchen hinabstieg, dass von der Frauenarzt-Praxis auf die Straße führte. Eine dieser Plagen waren die empfohlenen Routineuntersuchungen beim Ritzengucker, wie sie das nannte. Etwas unentschlossen schaute sie um sich. Der Arzt ihrer Wahl praktizierte in Halberstadt, dem Verwaltungszentrum des Harzkreises. Obwohl die Stadt, wenn man es objektiv sah, schon ziemlich weit entfernt von der dunstigen Nordkante des kleinen Gebirges lag.

Gelassen spazierte sie zur Ausfahrtstraße nach Quedlinburg. In dieser mittelalterlichen Fachwerkstadt befand sich ihr Wohnsitz, allerdings nicht „im Welterbe", sondern etwas weiter außerhalb. Die Straße zielte schnurgerade nach Süden, so dass man ewig weit blicken konnte. In einiger Entfernung befand sich eine Bushaltestelle. Als sie die erreichte, nahm sie mit leichtem Frust schnell wahr, dass der Bus vor kurzem hier gehalten hatte. Der Nächste würde noch ziemlich lange auf sich warten lassen.

Die Luft war vorsommerlich lau, und ihr Gleichmut kehrte alsbald zurück. Quedlinburg und Halberstadt lagen weniger als 20 Kilometer voneinander entfernt, also kein Grund zur Panik. Sie war zwar schon etliche Jahre nicht mehr getrampt, aber auf dieser kurzen, geraden Strecke würde es bestimmt richtig Spaß machen. Als sie einst studiert hatte, sammelte sie einige Erfahrungen auf diesem Spezialgebiet der Fortbewegung. Also ging sie an der Bushaltestelle vorbei und nahm Kurs auf das imaginäre Stadtende.

Während früher der Ausgang einer Ortschaft ziemlich genau definiert war – zumeist durch das Ortsausgangsschild, kleckerten heutzutage noch ewig weit gewerbliche Ansiedlungen, Tankstellen und Wohnhäuser in den Außenbereich und zerstörten die ehemalige natürliche Landschaft. Sie schritt jetzt fast auf der weißen Sperrlinie des Randstreifens und hielt zwei-, dreimal die Hand in den außerordentlich spärlich fließenden Mittagsverkehr.

Normalerweise hätte bei solch einer hübschen, hochgewachsenen, sonnengebräunten Frau jeder anhalten müssen, aber was war heutzutage schon noch normal. Die Menschen hatten einfach Angst vor allem und jedem, zumeist fremderzeugte und eigenverstärkte Angst. Ein junger Mann in Bayern warf vor einigen Tagen eine neugeborene Katze an die Wand. Obwohl das jeder Bauer tut, dessen drei Katzen neun Mal im Jahr Junge bekommen, war es der „Mitteldeutschen Zeitung" eine Viertel Seite wert, den ausgedehnten Polizeieinsatz minutiös zu beschreiben. Nun gut, sie selbst hatte die Tierschutz-Partei gewählt, weil ihr die Etablierten, einschließlich Der Grünen auf den Geist gingen mit ihrer biedermeierlichen Schmusepolitik. Wahrscheinlich würde der nächste Gang zur Wahl ausfallen …

Das Quietschen von Bremsen riss sie aus diesen tiefsinnigen Grübeleien, und hinter ihr hielt in einer Staubwolke ein Kleinwagen auf dem Seitenbankett. Mit wenigen Sprüngen erreichte sie das Beifahrerfenster. Die Scheibe war bereits heruntergefahren. Aus dem Inneren des schwarzen Mercedes A 2 schauten ein Paar fragende blaue Augen.

„Hallo!", rief sie und lächelte zurück. „Nehmen Sie mich mit nach Quedlinburg?"

„Komm rein!", sagte der Fahrer mit irgendwie befehlsgewohnter Stimme, in der allerdings ein durchaus freundlicher Unterton mitschwang.

Schnell öffnete sie die Tür und ließ sich in den Beifahrersitz gleiten. Dabei durfte man weder tolpatschig noch ruppig erscheinen. Das konnten viele Fahrer nicht ausstehen. Dann stellte sie sich vor: „Ich bin Bonnie!"

Für einen kurzen Moment schaute er sie an und lächelte, dann gab er Gas und fuhr auf die Piste. Dabei antwortete er: „Und ich bin Claus!"

Verstohlen musterte sie den Mann, der sich scheinbar nur auf die Straße konzentrierte. Soweit man das bei einem Sitzenden im PKW beurteilen konnte, war er recht groß, kräftig gebaut und muskulös. Der Kopf war geprägt durch einen markanten Unterkiefer mit hervortretenden Muskeln, der penibel rasiert war, wie auch die knochige Wangenpartie. Die Brauen waren hell und buschig. Die Haare wuchsen üppig blond, oben borstig und über den Ohren kurz geschoren. In dem ihr zugewandten Ohr saß ein kleiner goldener Ohrring. Der Oberkörper war in ein grünes T-Shirt gezwängt, aus dem sehnige, braungebrannte Arme und Hände zum Lenkrad ragten. Die Beine wurden von einer grauen Rangerhose mit Schenkeltaschen verhüllt. Eigentlich fehlen nur noch die Schulterstücken, dachte Bonnie. Nichtsdestotrotz – der Mann gefiel ihr!

Jetzt drehte er ihr das Gesicht zu: „Hast du keine Angst, hier als Frau so per Anhalter zu fahren?"

Bonnie grinste: „Nö, so schnell schafft mich keiner. Außerdem ist die Wahrscheinlichkeit geringer als die Leute so denken."

„Hm!", machte er. „Musst du nur bis Quedlinburg oder weiter?"

„Nur bis Quedlinburg", erwiderte sie und legte den Kopf schief. „Und du?"

„Noch über den Harz und immer weiter", meinte er und lachte sie offen an

„Schade!", sagte sie. „Ich hätte dich sonst noch zu einem Kaffee auf dem Markt eingeladen. Für's Mitnehmen."

„Oh, welch schöne Idee!", lachte Claus. „Von mir aus gern. Ich muss erst in drei Tagen am Ziel sein."

Bonnie lachte ebenfalls, verbiss sich aber die Frage, welcher Art dieses Ziel wäre. Derartig intime Fragen stellt ein Tramper in der Regel nicht, schon gar nicht nach wenigen Minuten. Stattdessen sagte sie: „Ich habe es ernst gemeint mit dem Kaffee. Wir müssten nur irgendwo das Auto abstellen, denn bis auf den Markt darf man nicht fahren. Warst du schon mal in Quedlinburg?"

„Eigentlich nicht. Vor vielen Jahren bin ich dort auf einer nächtlichen Feier gewesen, habe aber nur noch enge, dunkle Gassen in Erinnerung", erwiderte er und fuhr bereits durch ein früheres Vorwerk der Stadt, den Münchenhof, den Hof der Mönche. Nun kam nur noch eine Gerade und dann hatten sie die Stadt erreicht.

„Hier fällt mir immer eine Geschichte ein!", lachte Bonnie.

„Erzähl sie!", befahl Claus.

„Eines Tages fährt eine blonde Frau mit Einhundert durch den Münchenhof, obwohl nur Sechzig erlaubt sind", begann sie grinsend.

„Ojeh! Ich bin auch Achtzig gefahren", stöhnte der Mann.

„Auf der anderen Seite steht natürlich die Polizei", fuhr Bonnie ungerührt fort; „und hält sie an. Eine Polizistin kommt und weist sie zurecht: 'Zeigen Sie mal Ihre Fahrerlaubnis!'

'Fahrerlaubnis? Was ist das denn?' fragt die blonde Frau aufgeregt.

'Na das, wo Ihr Bild drin ist', sagt die Polizistin.

'Ach so, ach so!", meint die blonde Frau und kramt in ihrer Handtasche. Endlich zieht sie ihren Taschenspiegel vor und hält ihn glücklich der Polizistin entgegen. 'Hier, bitte!'

Die Polizistin schaut hinein und sagt lachend: 'Das hättest du doch gleich sagen können, dass du 'ne Kollegen bist!!'"

„Eine sehr lustige Geschichte", meinte Claus vergnügt. „Gott sei Dank, dass die Polizistin heute nicht dastand!"

Bonnie ließ den Mann in der Wallstraße parken und ging mit ihm durch den Park einer imposanten neugotischen Villa.

Dabei durchquerten sie den noch teilweise erhaltenen Stadtmauerring und befanden sich gleich darauf in den romantischen Gässchen der Altstadt. Ihr war bewusst, dass sie optisch ein interessantes Pärchen abgaben, als sie langsam über den sonnigen Markt bummelten. Claus war tatsächlich etwa zwei Meter groß und kam dem Bild eines Filmhelden sehr nahe.

Bonnie kratzte allerdings ebenfalls an der Einsachtzigmetermarke. Heute trug sie eine schwarze Lederhose und ein schwarzes T-Shirt, die Tätowierungen auf ihren gebräunten Armen wurden von einem kurzen, schwarzen Jäckchen halb verdeckt, um den Hals legte sich eine großgliedrige Silberkette. Selbstverständlich waren auch die aufgesteckten Haare pechschwarz, und nur die blaugrünen Augen ließen erahnen, dass das vielleicht nicht mehr der ursprüngliche Ton war.

Der Quedlinburger Marktplatz besitzt ungefähr die Größe eines Fußballfeldes und wird von mindestens einem halben Dutzend Cafés dominiert. Die Bebauung setzt sich aus Bauwerken verschiedenster Stilrichtungen zusammen, dabei überwiegt die schon etwas ältere Neuzeit gegenüber dem Fachwerk. An einer Stirnseite thront das markante Rathaus mit seiner von wildem Wein bewachsenen Fassade. Neben der breiten Granittreppe, die zum Eichenholzportal führt, posiert ein ziemlich kleiner Roland mit senkrecht nach oben gezücktem Schwert. Er ist aus vielen Fragmenten gut sichtbar zusammengestückelt, denn anlässlich irgendeiner für die Quedlinburger peinlich verlaufenen historischen Auseinandersetzung wurde er vom Sockel geworfen und zerschlagen. Lange hatte dieses Wahrzeichen des freien Landhandels im Keller gelegen, bis man es wieder restaurierte.

In einem der Cafés wurde soeben ein sonniger Tisch frei, den Bonnie und Claus spontan okkupierten. Sie bestellte zwei Tassen Kaffee, und er fragte artig, ob sie dazu vielleicht noch einen Whisky mittränke. Den würde er aber auf seine Rechnung nehmen. Sie grinste zustimmend. Dann erklärte sie ihm die Besonderheiten des Welterbe-Status der mittelalterlichen Stadtanlage. Dieses einzigartige Ensemble von 1.200 Bauwerken und einer annähernd tausendjährigen Burganlage stellte eine Wiege der deutschen Reichskultur dar. Es wurde vor einigen Jahren in die Liste der Welterbe-Stätten der UNESCO aufgenommen und war damit gleichrangig mit den ägyptischen Pyramiden oder den Tempeln von Angkor Watt. Dabei zählten nicht nur die vielen Fachwerkhäuschen, sondern auch der im letzten Krieg völlig verschonte Gesamtgrundriss der von einem System von Mühlengräben durchzogenen Ackerbauernstadt, die sich durch trutzige Mauern vom sogenannten Schlossberg abgeschottet hatte, auf dem ein Freies Weltliches Damenstift über tausend Jahre lang mit dem europäischen Hochadel in engster Verbindung stand. Sogar bis zu einem „Krieg" führte diese gesellschaftspolitische Konstellation!

Claus hörte schweigend und aufmerksam zu. Dann hob er das Whiskyglas und sagte: „Auf meine kluge Stadtführerin!"

Sie nippte vorsichtig an der heißen Kaffeetasse und prostete zurück. Am Nebentisch saßen drei Frauen und unterhielten sich ziemlich laut über den Inhalt eines Buches, das sie einfach fantastisch fanden. Darin ging es um eine Frau, die ganz allein fast zehntausend Kilometer durch Asien gewandert war. In der Wüste hatte sie einen Rucksack mit ihren Habseligkeiten getragen und vor sich eine hölzerne Karre mit sechzig Litern Wasser geschoben.

„Diese Frau muss bescheuert gewesen sein“, sagte Bonnie und sah den Mann dabei provokant an. „Oder würdest du derartigen Schwachsinn machen?“

Er blickte sie mit einem leichten Schmunzeln an: „Ich habe so etwas bereits mehrere Male getan.“

Sie schlug ihm mit der Faust auf den prallen Bizeps und lachte tief: „Das sieht man!“

Die Frauen am Nebentisch hatten ihr Gespräch unterbrochen und schauten empört zu den beiden, die sich darum allerdings überhaupt nicht scherten. Flüchtig nahm Bonnie einen Typen wahr, der diese kleine Pöbelei interessiert verfolgt hatte. Er saß allein an einem Tisch und trank ein Bier. Auffällig waren die langen dunkel-ergrauten Haare, die bis auf die Schultern fielen, denn der Mann sah durchaus schon etwas betagt aus. Unter seinem Tisch lag ein ebenfalls in die Jahre gekommener schwarzer Altdeutscher Schäferhund.

„Wollen wir weiterziehen?“, fragte sie und schaute ihn auffordernd an. „Wenn du hier erst ein paar Gassen im Dunkeln gesehen hast, wäre es ja eigentlich meine Pflicht, dir noch die Burg zu zeigen.“

Ein belustigter dunkelblauer Blitz traf sie: „Oh ja, das wäre keine schlechte Idee. Ich zahle nur schnell!“

„Ich habe dich eingeladen!“, begehrte sie lachend auf.

„Lass dich überreden!“, gab er in diesem leichten Befehlston zurück und winkte der Kellnerin.

Einige Minuten später verließen sie den Marktplatz und schlenderten durch krumme Straßen bis ans nahe Ende der Altstadt. Hier gab es ein Stück Stadtmauer zu sehen und auf einer großen, über hundert Jahre alten Bronzetafel war das Abbild vom „Hohen Tor“ dargestellt, einem Stadttore, das im 19. Jahrhundert abgerissen worden war. Leider hatte die Quedlinburger Bürgerschaft in der Aufbruchstimmung der Gründerjahre den nicht wieder gutzumachenden Fehler begangen – ohne Not –, alle zehn Stadttore abzureißen. Ohne diese Dummheit wäre das Welterbe heutzutage noch viel einzigartiger. Aber das Begehen von Leichtfertigkeiten war hier außerordentlich beliebt.

Bonnie plauderte sachkundig über dieses Faktenwissen, sie hatten nun das sogenannte Westendorf erreicht. Sie erzählte die Sage von König Heinrich am Finkenherd und verwies mit einem legeren Armschlenker auf das Klopstock-Haus und die Lyonel-Feininger-Galerie. Anschließend erklommen sie den Wehrgang hinauf zur eigentlichen Burganlage.

Bis auf wenige kurze Fragen war der Mann stumm geblieben, aber sie sah an seinen umherschweifenden Blicken, dass er voll bei der Sache war. Sie konnte es vor ihrem Inneren nicht verhehlen, dass er ihr zunehmend gefiel. Sein Körper war ausgesprochen trainiert, das Emporkraxeln über den knorrigen Katzenköpfen, auf denen manchen Touristen fast die Fußgelenke brachen, machte ihm offensichtlich überhaupt nichts aus. Immer wieder nahm sie die kurzen Blicke auf, mit denen er sie heimlich musterte, aber sie enthielt sich dazu jeglicher Äußerung.

Das Erreichen der oberen Quitilingaburg stellt einen echten Höhepunkt dar, nicht nur für sensible Menschen, sondern ureigentlich für jeden Ankömmling. Die gesamte Anlage steht auf einer Sandsteinklippe, die der Nordharzer Schichtrippenlandschaft zugehört. An vielen Stellen tritt noch der von starken Eisenadern durchzogene Quarzsandstein zutage. Die obere Ebene wird dominiert vom eigentlichen barocken Schlosstrakt und der romanischen Anlage der Stiftskirche mit den Gräbern Heinrich I. und seiner Frau Mathilde, den Begründern des Ottonen-Geschlechts. Nach diesem „Auslauf“ schließt sich der sogenannte Barockgarten an, eine von früheren Gebäuden bereinigte Fläche. Von hier aus genießt der Betrachter eine wundervolle Rundumsicht über den Harz, sein Vorland und über die Stadt Quedlinburg. All diese Einmaligkeiten erklärte sie dem Mann. Bonnie wusste auch, dass dieser Ausblick ganz akut gefährdet war, denn die momentanen Stadtväter wollten sich mit ausufernden Einfamilienhaus-Siedlungen, aber insbesondere auch mit einem Industriegebiet in dieser herrlichen Landschaftskulisse beliebt machen.

Sie zweifelte sehr daran, dass dies der richtige Weg war, wenn er sogar von der UNESCO stringent abgelehnt wurde. Aber über so etwas setzte man sich in Quedlinburg selbstverständlich lässig hinweg.

Natürlich gab es hier einen „Schlosskrug", der für sie zu den schönsten Lokalitäten der Stadt gehörte. Die Kellnerin Simone brachte Speisen und Getränke. Die beiden hübschen Frauen kannten einander. Bonnie und Claus erhielten einen Sitzplatz neben der Mauer, über die man das Panorama der Kaiserstadt voll auf dem Präsentierteller liegen hatte.

Diesmal unterbrach der Mann sein Schweigen: „Bist du eigentlich Fremdenführerin?"

Sie lachte übermütig: „Diesen Vortrag hätte dir theoretisch jeder interessierte Quedlinburger halten können."

„Hm!", machte er. „Darf man trotzdem fragen, was du tagsüber so treibst?"

„Na ja, wenn's unbedingt sein muss", erwiderte sie ein wenig verstimmt. „Ich bin die ewige Studentin. Biologie, Germanistik, Sprachen. Ich übersetze Fachtexte, zum Beispiel vom Deutschen ins Englische. Viele Wissenschaftler sind da nicht so perfekt."

„Interessant! Gibt es denn hier Wissenschaftler?", fragte er und bestellte zwei Bier.

„Jede Menge! Hier gibt es das Julius-Kühn-Institut für Züchtungsforschung und das Institut für Phytogenetik in Gatersleben. Wir sind doch eine Hochburg für Pflanzenzüchtung, schon seit über hundert Jahren", erklärte sie ihm und erzählte dann vom Regenschatten des Harzes und dem Brockenmassiv, die dieses Gebiet zum Regenärmsten Deutschlands machen.

Der Mann lachte: „Und wo wohnst du in diesem wundersamen Landstrich?"

Bonnie zögerte mit der Antwort. Eigentlich war sie eine Einzelgängerin, aber der Mann gefiel ihr ausgesprochen gut. Er strahlte eine animalische Neutralität aus, so eine souverän dominante Güte. Sie war schon länger mit keinem Partner mehr zusammen gewesen, und es hatte ihr auch niemand gefehlt – bis vor wenigen Stunden. Deshalb entschloss sie sich: „Ich wohne dort drüben im Süden der Stadt. Man kann es von hier aus schlecht sehen. Dazu müssten wir auf die Südseite der Terrasse gehen. Es ist ein kleiner Vorort, der ungefähr drei Kilometer von hier entfernt liegt."

„So weit?", erkundigte er sich mit einem provokanten Unterton. „Und wie kommst du dorthin?"

Sie wusste sofort Bescheid und ein gewisses Gefühl durchzog ihren Körper. „Indem du mich dorthin bringst …"

Einige Zeit später erreichten sie den Vorort. Dazu mussten sie von der Landesstraße abbiegen und eine breite Einfahrt passieren, vor der merkwürdigerweise ein gelbes Ortseingangsschild stand mit dem seltsamen Namen „Quarmbeck". Daneben prangte ein breites handgemaltes Transparent aus rotem Fahnenstoff mit der weißen Aufschrift „Nein zum Abriss! Quarmbeck bleibt!"

Der Mann fuhr sehr langsam und sagte: „Nette Wohngegend. Fängt bei euch eigentlich alles mit einem Q an?"

Bonnie grinste: „Mach dich nicht lustig! Die Lage ist sehr ernst! Fahr erst mal ein Stück hinein und geradeaus."

Claus gehorchte, hielt aber gleich nach diesem breiten Einlass wieder an, um sich umzuschauen. Die Straße führte geradeaus weiter, links stand eine Villa, gleich dahinter war eine Kindereinrichtung mit Rutsche und Sandkasten, rechts begann in einiger Entfernung eine Reihe von DDR-Neubaublöcken. Irgendwo erahnte man einen Zaun aus dunkelgrünem Sicherheits-Maschendraht, der quer durchs Bild führte. Dann kam rechts ein langgestreckter Flachbau mit einem eigenartigen gewellten Flachdach, dahinter erstreckten sich mehrere bis zu fünfgeschossige Wohnblöcke.

Auf der linken Seite präsentierte sich eine andere Architektur. Das waren große, langgestreckte Häuser, zweigeschossig, obendrauf Satteldächer mit Gauben. Zuerst kam ein L-förmiger Bau mit einem Relief auf der Frontseite. Darauf standen zwei nackte Krieger in freundschaftlicher Pose beieinander, der eine hielt ein gesenktes Schwert. Sie sah, dass Claus es ebenfalls sah. Aber er enthielt sich jeden Kommentars. Würde er seine modischen Army-Klamotten ausziehen, sähe er sicherlich genauso aus, dachte sie.

Diese Architektur grenzte im Karree einen weiten Rasenplatz ein, größer als ein Fußballfeld. Es gab eine Reihe von Garagen mit alten braunen Holztoren, denen man ansah, dass darin niemals Pkws, sondern wesentlich größere Fahrzeuge standen.

Claus gab Gas und fuhr geradeaus auf der „Straße des Friedens". Die Fahrbahn war ein einziger Flickenteppich aus Betonplatten und Asphaltfetzen. Eine Minute später bog er nach ihrer Anweisung links auf die „Otto-Lilienthal-Straße" ab. Nun waren sie nur noch von dieser etwas ältlichen Architektur umgeben.

Doch jetzt kam eine gewisse Veränderung. Es handelte sich um einen eingeschossigen Bau, in dem offensichtlich einst Gewerbe betrieben wurde. Für Kenner besaß er eindeutig perfektes DDR-Flair. Bonnie ließ ihren Chauffeur anhalten. Auf einer Terrasse aus brüchigem, dunkelgrauen Beton saßen Männer und Frauen an einigen alten Bier-Tischen. Sie schauten neugierig auf das angekommene Fahrzeug. Über ihnen stand in alten, halb zerbrochenen Buchstaben „Quarmbecker Klause".

„Lass uns mal kurz hingehen!", bat Bonnie. „Da sitzen meine Leute."

Er schaute sie mit leicht erstaunten Augen an: „Wieso das?"

„Ich bin hier geboren!", erwiderte sie beschwingt und öffnete die Tür seines Wagens.

Die Leute winkten ihr zur Begrüßung zu und riefen: „Hallo, Bonnie!" Sie schüttelte Hände und begrüßte alle reihum. Angelika, eine von ihnen, fragte: „Bringst du deinen Freund nicht mit?"

Erst jetzt schaute sie sich um. Claus war im Auto sitzen geblieben.

„Er ist immer so schüchtern", meinte sie verlegen. „Außerdem kennen ich ihn erst seit ein paar Stunden."

„Dann fahr mal schnell mit ihm nach Hause", sagte Axel, der Wirt. „Du hast nicht mehr viel Zeit. In drei Tagen beginnt der Abriss."

„Oh, Scheiße!", stammelte Bonnie.

„Zieh' endlich zu uns!", forderte Angelika und alle anderen stimmten energisch zu. „Wir haben genug Platz für dich!"

„Bis bald!", würgte Bonnie hervor und rannte zum Auto zurück. Dort ließ sie sich neben Claus in den Sitz fallen. „Ich wohne dort drüben.Auf der anderen Seite des Exerzierplatzes!"

Claus zog die Stirn etwas kraus, blieb aber stumm und fuhr weiter um das Karree, bis sie nach einer Zweihundertsiebzig- Grad-Drehung einen langgestreckten Block der alten Sorte erreichten, der praktisch die westliche Landschaft mit der Landesstraße, auf der sie gekommen waren, vom restlichen Wohngebiet abschirmte. Dort gab es auch einen Balkon mit einem Sonnenschirm darauf.

„Das war die Kommandantur", erklärte Bonnie, die sich nun wieder gefangen hatte. „Dort wohne ich. Du kannst dein Auto hinter die Büsche stellen."

Sie stiegen aus und gingen zur Haustür. Dabei sagte sie: „Gleich lernst du Cuno kennen."

Claus zuckte leicht zusammen: „Dein Mann oder dein Sohn?"

„Lass dich überraschen!", neckte sie ihn und streckte den Hintern beim Aufschließen betont in seine Richtung. „Du brauchst keine Angst zu haben."

„Du bietest nicht gerade wenige Überraschungen", entgegnete er mit knurrigem Unterton. Aber dann sah er nur noch ihr die Terrazzo-Treppe hinaufeilendes Hinterteil und folgte.

Im Obergeschoss öffnete sie eine Wohnung und lief zu einem Zimmer. Sie machte die Tür auf und rief mit fröhlicher Stimme: „So, ich bin wieder da. Brauchst nicht länger warten! Am besten, wir gehen mal ins Freie!"

Vorsichtig sichernd war ihr der Mann gefolgt. Aus dem Zimmer ertönte ein undefinierbares Schnaufen, dann drängte sich etwas großes Dunkles an ihr vorbei auf den Flur. Dort machte es zwei bullige Hopser und blieb dann mit einem überraschten „Wuff!" vor Claus stehen. Dieser wich mit einem gleichfalls unartikulierten Aufschrei ein Stück zurück.

„Cuno! Sei schön brav! Das ist Claus!", lachte Bonnie aus vollem Halse. Sie fand diese Szene extrem lustig. Die Begegnung der beiden Ungeheuer. Sie konnte sich gar nicht wieder einkriegen vor Lachen.

„Ist ja gut!", befahl der Mann, musste aber nun selber mitlachen.

Sie drängte sich an ihm vorbei. Dabei umfasste er mit sehnigen Händen ihre Hüfte und hielt sie drei Sekunden lang fest. Das war ihre erste wirkliche Berührung. Trotzdem meinte sie mit einem warmen Blick: „Ich muss ihn erst mal rauslassen. Er war den ganzen Tag allein. Brauchst du noch irgendwas aus dem Auto?"

Noch direkter ging die Aufforderung zum Hierbleiben nicht mehr, und er folgte ihr auch sofort die Treppe hinunter. Unten angekommen, raste Cuno wohlerzogen in ein Gebüsch. Erst danach drehte er eine große Runde auf dem Exerzierplatz, jener großen Rasenfläche, die noch von einigen jener langgezogenen Gebäude gesäumt war. Diagonal liefen zwei Fußwege darüber. Der große Hund raste über die Fläche und kam auch bei der „Quarmbecker Klause" an, wo die Gesellschaft gerade im Aufbruch war und ihnen von weitem herüberwinkte. Hier kannten sich alle gut.

„Dein Cuno ist ja ganz schön heftig", sagte Claus. „Was für ein Hund ist das eigentlich?"

Sie wandte die Augen vom Hund ab und antwortete: „Ein Mischling zwischen Rottweiler und Dobermann. Ich habe ihn, seit meine Eltern tot sind."

Er wiegte mit bedenklichem Grinsen den Kopf. „Und verrätst du mir auch, wohin ich hier eigentlich geraten bin?"

Bonnie schmunzelte. „Okay, ich fange an. Aber wenn Cuno wieder hier ist, gehen wir erst mal rauf, damit wir den Sonnenuntergang nicht verpassen. Die Geschichte ist etwas länger."

Obwohl Frühsommer war, neigte sich die Sonne schon merklich und verschwand gerade hinter dem langgestreckten Block, in dem sie wohnte.

Sie gingen noch ein paar Schritte bis an den Rand der Wiese, auf der Cuno jetzt schnüffelnd zurücktrottete. Dann begann sie: „Du bist auf dem sogenannten Römerwall. Das war einer der Lieblings-Fliegerhorste von Adolf Hitler und Heinrich Himmler. Du hast sicherlich schon bemerkt, dass dies hier militärische Bauten sind. Einige wurden bereits abgerissen, weshalb wir jetzt über diesen Exerzierplatz schauen können. Sie wurden im Dritten Reich gebaut, es gab eine Aufklärungseinheit und eben den Fliegerhorst mit Personal und Zivilbeschäftigten."

„Aber wieso hier?", warf er ein, und sie sah, dass ihn das sehr interessierte.

„Ich habe dir heute hauptsächlich den architektonischen Teil von Quedlinburg erklärt. Quedlinburg wird aber auch 'die heimliche Hauptstadt des Reiches' genannt", fuhr sie fort. „Die Stadt ist 1.100 Jahre alt. Sie war die Lieblings-Pfalz von König Heinrich I., der hier mit seiner Frau Mathilde das Kaisergeschlecht der Ottonen begründete. Nach Heinrichs frühem Tod übernahm Mathilde die Herrschaft, später begründete sie auf der Quitilingaburg ein Freies Weltliches Damenstift. Darin wurden junge Mädchen aus dem Hochadel für eine zukünftige Heirat mit den jeweiligen Herrschern Europas vorbereitet. So schuf man Verbandelungen zwischen den großen Häusern. Heute würde man sagen, Quedlinburg war eine Gattinnen-Schmiede für den europäischen Hochadel. Diesen Status behielt das Schloss über viele Jahrhunderte.

Das machten sich die Nazis natürlich zu eigen. Sie begründeten eine sogenannte 'Jungborn-Stätte'. In verfremdeter Form wie bei den Äbtissinnen sollte hier eine Elite herangezüchtet werden. Genetisch auserwählte Knaben und Mädchen mit besonderen geistigen und körperlichen Eigenschaften sollten im Dritten Reich hier gekreuzt werden – zur Schaffung einer Elite."

„Pfui, Teufel!", fiel ihr der Mann ins Wort. „Weiß das überhaupt jemand?"

„Hier schon, bloß man verdrängt es weitgehend", antwortete sie. „Aber es geht ja noch viel weiter.

Wir sind heute nicht in die Stiftskirche gegangen und haben uns die Gräber von Heinrich und Mathilde angeschaut. Heinrich Himmler wähnte sich nämlich als Reinkarnation von Heinrich I. Er soll sich bei einer großen Show mit der Hebebühne aus dem Grab des Sachsenkönigs haben auferstehen lassen."

„Und was haben die Leute in der DDR dazu gesagt", erkundigte er sich. „War ihnen das nicht sehr peinlich?"

„Ich glaube nicht, im Westen gab es doch auch jede Menge Altnazis", fuhr sie lax fort. „Noch bis vor wenigen Jahren sprach man auf Dom-Führungen von den beiden großen Heinrichen, die mit dieser Kirche verbunden sind: Heinrich dem Ersten und Heinrich dem Himmler. Allerdings sollte das ein Witz sein. Einen anderen Fakt will allerdings auch keiner mehr so richtig wissen. In der DDR gab es die fünf Block-Parteien, SED, CDU, Bauernpartei, LDPD und NDPD. Der Name der Letzteren hörte sich schon fast an wie …"

„NPD!", rastete Claus ein. „Was ist damit?"

Bonnie grinste leicht: „Es gab zwei Städte in der DDR, die NDPD-regiert waren, irgendeine kleine Ortschaft und – Quedlinburg! 50 Jahre lang wurden alle Bürgermeister und viele Funktionäre in Quedlinburg von der NDPD gestellt. Wir waren die NDPD-Vorzeigestadt! So, nun müssen wir aber schnell nach oben, sonst verpassen wir noch den Sonnenuntergang."

Cuno stand inzwischen neben ihnen und ließ sich von Claus den Kopf kraulen. Wortlos drehte sich dieser um und folgte ins Haus.

„Komm!", sagte sie und ließ ihn jetzt in das erste Zimmer der großzügigen Wohnung. Wie versprochen, schaute man von hier nach Westen. Durch einige Bäume leuchtete ein orangeroter Himmel. Die Sonne befand sich sehr kurz über dem Brockenmassiv. Direkt neben dem Fenster stand ein großes Bett, das für mehr als eine Person ausgelegt war.

„Schau nur!", forderte sie ihn auf und kniete sich auf die Bettkante.

„Fantastisch!", sagte er und blickte interessiert in die Ferne. „Aber kannst du mir trotzdem dabei erzählen, wie es weiterging? Lassen sich deine Absonderlichkeiten noch toppen?"

„Ich denke schon!" Sie schaute ihn provokant über die Schulter an. „Die Sowjetarmee stationierte hier SS-20-Raketen, die mit einer Radarstation auf der anderen Seite der Stadt gekoppelt waren. Die Westgrenze war sehr nah. Dort hatte der Feind seine Cruise Missiles aufgebaut. Der Römerwall hieß nun Quarmbeck und wurde von einer Mischung aus sowjetischen Soldaten und DDR-Bürgern bewohnt. Darauf legte man Wert. Alles war halb russisch, halb deutsch. Vorhin, dieser Flachbau mit dem seltsam gewellten Dach, das war das 'Magasin'. Hierher kamen viele Quedlinburger zum Einkaufen, denn es gab seltene und ausgefallene Dinge, von der Thunfisch-Büchse bis zum Nylon-Anorak. In den alten Garagen standen riesige Militärlaster. Die DDR besaß ein zweites Straßennetz von Panzerstraßen. Quarmbeck war ein Knotenpunkt. Oftmals fuhren hier hunderte von Panzern durch, im Sommer lagen die Staubwolken über dem gesamten Harzvorland. Die älteren Quedlinburger kennen noch den niedertourigen, dröhnenden Sound der Panzermotoren, den man kilometerweit hören konnte. Den kennst du doch bestimmt auch ..."

Claus legte ihr die kräftigen Hände auf die Schultern und deutete eine ganz leichte Massage an: „Du willst mich doch nicht etwa ausfragen? Aber ist das mit den SS 20 wirklich wahr?"

„Ich gebe zu, dass ich es nicht belegen kann, im Gegensatz zu allem anderen", erwiderte sie und rollte die Schultern genießerisch. „Aber einiges spricht dafür, dass sie öfter hier waren. Wir waren dicht an der Grenze und die SS-20-Lafetten waren mobil, um ein schwierigeres Ziel zu bilden. Ich sah hier mehrmals riesige fünfachsige MOAS-Transporter, große Zylindern obendrauf liegend, Zwischenhalt machen. Sie fuhren nur nach Mitternacht. Und wenn das nicht Raketen waren, dann gab es sie wahrscheinlich gar nicht."

„Konnten dir das deine Eltern nicht sagen", fragte er und massierte etwas kräftiger die Schulterblätter, „oder wieso wohnst du gerade in der Kommandantur?"

„Du willst mich doch nicht etwa ausfragen?", äffte sie ihn nach und machte eine Windung unter seinen Händen. „Schau nur, gleich ist die Sonne weg!"

Besonders sie wurde schon seit Minuten vom Sonnenlicht rot überflutet, ebenso ein Teil des Zimmers und das Bett. Claus streifte das Jäckchen von ihrem Oberkörper. Die tätowierten Natur-Ornamente wirkten auf der braunen Haut diskret ästhetisch. Die noch jungfräulichen Brüste wölbten sich ziemlich aufreizend unter dem engen T-Shirt in der Abendsonne, die in diesem Moment den Horizont berührte.

Bonnie musste ein gelindes Zittern unterdrücken. Die großen Hände streichelten ihre Oberarme und glitten dann über die Schulterblätter zur Rückgratsrinne. Sie musste sich einfach etwas nach vorn beugen und sich spreizen. Er massierte ihre Flanken, wobei das T-Shirt aus der Hose rutschte, dann erreichte er den Hintern und walkte die prallen Arschbacken. Sie konnte nicht anders und stöhnte laut auf, als er ihre Hose öffnete. Doch nun glitten seine Hände wieder nach oben und zogen ihr das T-Shirt über den Kopf vom Leibe.

Bonnie drehte sich ihm zu und schüttelte das lästige Beinkleid ab. Ihr Körper wurde strahlend rot beleuchtet, ebenso wie der des Mannes, der gerade seine Kleidung abstreifte. Mit einer zärtlich befehlenden Armbewegung legte er sie auf das von magischem Licht überflutete Bett und beugte sich über sie. Danach spürte sie nur noch voller Ekstase, wie er in sie eindrang.

Oh, das ging aber fix … Warum eigentlich nicht?

I

Der ältere Herr, den Bonnie flüchtig mit ihrem Blick gestreift hatte, saß noch nicht lange im im Straßencafé auf dem Markt. Gerade hatte er sich sich das erste Bier geordert. So alt war er übrigens noch gar nicht, vielleicht um die Sechzig. Besonders die nur leicht ergrauten dunkelblonden Haare, die ein deutliches Stück über die Schultern herabfielen, verliehen ihm ein ziemlich hippieskes Outfit, dass ihn jünger und tatenfroh erscheinen ließ. Seine recht große und ein wenig massige Gestalt war mit einem grünen Hemd aus derbem Stoff und einer Bluejeans bekleidet, an den Füßen trug er nur Teva-Sandalen.

Er saß allein an einem Sonnentisch und schaute sich mit blauen Augen unter ein wenig schweren Lidern die Leute an, die sich um ihn herum bewegten. Sein etwas sanguinischer Mund verzog sich dabei immer wieder zu einem Grinsen. Zu seinen Füßen lag ausgestreckt ein Altdeutscher Schäferhund mit langhaarigem schwarzen Fell, der ebenfalls den Eindruck erweckte, als verbringe er schon eine ganze Menge Zeit auf diesem Planeten.

Bei einem Kopfschwenk entdeckte der Mann ein Stück entfernt eine Gestalt, die ihm bekannt vorkam. Das war allerdings keine echte Kunst, denn er kannte in dieser Stadt nach so vielen Jahren ausgesprochen viele Menschen. Obwohl – er war kein Quedlinburger, sondern, wie man es im absonderlichen Platt dieser hinterwäldlerischen Stadt nannte, „aan Zujeraaster“. Klar doch, jeder, der hier nicht das Licht der Welt erblickt hatte, musste irgendwann einmal zujeraast (zugereist) sein.

Die herannahende Gestalt mochte im gleichen Alter sein, was ebenfalls kein Wunder war, denn es handelte sich um seinen fast lebenslangen Freund Acki. Vor einigen Jahren hatten sie gemeinsam das besonders skurrile Abenteuer mit der Schrankwand-Falle erlebt. Damals mussten Irenäus – so hieß der Mann am Caféhaus-Tisch – und sein Mitdetektiv Karl Wabenmond vor einem übernormal starken Menschen durch fast ganz Quedlinburg fliehen. Der Mann hieß Kurt und war der Chef-Bodyguard der Kanzlerin. Ihre letzte Chance lief darauf hinaus, ihn bei Acki in die Schrankwand-Falle zu locken, das hieß, den Berserker genau so vor der Schrankwand zu postieren, dass er beim Umwerfen unter ihr begraben wurde. Das hatte dann tatsächlich bilderbuchhaft geklappt. Es handelte sich um den Fall mit der „Höhlenfrau“, in dem die Bundeskanzlerin in einer engen Quedlinburger Gasse von der Antifa-Jugend mit Rinderblut übergossen wurde, um der Regentin zu demonstrieren, wie man aussieht, wenn man in einen Krieg mit zum Beispiel von Deutschland gelieferten Waffen gerät. Mit dem Bodyguard Kurt und der schönen Höhlenfrau Ginger schlossen die Detektive bald darauf gute Freundschaft.

Wahrscheinlich wurde Acki gerade von der gleichen Erinnerung heimgesucht, denn er streckte Irenäus grinsend die Hand entgegen und ließ sich auf einen der freien Stühle fallen: „Hallo, Moll, alter Knabe! Ich hatte gehofft, dich hier auf dem Markt anzutreffen! Trinkst du ein Bier mit mir?“

Irenäus ergriff lachend die dargereichte Hand: „Nun setz' dich erst einmal hin! Bier kommt gleich. Was ist denn passiert?"

„Ich glaube, ich habe einen sehr merkwürdigen Fall für dich", sprudelte der Freund hervor.

Irenäus schaute ihn prüfend an. Der Mann war hochgewachsen, trug ein buntkariertes Hemd, das über dem Bauch etwas spannte, und Bluejeans. Besonders auffällig an ihm waren die sehr langen grauen Haare, über die er im Winter ein graues Strickmützchen trug und die jetzt zu einem Pferdeschwanz gebunden zwischen den Schulterblättern wippten.

„Immer mit der Ruhe, mein Lieber!", beschwichtigte Irenäus. „Ehe ich es vergesse, wusstest du eigentlich, dass es in Quedlinburg im 18. Jahrhundert einen Pfarrer und Zoologen gab, der Johann August Ephraim Goeze hieß und den Kleinen Wasserbär entdeckt hat?"

„Ach, Moll, was soll das?", murrte Acki. „Lass mich doch mal erzählen!"

„Warte auf dein Bier!", grinste dieser. „Hier hat jemand eine populärwissenschaftliche Zeitung liegen gelassen. Der Kleine Wasserbär ist nur gut einen Millimeter groß und heißt heute Bärtierchen. Das Wesentliche an ihm ist, dass er fast unzerstörbar ist. Er hat acht richtige Beine mit scharfen Krallen, Augen und einen Saugmund, unter dem Mikroskop sieht er wie ein normal großes Tier aus. Man kann ihn austrocknen, sieden, sehr tief gefrieren, zusammenquetschen – er steht immer wieder auf und läuft weiter. Wissenschaftlich unerklärbar …"

Acki wollte gerade etwas einwenden, da trat eilig eine hübsche, kleine Frau an ihren Tisch und blitzte Irenäus mit schwarzen Augen an: „Kann ich bitte meine Zeitung wieder haben?"

Während Irenäus noch ihrem schwingenden Hinterteil nachblickte, setzte sein Freund neu an: „Lass mich zufrieden mit deinen Pastoren, Moll! Höre dir lieber deinen nächsten Fall an!"

„Du weißt aber schon, lieber Acki", kokettierte der andere ihm dazwischen, „dass ich kein Detektiv bin. Ich besitze weder eine Lizenz, noch eine Waffe."

„Betrachte es als Reparationsleistung für meine Schrankwand und die fünf guten Whiskygläser, die dabei kaputt gegangen sind“, grinste Acki und nahm sein Bier entgegen. „Meine Cousine schickt mich …“

„Wie sieht sie aus?“, unterbrach Irenäus schon wieder und stieß mit ihm an.

„Sie ist zwar etwas gewöhnungsbedürftig, aber ich glaube, sie wird dir gefallen“, lachte sein Freund und prostete zurück.

„Und wie heißt sie?“

„Clarissa!“, erwiderte der Mann mit betont ernstem Gesicht und orderte ein weiteres Bier für beide.

„Ha, ha, ha!“, machte Irenäus. „Kein Wunder, dass man merkwürdig ist, wenn man diesen Namen trägt. Der ist mir das letzte Mal bei Karl May untergekommen. Ich glaube, so hieß das Kindermädchen, die Amme des Grafen von Rodriganda. Ihr Mann hieß Anselmo. Was hat dir denn Clarissa so erzählt?“

Irenäus Moll war ein Mensch, der sehr gern aus der Optik und sonstigen Eigenheiten seiner Mitbürger auf ihr Verhalten zurückschloss. Ziemlich oft war dabei seine Trefferquote außerordentlich gut, selten lag sie auch vollkommen daneben. Hin und wieder zeigte sich das wahre Ergebnis der Analyse erst weit im Nachhinein.

„Clarissa hat mir erzählt, dass sie von einer Bekannten eine höchst seltsame Aussage bekommen hat, die sie nicht mehr richtig zur Ruhe kommen lässt“, erklärte Acki. „Es handelt sich um so was wie eine entfernte Geschäftspartnerin, die sich als Hexe betrachtet. Und die will mit Hilfe von Zauberei einen Mitarbeiter der Quedlinburger Stadtverwaltung hinrichten …“

Seine Brillengläser richteten sich tiefgründig auf den Privatdetektiv, der nachdenklich an seinem ergrauten Bart zupfte. Dann brummte der: „Schon wieder so ein Scheiß! Neuerdings denken alle, sie könnten zaubern, jede zweite Frau in den Wechseljahren hält sich für eine Hexe. Bestimmt wird das angetrieben von diesen Hexenbüchern, die neuerdings in dieser Gegend gehandelt werden. Dabei ist dieses Problem weiß Gott nicht so inflationär. Nur ganz, ganz wenige haben vielleicht eine Ahnung, wenn überhaupt. Warum geht

Clarissa damit nicht einfach zur Polizei oder gleich zur Stadtverwaltung?“

„Nun stell’ dich nicht an!“, sagte Acki. „Beide Institutionen würden sie glatt rausschmeißen, wenn nicht Schlimmeres. Die, die dort sitzen, denken gerade nicht, dass sie Hexen wären …“

„Das glaubst aber auch nur du!“, murrte Irenäus dazwischen.

„Jedenfalls wollte es sich Clarissa auch nicht mit der Hexe verderben“, lenkte sein Freund ein und grinste. „Außerdem wollte sie diesen Fall moderat behandelt haben und kam deshalb auf einen etwas abseits stehenden Experten wie dich.“

„Oh, vielen herzlichen Dank!“, gab Irenäus zurück. „Fühle mich sehr geehrt! Gibt es wenigstens Einzelheiten? Die Stadtverwaltung ist überbordend. Wen davon will die Dame denn verhexen?“

„Derjenige ist wahrscheinlich noch gar nicht da oder gerade erst gekommen“, erwiderte Acki. „Wenn ich es richtig verstanden habe, wurde er der Stadt von der Bundesregierung verordnet. Angeblich wächst im Land die Angst vor Attentaten und immer mehr Leute wenden sich von der Politik ab. Man macht sich darum ganz oben ernste Sorgen. Deshalb soll jede etwas größere oder zum Beispiel touristisch stark frequentierte Stadt einen neuen Beamten haben, so etwas wie einen Obmann oder Verantwortlichen für Staatssicherheit. Mir brauchst du dazu nichts zu sagen, Moll, ich weiß selber, was hier läuft!“

„Hm, du hast völlig recht“, überlegte Irenäus. „Der Bürger wird immer stärker überwacht, oft unter dem faden Deckmäntelchen der Terrorismusbekämpfung. Diese Überwachung wird nicht nur subtiler, sondern auch immer vielfältiger. Es sind ja nicht mehr nur die staatlichen Dienste, sondern auch die Verwaltungen, das Internet, die GEZ, die Gesundheits- und Sozialbehörden, die Konzerne, die Banken, die Maut und was nicht alles … Da kann man als Bürger schon sauer werden.“

„Aber die allermeisten wehren sich ja nicht dagegen!“, motzte Acki und orderte das dritte Bier. „Es ist wie immer, sie schimpfen, aber sie tun nichts. Dabei leben wir angeblich in einer freien Gesellschaft.“

„Die Freiheit ließe sich nur dann auf den Prüfstand stellen“, räsonierte Irenäus, „wenn die Menschen den Staat und diese Gesellschaft ernsthaft hinterfragen würden. Aber gerade das tun sie nicht, zumindest solange es ihnen gut geht. Aber der Druck wird größer. Das Kapital hat es mit seiner Gier übertrieben, und nun fürchtet es darum, dass sich das Volk plötzlich an seinen Status erinnert.“

„Eben, eben!“, sagte Acki und hob sein Bier. „Und deshalb müssen der Staat und seine Macher aufpassen, dass sie die Lage nicht aus dem Blick verlieren. Dafür muss eine neue Überwachung her.“

Der Privatdetektiv ohne Lizenz und Waffe dachte einen Moment nach. Dann meinte er: „Seine Funktion könnte zum Beispiel heißen: Referent für kommunale Sicherheit.“

„Ganz wunderbar!“, rief Acki, fast zu laut, sodass ihn einige Bürger erstaunt ansahen. „Du könntest ihn so richtig herbeireden!“

„Ich denke, es gibt ihn schon?“, amüsierte sich Irenäus. „Wo ist er denn administrativ angesiedelt, beim Rechtsamt oder gleich beim Oberbürgermeister?“

„Frag' mich nicht!“, erwiderte Acki gequält. „Frage am besten meine Cousine. Die hat mir nur den Auftrag gegeben, dich anzuwerben. Vielmehr weiß ich darüber nicht.“

„Weißt du wenigstens, warum die Hexe diesen Referenten verzaubern will?“, erkundigte sich Irenäus mit ziemlich uninteressierter Stimme. „Möchte sie der Sicherheitsstrategie unseres Staates etwas entgegensetzen?“

„Nein, ich glaube eher, es ist etwas Persönliches“, sagte der Freund und stellte das leere Bierglas ab.

„Das ist ja langweilig!“, protestierte Irenäus und wehrte die Kellnerin ab, die bereits die nächste Runde ordern wollte. „Ich will hier nicht vom Markt taumeln. Also, bringst du mich zu deiner Cousine? Überhaupt, was treibt die Frau den lieben langen Tag? Ist sie ebenfalls ein Hexlein?“

„Nein, ich weiß, dass sie dich lieber allein sehen möchte“, sagte Acki, nun wieder ziemlich gelassen. „Aber ich sage dir dann, wo sie wohnt. Sie ist Feinmechanikerin und hat eine kleine Werkstatt …“

„FeinmechanikerIn?", fiel ihm der Detektiv ins Wort. „Gibt es so was auch? Repariert sie Nähmaschinen oder was?"

„Komm ihr bloß nicht gleich so machohaft!", lachte Acki. „Sie macht nämlich was ganz Exquisites – sie baut Drohnen."

„Das geht jetzt zu weit!" Irenäus schlug mit der Faust auf die Tischplatte, zum Glück waren die Gläser bereits abgeräumt. „Was willst du mir hier eigentlich für ein bizarres Märchen verkaufen?"

„Wollen wir noch zwei Schnäpse trinken, zur Beruhigung?", fragte Acki und hatte sie bereits bestellt. „Wusstest du nicht, dass Drohnen seit einigen Jahren mega-in sind? Warum soll sie da Nähmaschinen reparieren, wenn das eine viel spannendere und gewinnbringendere Tätigkeit ist. Sie ist nun mal eine sehr gute Technikerin."

„Okay, okay!", räumte Irenäus ein und stieß mit dem Schnäpschen an. „Nehmen wir einmal an, es wäre so. Wenn die Hexe, um die es eigentlich geht, ihre Kundin ist, dann verkauft Clarissa ihr also ihre Drohnen, mit denen jene ihre Opfer ausspioniert. Was sie dann anschließend weiß, verkauft sie als Magie, und die blöden Menschen glauben ihr das auch noch. So wird natürlich ein ganz rationaler Schuh daraus. Die Hexe schickt unserem Sicherheitsreferenten eine Stubenfliege, die ihm etwas Zyankali ins Auge bläst, wahrscheinlich, weil er ihr bereits auf die Schliche gekommen ist. Aber derartige Fälle kannst du gerne Rita bringen, das ist nämlich Mord!"

„Auch Quatsch!", rief sein nun wieder erregter Kumpel. „Soweit waren wir schon vor drei Tagen, Clarissa und ich. Aber so ist es gerade nicht!"

„Und wie ist es dann?", erkundigte sich der Detektiv skeptisch und erhob sich vom Stuhl.

„Das sollst du eben herausfinden!", forderte der andere mit gepresster Stimme. „Wirst du es tun?"

„Mal sehen!", knurrte Irenäus Moll und gab dem Freund zum Abschied die Hand. Dann fragte er aber doch noch: „Wo soll diese Hexe eigentlich wohnen? Weißt du das zufällig?"

„Irgendwo an der Harzkante, zwischen Rieder und Ballenstedt im Walde – so in Höhe der Roseburg in etwa", erwiderte der Freund und wandte sich zum Gehen.

Irenäus spürte bereits, wie sich in seiner Brust, oder besser, in seinem Hirn das Interesse breitmachte. Wenn diese Damen tatsächlich derart ausgeflippt waren, wie es hier dargestellt worden war, dann würde er wohl schnellstens ihre Bekanntschaft machen müssen …

2

Das Rascheln, dass das hellgraue Fell der Mutter am Laubwerk des Busches verursachte, war für menschliche Ohren praktisch unhörbar. Langsam schob sie sich voran und passte auf, dass die beiden Kleinen schön hinter ihr blieben, obwohl, wenn sie Crystel sahen, würden sie einfach losrasen. Deshalb hatte der Vater auch eine etwas andere Route durchs Gebüsch gewählt, um herauszufinden, ob nicht wieder irgendeine fremde Person bei Crystel wäre, so wie neulich diese andere Frau. Ganz klug waren sie aus der nicht geworden, es war etwas Lauerndes an ihr gewesen.

Aber heute schien alles in Ordnung zu sein. Sie würden Crystel besuchen können.

Ansonsten zeigten sie sich nicht, niemals, niemandem,
außer Crystel. Manchmal musste sie ihnen helfen, und manchmal kamen sie nur zu Besuch, wenn sie hier durchzogen.

Crystel selber hatte trotzdem schon gemerkt, dass jemand nahte. Sie freute sich und überlegte, ob sie irgendeinen feinen Happen im Hause hätte. Sie war eine ziemlich zierliche Frau. Eigentlich hieß sie Christine. Sie besaß feine Gesichtszüge, aus denen hellblaue Augen strahlten, und etwas längere blonde Haare. Ihre Figur war irgendwie animalisch und machte optisch auf sich aufmerksam.

Seit mehreren Jahren lebte sie allein und hatte relativ schnell bemerkt, dass sie auf Menschen eine eigenartige Wirkung ausstrahlte. Sie konnte deren Gesundheitszustand beeinflussen, in der Regel zum Positiven. Wer Derartiges behauptet, wird fast immer nicht ganz ernst genommen. Anfangs stand sie dieser Problematik gleichgültig gegenüber. Sie hatte einigen Freunden und Bekannten geholfen bei Erkrankungen der inneren Organe und der Knochen und Gelenke. Sie hatte mit ihnen gesprochen und sie berührt. Und eines Tages war plötzlich eine anerkannt bösartige Krebsgeschwulst verschwunden.

Nun hielten einige sie für eine Heilerin, andere für eine Hexe. Dieser Status wurde einigermaßen dadurch bekräftigt, dass sie in einem einsamen Grundstück wohnte, das mitten im Harzer Wald angesiedelt war. Es war die Dauerleihgabe eines Freundes, den sie ebenfalls aus einer sehr misslichen Situation befreit hatte.

Noch außergewöhnlicher war aber, dass sie auch eine besondere Ausstrahlungskraft auf Tiere besaß. Hier im Wald gab es eine ganze Menge Wild, und die Jäger hatten es am Anfang nicht gern gesehen, dass sie plötzlich deren Refugien durcheinanderbrachte. Dann hatte sie jedoch auch hier einmal Hilfestellung geleistet, und nun herrschte Frieden in ihrem kleinen Tal.

Eines Tages war es dann geschehen. Vor ihrer Tür hatte eine Wolfsfamilie gestanden. Die Wölfin stand geduckt, mit abgewandtem Kopf und eingezogener Rute vor ihr und winselte. Crystel hatte selber Angst, aber sie hatte gehört, dass diese scheuen Tiere inzwischen in kleinen Gruppen in den Harzer Wäldern vorkommen. Mutig ging sie auf das Tier zu, welches sie aufforderte, zum Rand der Lichtung zu kommen. Hier lag dann ein zweites, noch größeres Tier im Gras und schien mit dem Tode zu ringen. Schwer keuchend hob und senkte sich der blutverschmierte Brustkorb.

Sie fand schnell die Einschussstelle und befreite den Rüden von einem Geschoss. Anschließend half sie der Wölfin beim Gesundpflegen ihres Partners. Seitdem wurde sie von den beiden immer wieder besucht. Neuerdings brachten sie ihre Welpen mit, und es entstand eine enge, gegenseitige Verbindung.

Crystel war schon lange bekannt, dass Hunde und Wölfe außerordentlich hochentwickelte Wesen sind. Aus ihrer Sicht betrachtet, konnten sie eindeutig denken, höchstwahrscheinlich wesentlich fortgeschrittener als Affen, obwohl sie selber mit denen noch nie Bekanntschaft geschlossen hatte. Aber sie hielt es deshalb für wahrscheinlich, weil Affen wohl niemals wirklich die Nähe von Menschen suchten, während die Caniden ja geradezu die Begegnung erzwangen. Das Hauptproblem war natürlich, dass Wölfe und Hunde wilde Jäger waren und den Menschen oft bei der geliebten Jagd Konkurrenz machten oder ihnen gar die wertvollen Haustiere hinwegrissen. Das war wirklich eine unangenehme Eigenschaft und eine sehr hohe Hürde bei der „Menschwerdung“ der Hundeartigen. Wie wäre das überhaupt, stellte sich Crystel öfter vor, wenn es neben den Menschen noch eine zweite intelligente Art auf unserem Planeten gäbe?

Über derartige Themen unterhielt sie sich manchmal mit Clarissa. Diese Frau war gerade vor wenigen Tagen bei ihr zu Besuch gewesen oder eher zu einer geschäftlichen Begegnung. Sie stellte Drohnen her, und Drohnen faszinierten Crystel ganz einfach über die Maßen. Mit diesen winzigen synthetischen Tierchen konnte man vieles ausspähen oder auch aktiv Einfluss nehmen. Und sie bewunderte, dass Clarissa die Fähigkeit besaß, so etwas zu bauen.

Aber gerade aufgrund dieser Bewunderung hatte sie sich dazu hinreißen lassen, mit der Frau über das Verhältnis zu Egon zu plaudern, darüber, dass sie Egon neuerdings hasste. Das war nicht immer so gewesen, aber dann war etwas Schreckliches geschehen. Und ab diesem gewissen Zeitpunkt würde sie dem Kerl am liebsten demnächst einen Todeszauber schicken, ihn nach allen Regeln der Kunst hinrichten. Einmal damit begonnen, hatte sie sich so richtig hineingesteigert. Das Problematische an Hexen war, dass sie ihre außergewöhnlichen Fähigkeiten gerade deshalb besaßen, weil sie so sensibel und emotional waren. Das wiederum ließ sie immer wieder vom strikt rationalen Weg abschweifen und ins Schwärmen verfallen. Diesmal hatte sie sofort anschließend bemerkt, dass sie das nicht hätte tun sollen, und sie fühlte innerlich, dass diese Frau darüber irgendwo übel quasseln würde.

Während sie noch über derart unerfreuliche Dinge grübelte, lösten sich aus dem Gebüsch hangaufwärts zwei teddybärgroße Tiere und kamen auf sie zugerast, plüschig und dunkelgrau. Crystel ging schnell in die Hocke. O jeh, sie hatte sich immer noch keine vernünftigen Namen ausgedacht …!

Die beiden Fellpakete sprangen leise jaulend gegen sie und hätten sie um ein Haar aus dem Gleichgewicht gebracht. Obwohl Wölfe sehr scheue und zurückhaltende Tiere sind, erging es ihren Welpen wie allen Kindern – sie suchten Kontakt und wollten spielen. Vielleicht aber verschaffte ihr die tatsächlich hexistische Aura den entscheidenden Vorteil beim Zusammentreffen mit diesen Tieren.

Zuerst wollten die beiden an ihren langen, blonden Haaren zerren, aber sie wusste, dass das höllisch wehtat. Deshalb schubste sie sie auf den Rücken und knetete ihre kleinen, von der Muttermilch prallen Bäuche. Dem konnten die Kleinen nicht widerstehen und strampelten mit den Beinchen in der Luft. Nun schälte sich auch der Kopf der Mutter aus einem der seitlichen Büsche. Sie hechelte ein wenig, und über ihr ernstes Gesicht ging fast so etwas wie ein Lächeln.

Man muss sich Crystels Grundstück folgendermaßen vorstellen: Neben einem kleinen Bach verläuft eine kaum befestigte Forststraße leicht bergauf. Auf der anderen Seite liegt hangaufwärts Buchenwald. Eine Einbuchtung eröffnet ein schmales Tal nach Norden, in das eine Fahrspur mündet. Am Ende dieser natürlichen Enklave steht auf einer Erhebung ein zweigeschossiges Häuschen mit Sprossenfenstern und einem Ziegeldach. Die Wände sind aus Holz und gut isoliert. Auf einer kleinen Rampe mit Natursteinstufen gelangt man bis zur vorderen Haustür, die in das Haus hineinführt. Davor ist eine mit Steinplatten ausgelegte Ebene, auf der man an einem Tisch sitzen kann. Der Wald und das Gebüsch führen zu beiden Seiten recht nah an das Haus. Im Sommer erreicht die Sonne über viele Stunden weite Flächen des Grundstücks, im Winter liegt es weitgehend im Schatten. Eine wirklich definierte Grundstücksgrenze gab es nicht, aber augenscheinlich war der Abzweig von dem in die Berge führenden Forstweg.

Crystel hatte noch drei Forellen, die sie sich eigentlich braten wollte. Nun aber gedachte sie, sie den unangemeldeten Besuchern zu opfern. Inzwischen waren auch die Eltern aus dem Gebüsch getreten und wedelten mit leicht gesenkten Häuptern die buschigen Schwänze. Die Kinder wuselten unbekümmert der Frau hinterher. Diese kam gleich darauf aus dem Haus zurück mit einem Brett, einem langen Messer und den drei Forellen. Vorher hatte sie noch eine Scheibe sehr trockenen Brotes zerbrochen und jedem Welpen ein Stück angeboten. Die Kleinen hatten das tatsächlich angenommen und knackten jetzt mit ihren Zähnchen darauf herum. Crystel war begeistert.

Auf dem Gartentisch zerschnitt sie eine der Forellen und verteilte dann alles an das Rudel. Die Elterntiere beäugten die gekauften Fische etwas misstrauisch, aber als sie sahen, wie ihre Kinder sich über die Hälften der dritten Forelle hermachten, überwanden auch sie ihre Scheu und bissen knirschend mit ihren Scherengebissen in das Fleisch.

Gerade hatte der Rüde den letzten Bissen abgeschluckt, da hob er mit einem Ruck den Kopf, und ein dumpfes Knurren entrang sich seiner Kehle. Alle blickten sofort zur Einfahrt in Richtung Forstweg. Auch die Frau hörte jetzt ein leises Dröhnen. Im gleichen Moment bog ein Fahrzeug auf die Zufahrt zu ihrem kleinen Tal ab und blieb dann abrupt stehen. Mit einem leichten Rascheln verschwanden die Wölfe im Gebüsch. Durch einen scharfen Fiepton hatte die Mutter die Welpen zur Flucht gerufen. Wenige Sekunden später waren sie alle verschwunden.

Crystel war stinksauer. Welcher Idiot vermasselte ihr diese wundervolle Begegnung?

Das Fahrzeug war ein dunkelgrüner Mercedes-Kombi. Er sah aus wie ein Armeefahrzeug. Im Inneren saß eine Person mit längeren Haaren, von der man nicht genau feststellen konnte, ob es ein Mann oder eine Frau war. Sein Auto blieb dort vorn stehen, und der Insasse glotzte sie an. Da die Wölfe nun sowieso abgehauen waren, ging Crystel wutentbrannt auf das Fahrzeug zu. Doch kurz bevor sie angekommen war, legte der Mann – sie sah nun, dass es ein langhaariger Mann war – den Rückwärtsgang ein und hakte zurück. Sie verfiel in leichten Laufschritt, aber er hatte bereits gewendet und fuhr mit dröhnendem Motor davon.

'Wer war das gewesen', fragte sich Crystel und schaute sehnsüchtig nach ihren Wölfen. Und was sie nicht zu hoffen gewagt hatte: Die Familie kam nach einigen Minuten wieder aus dem Gebüsch hervor und gesellte sich zu ihr. Die Frau war sehr froh und verdrängte den armygrünen Daimler aus ihren Gedanken. Vorerst!

3

Irenäus war sauer. Er hatte sich anschleichen wollen und war doch mitten hineingeplatzt. Das lag eben daran, wenn man nicht rechtzeitig das blöde Auto verlassen konnte. Er verzichtete darauf, den Versuch noch einmal zu Fuß zu wiederholen. Die Situation war offenbar einmalig gewesen. Möglicherweise handelte es sich hier tatsächlich um eine Hexe, denn er hatte das Wolfsrudel ganz deutlich erkannt, so schnell es sich auch in die Büsche verflüchtigt hatte. Er hatte davon gehört, dass diese Raubtiere neuerdings den Harz eroberten. Von Menschen, die mit Haus- oder Wildtieren hautnah zu tun hatten, wurde diese Entwicklung mit Argwohn betrachtet. Wölfe brauchten nun einmal Fleisch und traten damit zum Menschen in strenge Konkurrenz. Sicherlich, die Menschen besaßen riesige Ackerflächen, auf denen sie sich hätten jede Menge beste pflanzliche Nahrung anbauen können. Aber sie nutzten den größten Teil ihrer Ernten ja dazu, mit den Früchten das Vieh zu füttern, dessen Produkte sie dann auffraßen. Menschen waren zwar Allesfresser, aber inzwischen waren in ganz vielen Erzeugnissen Eier enthalten, es gab Unmengen von Milchprodukten bis hin zu Butter und Käse. Von Tiernahrung für unsere vielen fleischfressenden Lieblinge wollen wir hier ganz schweigen. Für die direkte und indirekte Herstellung all dieser Nahrungsgüter reichten die Ackerflächen kaum noch aus. Und auch die Nahrungs-Ackerflächen mussten mit den Treibstoff-Ackerflächen für Raps und Co. konkurrieren. Alle diese Flächen gemeinsam schrumpften immer mehr durch die Ansprüche von Straßenbau, Wohnungsbau und Industriegebieten. Deshalb musste jede Ernte in jedem Jahr einfach maximal ausfallen. Und das wiederum gelang nur durch den Hochleistungseinsatz von Dünger und Pflanzenschutzmitteln gegen unerwünschte tierische und pflanzliche Konkurrenten. Diese

Praxis ächteten Umweltschützer und Öko-Verbände, um die zwischen den Nutzflächen angesiedelten Biotope vorm chemischen Kollaps zu retten. Und so drehte sich eine gefährliche Spirale der Zerstörung, weitgehend unerkannt oder zumindest konsequent verdrängt von den meisten Menschen in Stadt und Land.

Auch Irenäus hatte lange geglaubt, dass dieses Wissen in Deutschland Allgemeingut wäre, und hatte erst in letzter Zeit bemerkt, dass sich immer mehr Menschen davor vehement verschlossen. 'Was würde eigentlich geschehen', so fragte er sich neuerdings zunehmend häufiger, 'wenn einmal in einem Jahr unbekannte Schädlinge oder eine radikale Wetterlage eine gesamte Jahresernte in Deutschland oder gar Europa ausfallen ließen?'

In derartige Gedanken versunken, schlich er auf einem eigentlich gesperrten Forstweg zurück in die Zivilisation. Dabei registrierte er zum zweiten Male, dass die Hexe sehr dicht bei einem gewaltigen Steinabbau wohnte. Ein sehr großes Loch klaffte hier im Waldboden, dass mit erheblicher Geschwindigkeit zu wachsen schien. Der Stoff der Begierde hieß Grauwacke. Das Gestein Grauwacke besitzt mittlere Härte und ließ sich unmittelbar vor Ort in alle möglichen Korngrößen sieben und brechen. Das Produkt ist so begehrt, dass hier wochentags die 40-Tonner fast im Minutentakt den Wald verlassen. Auch das ist vielen Menschen nicht bewusst – jede Straße, jeder Weg und Platz bis hin zum Fußweg im Stadtpark und natürlich auch alle Feldwege für unsere Erntemaschinen sind reichlich mit Grauwacke belegt und werden mit diesem Mineral ständig gepflegt. Er fragte sich, ob dieses Phänomen schon in wenigen Jahren das unnatürliche Ende des Hexentales bedeuten würde oder ob gar ihr vorhergesagter Mordanschlag damit in Zusammenhang stehen könnte.

Frühzeitig erreichte er den Parkplatz der Roseburg. Ackis Cousine hatte sich ausgebeten, an diesem Gemäuer mit ihm zusammenzukommen und nicht bei sich zu Hause. Also begab er sich eine Halbestunde vor Beginn des Stelldicheins zu dieser ziemlich skurrilen Wehranlage.

Die Roseburg wurde im 18. oder 19. Jahrhundert von einem etwas spleenigen reichen Mann an der Straße zwischen Ballenstedt und Gernrode, direkt an der nördlichen Harzkante, etwa zehn Kilometer von Quedlinburg entfernt, gebaut. Es handelt sich dabei um eine romantische Märchenburg mit Türmen und Zinnen, mit Wehrgräben und sehr vielen kleineren und größeren Accessoires aus Metall oder Beton, insbesondere Fabelwesen, aber auch Miniatur-Kanonen und vielem mehr. Als erste wesentliche Örtlichkeit erreicht man das Burgcafé. Genau hierhin hatte ihn Clarissa bestellt.

Irenäus hatte Glück. Auf einer kleinen Empore zwischen Burgtor mit holprig gepflastertem Aufgang und dem Eingang zum Café in einem der Türme gab es einen kleinen Tisch, mitten in der Sonne gelegen, an dem niemand saß. Schnell ließ sich Irenäus dort nieder. Eine liebenswürdige blonde Bedienung kredenzte ihm bald darauf ein Bier und wechselte ein paar Worte mit ihm. Bedächtig nippte er an dem Getränk und wartete gespannt auf die Cousine.

Nach einiger Zeit registrierte er in der Nähe des Burgtores eine Bewegung. Eine Person schient dort für einen Moment zu verharren. Einige Sekunden lang flatterte ein bunter Stofffetzen hinter einem der Felssteine, aus denen die Burg gemauert war, hervor. 'Aha', dachte der Mann, 'die Cousine will sich anschleichen', aber ihr war dabei wohl genauso wenig Erfolg beschieden, wie ihm vorhin bei der Wolfshexe.

Gleich darauf überlegte er jedoch, ob er sein Urteil revidieren müsste. Es war eher so, dass die Person, die jetzt ins Bild trat, noch einmal kurz verschnaufen musste. Sein Blick blieb zuerst an ihren Pantoletten hängen. Das waren Highheels-Pantoletten der sehr unbequemen Art. Wie man mit derartigen Trittchen einen mit rundgeschliffenen Selke- oder Bodesteinen gepflasterten Burgweg ersteigen konnte, war ihm schlichtweg unerklärlich. Wenn er die Trägerin nach ihrer Geländegängigkeit bewerten sollte, war sie bereits gnadenlos durchgefallen.

Doch sie meisterte die Tortur mit erstaunlicher Übung und Gelassenheit. Das war also die Cousine!

Sie trug ein den Temperaturen angepasstes Sommerkleidchen mit gelblich, bräunlich, rötlich, schwarzer Musterung, das kurzärmelig war und eine Handbreit über den Knien endete, das blattartige Muster unterstrich die geschwungenen Formen eines drallen und gleichzeitig interessanten Körpers, der dieses Schuhwerk wahrscheinlich schlicht als Höhengewinn nutzte. Besonders klein war sie nicht, aber sie schien sich trotzdem strecken zu wollen. Dadurch wirkte die Bauchpartie flacher, über der ein Paar ziemlich üppiger Brüste fest verschnürt nach vorne strotzten. Die strammen Arme und Beine schimmerten in einem schon recht fortgeschrittenem Braunton, der sich unter dem Kleidchen nahtlos fortzusetzen schien.

Das Gesicht war durchaus bemerkenswert, besonders die tiefbraunen Augen schauten gleichzeitig forschend und zumindest distanziert. Sie besaß eine gut ausgeprägte Stirn, leicht indianische Jochbeine und eine eher zierliche Mund- und Nasenregion. Die Haare waren sehr glatt nach hinten bis über die Schultern gekämmt, das dunkle Braun war durch einige goldgelbe Strähnen „verziert“. Auch das Gesicht besaß natürlich jenen ästhetischen Braunton, der nur variiert wurde durch eine Kette haselnussgroßer Elfenbeinkugeln, die sie um den Hals trug.

Eine ansehnliche Cousine, die er nicht von der Bettkante stoßen würde, ging es Irenäus durch den Kopf, ehe er sich erhob und ihr zur Begrüßung leicht zunickte.

Die Frau betrachtete ihn verhalten prüfend und schenkte ihm dann ein wissendes Lächeln. Sie kannten sich nämlich bereits, nur hatte Irenäus nicht gewusst, dass diese Frau Ackis Cousine war. Sie stakste noch einige Schritte auf ihn zu und reichte ihm die Hand, die er mit leichtem Druck ergriff. Sie war angenehm trocken.

„Hallo!“, sagte er. „Ich habe nicht gewusst, dass Sie es sind.“

„Dann war ich ja im Vorteil“, erwiderte sie mit leicht kratziger Stimme und ließ sich am Tisch nieder. Tatsache war, dass sie sich nicht wirklich kannten, sondern sich nur immer wieder einmal Blicke zuwarfen und sich schlichtweg wechselseitig wahrgenommen hatten – im Supermarkt!

„Was trinkst du?“, fragte er.

„Rotwein!“, sagte sie und blickte ihn fragend an.

Die Wirtin grinste verstohlen, als er meinte: „Ich gehe dann ebenfalls zu Rotwein über. Trocken!“

Kurze Zeit schauten sie sich an, dann machten ihre Gläser Pling!

4

Einige Zeit zuvor in einem alten Kasernenblock in Quarmbeck.

Schweißnass wälzte sich Bonnie aus dem großen Bett und unternahm einige Kreuz-und-quer-Sprünge durchs Zimmer. Auf ihrem Gesicht lag ein seliges Lächeln, die schwarzen Haare fielen nun ziemlich glatt über die Schultern herab. Mit etwas rauer Stimme stieß sie hervor: „Oh, Mann, wir müssen uns endlich mal den Widrigkeiten des Alltags stellen! Oder hast du schon wieder eines von diesen aphrodisi… Getränken in der Rückhand? Oder wie hießen die?“

Claus lachte: „Aphrodisierende Getränke, nach Aphrodite, der Schaumgeborenen, Göttin der Schönheit und der Liebe!“ Auch der Mann setzte sich nun auf die Bettkante und schaute ihr dabei zu, wie sie sich ein Hemdchen über den Oberkörper streifte. Ihre schwarze Behaarung schaute frei darunter hervor in die Weltgeschichte.

In diesem Moment klingelte es an der Wohnungstür, erst einmal und dann noch einmal dringlicher.

Cuno knurrte drohend, blieb aber auf seinem Platz liegen.

„Mist!“, sagte Bonnie. „Da kommen sie schon!“

Sie raffte die zerknüllte Jeans vom Fußboden und zerrte sie über den Hintern. Ohne sich umzusehen, verließ sie das Zimmer und eilte zur Wohnungstür. Sie öffnete und sah sofort, woher der Wind wehte. Draußen stand ein Mann, kaum älter als sie. Sein ordentlicher Dress und der amtliche Gesichtsausdruck kontrastierten etwas eigentümlich mit der dunklen Punk-Frisur, aber manche Leute können sich ja von ihren Jugendmarotten nicht trennen.

„Hallo!", begrüßte sie der Typ und setzte ein leicht verzerrtes Grinsen auf. „Ich komme von der Wohnungsverwaltungs-Anstalt und bin, ehrlich gesagt, sehr erstaunt, Sie hier noch anzutreffen. Wir hatten Ihnen doch mehrmals, auch in persönlichen Gesprächen, gesagt, dass Sie hier ausziehen müssen. Ihr Block wird als einer der ersten abgerissen, schon in den allernächsten Tagen beginnen die Vorbereitungen. Sie müssen hier schnellstens ausziehen! Die Fördermittel sind jetzt da. Wenn Sie Hilfe brauchen, sind wir sogar bereit dazu ..."

„Ich ziehe hier nicht aus!", unterbrach ihn Bonnie mit gepresster Stimme. „Wenn ihr mich hier raus haben wollt, müsst ihr mich schon wegtragen ..."

„Aber, aber", entgegnete der Mann und versuchte, freundlich zu bleiben. „Ich bin extra hier, weil wir versuchen, nicht irgendwelche Vollzugsbehörden einzuschalten, wie die Polizei. Aber Sie müssen hier sofort raus. Das gleiche gilt für Herrn Janusch, der hier auch noch wohnt."

„Hau endlich ab!", schrie Bonnie außer sich. „Ihr elenden Haie habt doch nur Euroscheine in den Augen. Die Häuser sind frisch saniert und deshalb leer, weil keiner drin wohnen darf! Eure Förderung heißt Stadtumbau Ost. Umbau heißt für euch nur Abriss! Da fließen die Mittel gleich in die richtigen Kanäle zurück ...!"

Der Verwalter mit der Punk-Frisur kam nicht zu einer Antwort, denn hinter der Frau öffnete sich die Wohnungstür, und ein athletischer Mann trat hervor. Er trug eine etwas militärische Hose und T-Shirt und war ansonsten barfuß. Mit einem Schritt drängte er den jungen Mann zurück auf die Treppe und sagte leise: „Lass sie in Ruhe!"

„Das geht so nicht!", begehrte jener auf und hielt sich mit einer Hand am Treppengeländer fest. „Wer sind Sie überhaupt?"

Der Hüne kam noch etwas näher und legte dann blitzschnell seine große Hand auf die Hand des Mannes von der Wohnungsverwaltungs-Anstalt. Sein Gesicht wurde ziemlich streng, als er zudem sagte: „Mach endlich, dass du hier wegkommst!" Mehr sagte er nicht, aber er lehnte sein Gewicht etwas auf die Hand auf der Hand auf dem Treppengeländer.

Dem jungen Mann mit der angedeuteten Punk-Frisur traten zuerst die Augen heraus, dann knirschte etwas, dann schrie er laut auf: „Hilfe! Lassen Sie das! Ich gehe! Aua, aua, aua! Oh je!"

Claus nahm seine Hand zurück. Der andere Mann strauchelte taumelnd die Treppe hinab und schluchzte und stöhnte. Dann war er ihren Blicken entschwunden.

„Au weia!", sagte Bonnie leise und schaute mit großen Augen auf ihren neuen Freund.

„Au weia!", kam das Echo neben ihnen aus dem Gang, wo sich eine Tür geöffnet hatte. Ein nicht sehr großer Mann schaute mit kritisch-neugierigem Blick auf die Szenerie.

Claus, der gerade Bonnie tröstend in die Arme nehmen wollte, drehte sich nun dieser für ihn völlig unerwarteten Figur zu: „Wer bist du denn?"

„Ich bin der Nachbar, den du noch nicht bemerkt hast", erwiderte der Mann mit leichtem Lachen.

„Das ist mein Mitbewohner Gustav, der auch noch hier durchhält. Wir beide wollen hier nicht weg! Lieber verteidigen wir uns mit Waffengewalt", stieß die Frau mit hektisch zitternder Stimme hervor. Auch sie hatte die Demonstration von Kraft nicht nur fasziniert, sondern ebenso beängstigt.

„Habt ihr denn Waffen?", erkundigte sich Claus mit sehr professioneller Stimme. Dann meinte er in Gustavs Richtung: „Ich heiße übrigens Claus."

„Hallo, Claus, sei gegrüßt!", antwortete der Nachbar. „Ich habe zwar keine Waffe, aber ich meine es bitterernst! Und wenn ich wüsste, wo ich eine herbekäme, wäre ich sofort dabei."

„Ich ebenso!", sagte Bonnie mit fester Stimme. „Ich habe es satt, von diesen Behörden drangsaliert zu werden, die alle freundlich tun, aber denen man in Wirklichkeit absolut schnuppe ist. Die kleiden doch nur ihre Machtgier in ein marktwirtschaftliches Mäntelchen. Die Menschen sind von Natur aus Scheiße!"

„Wo gäbe es denn die nächsten Waffen?", überlegte der Hüne ungerührt. „Einen Waffenhändler könnt ihr vergessen. Da seid ihr gleich registriert. Die Armee, die Polizei – das geht alles gar nicht …"

„Beim Förster?", überlegte Gustav laut. „Vielleicht kann man bei dem eine Waffe abstauben, ohne dass er es auf der Stelle bemerkt."

„Er wird es schon bemerken", ernüchterte Claus das Wunschdenken. „Aber immerhin wäre das die praktikabelste Idee. Vielleicht ergibt sich etwas. Wo läge denn hier das nächste Forsthaus?"

5

Sonntagmittag. Die Nornen, die die Schicksalsfäden der Menschen spannen, hatten offenbar interessiert mitgehört.

Das Forsthaus war schon über hundert Jahre alt und stand am Rande des Quedlinburger Stadtforstes etwa sechs Kilometer vom eigentlichen Stadtgebiet entfernt. Hier wohnte Karl Wabenmond, der von der Stadt besoldete Hüter der Wälder und Feldfluren. Heute hatte der Förster Besuch von Benny, einem der von ihm in die Welt gesetzten Nachkommen. Benny war 14 Jahre alt und hatte seinen Freund Fritzi mitgebracht.

Die beiden Jungen waren auf dem Gymnasium Mitglieder in einer Arbeitsgemeinschaft zum Leben unserer Altvorderen. Nachdem sie dort schon vieles über Tätigkeiten gelernt hatten, die heutzutage von Maschinen erledigt werden, hatten sie sich jüngst mit der Herstellung gegerbter Felle beschäftigt, einer anspruchsvollen Problematik, mit der sich die allermeisten Menschen praktisch niemals im Leben auseinandersetzen. Anhand einiger Kaninchenfelle hatten sie diese urwüchsige Arbeit von A bis Z durchgenommen.

Seitdem hatte sich ihr Blick für im Straßenbild auftretende Felle merklich geschärft. Dabei hatten sie schnell entdeckt, dass sich momentan allerlei Frauen mit Trappermützen schmücken, bei denen im Nacken noch der Schwanz des dazugehörigen Tieres baumelt. Das hatte sie fasziniert. Nun handelte es sich bei diesen modischen Trappermützen oftmals um Felle des Marderhundes, eines halbhohen Raubtieres, das auch bei uns vorkommt, aber hauptsächlich in weiter östlich liegenden Ländern in großen Farmen gehalten wird. Das erregt seit einiger Zeit erheblich den Unmut der Naturschützer.

Die beiden jugendlichen Freunde allerdings wurden dadurch zu einer Idee inspiriert. Die etwas ältere Halbschwester von Benny hieß Teresa. Sie war bereits eine junge Dame, sah hübsch und knackig aus und wurde von den beiden, die dafür bereits durchaus einen Blick hatten, schwärmerisch verehrt. Wie wäre es, wenn sie ebenfalls solch eine Trappermütze bekäme, von ihnen beiden selbst gefertigt, ein Original?

Das dafür infrage kommende „Spendertier" war schnell entschieden – der Waschbär. Dieses Raubtier war vor nicht sehr langer Zeit über den Ozean aus Amerika nach Europa gelangt und erregte den Zorn insbesondere von Jägern, Förstern und Naturschützern. Im Gegensatz zum Marderhund konnten Waschbären nämlich vorzüglich klettern und plünderten die Nester heimischer Singvögel, wo sie sie nur finden konnten. Deshalb musste Bennys Vater auch nicht lange überredet werden, als sein Sohn ihm eröffnete, dass sie gerne einen Waschbären erlegen würden. Nach einer längeren Vergatterung bekam Benny das Kleinkaliber-Gewehr aus dem Waffenschrank.

Also zogen die beiden Burschen in die Wildnis, zu einer einsamen Stelle, bei der sie bereits mehrmals zuvor eine Ansammlung von Waschbären beobachtet hatten. Sie pirschten sich profihaft an und nach recht langer Zeit gelang es ihnen tatsächlich, einen ausgewachsenen Waschbären mit einem gut sitzenden Schuss niederzustrecken.

Stolz zogen sie damit nach Hause und zeigten die Trophäe dem Vater. Doch gerade als dieser sich darüber freuen sollte, klingelte das Telefon: In einem entfernteren Waldstück war ein Feuer ausgebrochen. Der Förster hastete davon. Die Freunde gingen zu einem offenen Verschlag, um mit der langwierigen Arbeit der Fell-Präparation zu beginnen. Das Kleinkaliber-Gewehr lehnten sie an einen alten, wackligen Tisch.

Fuchs und Hase waren bereits mehrmals vorbeigelaufen und hatten das Kleinkaliber-Gewehr misstrauisch beäugt, die Sonne warf inzwischen lange Schatten. Da löste sich aus einem niederen Kieferdickicht die Gestalt eines schmächtigen Mannes. Vorsichtig spähte er nach rechts und links ins

Gelände. Dann überquerte er schnell die wenigen Meter Zwischenraum und erreichte die Stelle. Dort blickte er sich noch einmal sichernd um, griff sich die Waffe und verschwand wenige Sekunden später wieder im Kieferdickicht. Mit ernstem Gesicht schaute er den hochgewachsenen Mann an, der dort auf ihn gewartet hatte.

„Alle Achtung!", flüsterte dieser grinsend. „Ich hätte nicht gedacht, dass man in Quedlinburg so schnell an eine Waffe kommt!"

Anschließend entfernten sich beide Männer schnell in Richtung eines Feldweges, auf dem ein kleiner schwarzer Mercedes A2 einsam auf sie wartete.

6

Sie blickten sich noch eine ganze Weile schweigend an. Dann fragte Irenäus: „Warum haben Sie mich überhaupt hierher bestellt? Sie hätten mich doch schon längst einmal bei unseren fast wöchentlichen Begegnungen fragen können!"

„Nein, das ging nicht!", erwiderte die Frau. „Ich hatte einfach Schiss! Übrigens: Von mir aus können wir uns duzen. Ich bin Clarissa."

„Und ich bin Irenäus", grinste er. „Soll ich dich Clara nennen oder Clärchen?"

„Nein, bitte nicht!", fuhr sie schnell dazwischen und berührte kurzzeitig seine Hand. „Sag' einfach Clarissa zu mir!"

„Baust du wirklich Drohnen?", kam er nun langsam zur Sache, denn einerseits machte es Spaß, diese Frau beim Reden und in der Bewegung anzuschauen, andererseits war er auch gespannt darauf, was sie nun eigentlich von ihm wollte.

„Ja, aber erst seit einiger Zeit, genauer gesagt seit der Zeit, in der es Laien möglich ist, derartige Maschinen nachzubauen", antwortete sie. „Eine Drohne oder überhaupt etwas ferngesteuertes ist der Traum fast jedes kleinen Jungen und sogar mancher Mädchen, damit sie damit überall aufkreuzen können, ohne gleich bemerkt zu werden. Gerade deshalb haben auch in vielen Staaten das Militär und die Politik versucht, den

Eigenbau von Drohnen zu verbieten oder zu verhindern. Eine sehr gern benutzte Begründung ist die gefährliche Behinderung des Luftverkehrs. Irgendwann haben sich dann aber der zivile Bau und der private Einsatz von Drohnen durchgesetzt. Seitdem gibt es dafür einen ziemlich großen Markt."

„Und darf ich auch fragen, wer denn an solch einer Gerätschaft interessiert ist?", meinte Irenäus und sah tief in die ruhigen braunen Augen. „Ich habe bisher noch nie eine Drohne gesehen."

„Wahrscheinlich schaust du zu viel nach unten", sagte die Frau und ergriff seinen Oberarm, um ihn einer kurzen (prüfenden?) Massage zu unterziehen, „um ein Portemonnaie oder eine verlorene Brieftasche zu finden."

Sie hatte damit genau ins Schwarze getroffen und fuhr unbeirrt fort: „Inzwischen gibt es sehr viele Abnehmer. Zuvorderst stand das Militär, dann allerdings auch die Polizei, die Feuerwehr für Brandeinsätze, die Landwirtschaft zur Optimierung der Erntefahrzeuge, Rettungsdienste, die Forstwirtschaft und natürlich Zustelldienste und private Kunden. Manche Drohnen müssen nur etwas ausspähen, andere müssen auch etwas tragen können, etliche führen sehr subtile Tätigkeiten aus …"

„Zum Beispiel, einen Menschen um die Ecke bringen?" Irenäus beugte sich nun seinerseits vor und fasste ihre gebräunte Hand an.

Doch die Frau erhob sich und sagte: „Ich muss mal Pinkeln gehen!" Sie warf ihm einen eigenartigen Blick zu, dann schaute sie in die Runde. Endlich hatte sie wohl den Weg gefunden und stakste auf ihren Pantoletten davon.

'Eigentlich ist sie gar nicht mein Typ', dachte Irenäus. Die Frau musste das Signal mental empfangen haben, denn sie hob, ohne sich umzuschauen, die Arme rechtwinklig nach oben, so dass ihre Hände neben dem Kopf lustige Gesten machen konnten. Dabei machte sie einige Tanzschritte und wackelte erotisch mit dem üppigen Hintern.

Irenäus glaubte, dass es soweit war, zu ihm nach Hause zu fahren.

Auf dem Rückweg vom Pinkeln zahlte Clarissa die Zeche. Dann kam sie wieder zu ihm an den Tisch und blickte ihm frontal in die Augen: „Eigentlich würde ich mir gern einmal deine Farm anschauen. Meinst du, da lässt sich was machen?"

„Na, ja!", erwiderte er, winkte der Wirtin zum Abschied zu und legte einen Arm um Clarissas Schultern, die sich heiß und straff anfühlten. Für ein paar Schritte schmiegte sie sich an ihn. Wenig später, in der Durchfahrt, drehte sie sich aber unter seinem Zugriff hinweg. Während der armygrüne Daimler direkt neben dem Weg stand, ging sie in Richtung Parkplatz.

„Holst du deinen Porsche?", fragte Irenäus.

„Ich habe keinen Porsche", antwortete sie mit einem amtlichen Augenaufschlag. „Dort steht mein Wagen."

„Mann!", stieß Irenäus hervor. „Wo hast du den denn her?"

Ein stolzes Lachen entrang sich ihrer Kehle: „Ein Freund hat ihn mir für einen Schwarm Drohnen überlassen."

„Jetzt muss ich aber noch Palmwedel auf dem Hof meiner Farm ausbreiten, bevor du kommst", sagte Irenäus und öffnete die Tür des Daimlers.

„Dann fahre am besten schon mal vor!" Jetzt lachte sie etwas offener und hob die Hand zu einem kleinen Winkerchen.

Irenäus kam zuerst an. Im Süden der Stadt erstreckt sich ein Höhenzug, der Eselstall genannt wird. Da es sich um eine sehr alte Kulturlandschaft handelt, nimmt man an, dass es sich hier nicht um die Erinnerung an einen Stall voller schreiender Grautiere dreht, sondern an eine Kultstätte, an der unsere Altvorderen die Asen verehrten. Asen sind uralte nordische Naturgottheiten, die ein bestimmtes Göttergeschlecht in Walhalla bilden. Eine Stelle, wo sie angebetet wurden, eine sogenannte Asen-Stal könnte später im Volksmund zu „Eselstall" verballhornt worden sein.

Von diesem Waldgebiet aus erstreckte sich ein Grundstück nach Süden. Es lag völlig allein in der Landschaft. Darauf befand sich ein älteres Haus mit Erd- und Dachgeschoss. Zum Grundstück führte von der kleinen Chaussee ein holpriger Feldweg hinauf bis zu seinem Eingangstor, das meistens offen stand. Wenn man es passiert hatte, bewegte man sich zwischen blühenden Büschen bis auf einen hofähnlichen Platz, der genau vor dem Haupteingang des Hauses lag.

In der warmen Jahreszeit verbrachte Irenäus die meiste Zeit auf diesem Hof, weshalb hier auch ein rustikaler, alter Holztisch stand, umgeben von einer Anzahl klappbarer Gartenstühle aus Holz und Eisen aus dem frühen 20. Jahrhundert. Im Seitenbereich parkte er den armygrünen Daimler und bewegte sich langsam zu diesem Tisch. Gleich darauf vernahm er das Dröhnen ihres Automotors. Dieses Fahrzeug war wirklich äußerst selten, deshalb hatte er es auch vorhin auf der Roseburg derart bewundert. Es handelte sich nämlich um einen weißen Ford Mustang, wie man ihn praktisch niemals zu Gesicht bekam, höchstens in einigen seltenen amerikanischen Kultfilmen.

Offenbar ließ sie ihn draußen auf dem Weg stehen, wo der Motor mit einem blubbernden Geräusch erstarb.

'Was fange ich eigentlich mit ihr an?' Das fragte sich Irenäus. Zumeist war er ein ausgesprochener Frauenheld, aber dieses Weib war so eine Mischung aus Dame, Nachtclubmädchen und Handwerkerin. Zwar hatte er in seinem Leben etliche Exemplare dieser Spezies kennengelernt, aber keine von ihnen hatte einen Ford Mustang gefahren. Auf den ersten Blick erscheint diese Aussage trivial, ja, schon fast spießbürgerlich. Wer beurteilt schon die Menschen nach ihren Autos! Derjenige ist ja selbst ein Spießer. Ob jemand einen dicken Daimler, einen rustikalen Kombi oder einen dieser fröhlichen osterei-artigen Kleinwagen lenkt, mag auf den ersten Blick tatsächlich relativ nebensächlich sein, fährt jemand jedoch einen Aston Martin, einen Jaguar E, einen Ferrari Berlinetta oder eben einen Ford Mustang, dann sollte man sich diesen Menschen doch einmal genauer ansehen.

In diesem Moment kam diese Menschin durch die Gasse der ergrünenden Büsche geschlendert. Sie stöckelte auf den Tisch zu. Das Lächeln in ihrem Gesicht war jetzt fast spitzbübisch. Irgendetwas trug sie halb hinter ihrem Hintern verborgen.

„Schön hast du es hier“, sagte sie und stellte das Etwas auf die Tischplatte. Es war eine Flasche „Fürst Metternich Rosé trocken“ mit einem Bildchen des Adligen in Farbe.

„Wo hast du die denn her?“, fragte Irenäus lachend.

„Ich fand sie am Wegesrand“, erwiderte die Frau schlagfertig. Irenäus dachte: 'Hatte sie die im Auto? Ist das hier alles vorausgeplant? Oder hat sie sie ganz schnell noch gekauft? Na, egal!' Er holte seine fantastischsten Champagner-Gläser, die er schon vor etlichen Jahren einmal vom Direktor der Quedlinburger Stadtwerke geschenkt bekommen hatte. Sie bekam den Kelch mit dem stilisierten Damengesicht und er den anderen mit den Vögeln auf goldenem Grund.

Mit einem gedämpften Flupp öffnete er die Flasche und verteilte den Rosé auf die Gläser. Dabei schaute er sie noch einmal tiefgründig an und erklärte: „Ich habe gerade in der Sonntags-Werbezeitung eine kurze Annonce gelesen. Es war nur eine Zeile zwischen ANNA und MARIA. Sie lautete: Ehefrau sucht Affaire. – Und warum bist du nun eigentlich bei mir?"

Lächelnd übernahm sie den Kelch und erwiderte: „Ach, ganz soweit würde ich hier nicht gehen. Ich bin nur hier, weil ich irgendetwas ganz Besonderes wittere."

Er sagte nichts und stieß mit ihr an. Schweigend nahmen sie den ersten Schluck, ohne sich dabei anzusehen. Zu viel musste nicht sein …

In diesem Moment war ihm so, als vernehme sein auf die relative Wildnis abgestimmtes Gehör ganz in der Ferne noch einmal eine Autotür klappen. Dann sagte er: „Ich habe mir Crystels Grundstück angesehen. Es liegt schon ziemlich verrückt im Walde verborgen. Sie hat mich allerdings sofort bemerkt, und ich bin augenblicklich wieder abgehauen."

Er beschloss, Clarissa nichts von den Wölfen zu erzählen, voraussichtlich niemals.

„Crystel ist eine Frau, die man nicht unterschätzen sollte", erklärte seine Besucherin, obwohl er das bereits wusste. „Sie interessiert sich für meine Drohnen und hat auch schon die eine oder andere gekauft. Ich weiß nicht, ob man uns als Freundinnen bezeichnen kann, aber zumindest sind wir uns schon etwas näher gekommen. Deshalb hat sie mir auch erzählt, dass sie diesen Egon gern umbringen würde. Ich kann das so nicht auf sich beruhen lassen, will sie aber auch nicht schnöde verraten. Deshalb suche ich bei dir nach einem Ausweg und hoffe, dass du dafür Verständnis hast."

Sie schaute ihn weiterhin mit abgründigen Augen an und drehte ein wenig nervös den Sektkelch zwischen den Fingern.

Irenäus machte ein leicht verstimmtes Gesicht: „Du willst aber vor allem nicht, dass er mit einer deiner Drohnen getötet wird! Das könnte schließlich Ärger geben. Und wer ist überhaupt dieser Egon?“

„Ganz so krass würde ich das wirklich nicht ausdrücken!“ Sie setzte einen verbrämt flehenden Blick auf. „Und wer Egon ist, das sollst du ja gerade herauskriegen. Egon scheint bei der Stadtverwaltung Quedlinburg zu arbeiten und irgendeine Sicherheits-Stellung innezuhaben. Und Crystel kann zaubern, aber was kann sie außerdem noch? Das ist dein Auftrag.“

„Lieber Himmel!“, stöhnte Irenäus. „Und was kannst du außerdem noch?“

Irenäus hatte sich angewöhnt, je älter er wurde, um so direkter mit den Menschen umzugehen, noch dazu, wenn sie ihm mit solchen Aufträgen kamen.

„Willst du das jetzt sofort wissen?“, erkundigte sie sich ungestüm. „Lass uns lieber erst einmal den Rest Sekt austrinken. Und irgendwann einmal lernst du mich vielleicht auch näher kennen. Aber heute muss ich wieder nach Hause.“

Ohne Anstalten zum Aufbruch zu machen, lehnte sie sich nach hinten und hielt ihm das Glas hin.

Irenäus goss die Neige ein. Dabei war ihm so, als würde ganz weit in der Ferne eine Autotür klappen. Er fragte: „Bei wem soll denn dieser Sicherheits-Fuzzi amtlich angesiedelt sein?“

„Ich nehme an, beim Rechtsamt“, erklärte sie. „Der Amtsleiter heißt Wolf Läuter. Kennst du den?“

„Nicht besonders gut“, bejahte er die Frage. „Er verhält sich Außenstehenden gegenüber meistens etwas ablehnend, oder sagen wir besser, ausgesprochen formal. Eins seiner Lieblingsworte ist Schweigepflicht. Aber ich werde es trotzdem versuchen. Wie heißt dieser Egon weiter?“

„Keine Ahnung!“, sagte sie gedehnt. Sie hatte sich erhoben und nahm sein Gesicht in beide Hände. Dann beugte sie sich hinunter, und ihr Mund schwebte kurz vor seinem Gesicht.

Blitzschnell griff er hinter ihren Kopf und schnellte selbst ein Stück nach vorn. Seine gut gebauten Lippen trafen genau auf ihren Mund, der ziemlich warm war und noch feucht vom Sekt. Einige Sekunden ließ sie es geschehen, aber als er die

Zunge breit nach vorn presste, stieß sie sich mit einem Ruck nach hinten. Dabei keuchte sie und atmete einige Male tief durch.

„Ich muss jetzt fahren!", meinte sie mit einem leisen, kehligen Lachen. „Es ist bereits fast dunkel."

„Was?", stellte sich Irenäus erstaunt. „Ich dachte, du bleibst hier!"

„Du bist wirklich so ein richtiger Charmeur", sagte sie und trank den letzten Tropfen Metternich. „Und wahrscheinlich kommst du damit sogar ziemlich oft durch. Aber ich fahre jetzt trotzdem ab. Bringst du mich zum Auto?"

Er erhob sich und reichte ihr die Hand. Wirklich hatte er nicht daran geglaubt, dass sie über Nacht bei ihm bleiben würde. Deshalb erfüllte ihn nun auch kein negatives Gefühl, und er ergriff locker ihre schmale, braune Hand, die sie ihm mit einem koketten Lächeln darbot.

Sie gingen durch die Büsche an der Einfahrt hinaus auf den Feldweg, der zur Landstraße hinabführte. Dabei legte er dann doch noch den Arm um ihre Schultern. Es war, als strahlte ihr gebräunter Körper die Wärme des Tages wieder ab. Alles an ihr schien hitzig zu sein, und sie versuchte keinesfalls, sich seinem Griff zu entwinden.

Doch gleich darauf erreichten sie ihren Ford Mustang, der brav neben dem Feldrain stand und wartete. Irenäus entließ sie aus seinem Arm, damit sie den Zündschlüssel hervorkramen konnte. Gewohnheitsmäßig streifte sein Blick dabei über den weiten Acker, der von ganz weit her noch im letzten Abendlicht angestrahlt wurde.

In diesem Moment stieß die Frau neben ihm einen Schrei aus.

Erschrocken fuhr er herum.

Und noch einmal hallte einer ihrer gellenden Schreie in der Abenddämmerung wider.

7

Obwohl es schon dunkel wurde, saß der Geschäftsführer der Wohnungsverwaltungs-Anstalt immer noch in seinem Büro und ließ sich in Ruhe zum zweiten Mal den Hergang des Quarmbecker Vorfalls berichten. Sein Name lautete Svante Brahms, und vor ihm saß sein engster Mitarbeiter Patrick, der mit der angedeuteten Punk-Frisur, als Berichterstatter.

„Wie geht es deiner Hand?“, erkundigte sich der Geschäftsführer fürsorglich bei dem Jüngeren.

„Es tut noch etwas weh“, grinste dieser und hob die Hand etwas in die Höhe. Sie war leicht geschwollen.

„Müsstest du damit nicht zum Arzt gehen?“, drängte Brahms weiter.

„Dann müsste ich eigentlich auch Anzeige erstatten und das wollten wir doch nicht“, nörgelte Patrick. „Außerdem würde ich bestimmt krankgeschrieben. Ich will aber dabei sein!“

„Du lässt nicht locker, was?“, erkundigte sich der Geschäftsführer, der ebenfalls noch recht jung war. „Wir sollten tatsächlich die Inspektion wiederholen, allein schon deshalb, weil wir ja wirklich demnächst mit dem Abreißen beginnen. Ich schlage vor, du schonst deine Hand noch einen Tag, und übermorgen gehen wir dorthin. Diesmal werde ich als GF dabei sein – da werden wir doch mal sehen!"

„Wir sollten auch Gerda mitnehmen“, schlug Patrick vor. „Ich glaube, die sind dort ziemlich militant.“

„Hervorragende Idee!“, sagte Gerda laut und lachte. „Ihr wollt mich wohl verheizen?“ Sie stand schon fast die ganze Zeit in der Tür zwischen Chefzimmer und ihrem Büro und hörte schweigend mit. Gerda war eine mittelgroße, blondhaarige Frau, die schon sehr lange in diesem Betrieb beschäftigt war und Geschäftsführer kommen und gehen sah.

Neben ihr setzte sich jetzt „Plüscher“ auf die Türschwelle. Er blickte die beiden Männer aus gelben Bernsteinaugen an, dann leckte er sich die eine Hinterpfote. Plüscher war der unsichtbare Kater der Wohnungsverwaltungs-Anstalt, eine dunkle Mischung zwischen Perser- und Hauskatze. Ihn kannten ausschließlich die drei anwesenden Menschen. Sein Stammsitz war Gerdas Büro, wo sich hinter den schweren Übergardinen über dem breiten Fensterbrett rechts eine gläserne Katzenklappe befand, von der aus er über einen kleinen Steg die nächstgelegenen Teerdächer erreichte, wo er außerhalb der Dienstzeiten regelmäßig im Nirvana verschwand. Hinter der anderen Gardine standen seine Fress- und Saufutensilien.

„Plüscher können wir auch noch mitnehmen“, meinte der Chef in einem Anfall von leichtem Humor. Sein Adjudant lachte dazu unangebracht heftig.

„Nein, das machen wir nicht, Plüscher!“, schimpfte Gerda, woraufhin dieser sich wieder auf ihren Schreibtisch zurückzog. „Es reicht, wenn ich verheizt werde. Aber ich stehe bereit! Wie soll das ablaufen?“

„Ganz einfach!“, antwortete der Chef. „Übermorgen nach dem Frühstück fahren wir nach Quarmbeck, stellen uns zu Dritt vor deren Tür und klingeln. Dann werden wir ja sehen, was passiert.“

„Daneben wohnt übrigens auch noch dieser Gustav Janusch, den hätte ich fast vergessen“, meldete sich nun wieder Patrick zu Wort. „Der erschien mir auch nicht besonders kooperativ …“

„Alles klar!“, beendete der Geschäftsführer das Gespräch. „Wir werden das schon klären!“

8

Clarissa brachte kein Wort hervor. Sie wies mit ausgestreckter Hand auf die Vorderseite ihres Autos. Noch etwas von den Schreien geschockt, folgte Irenäus dieser Geste. Was er dann sah, ließ ihn zwar nicht schreien, aber es jagte ihm schon einen gehörigen Schreck ein. Das hatte er noch gar nicht bemerkt, als sie aus dem Grundstück traten: Der Mustang hing merkwürdig verkrümmt nach vorn. Nun sah er es natürlich sofort. Die Vorderreifen lagen beide ohne Luft, und die Felgen berührten fast den Boden.

Im ersten Moment umkreisten beide das Fahrzeug, Irenäus konsterniert und die Frau laut schluchzend. Sie fanden nichts. „Nur“ die beiden vorderen Reifen waren platt, und man sah deutlich die Einstichstellen. Clarissa weinte ungehemmt. Sicherlich waren die Reifen eines Ford Mustang nicht billig. Was aber wesentlich schlimmere Fantasien weckte: Was war das Motiv für eine derartige Tat?

Sie klammerte sich an ihn, presste das Gesicht an seine Brust und weinte.

„Das repariert mein Auto-Schneider aus Ditfurt morgen wieder!“, flüsterte er beruhigend und streichelte ihren Rücken. Der Körper unter dem Kleidchen bebte wie Espenlaub. „Liegt dein Fall, den du mir mitteilen wolltest, vielleicht doch schlimmer als von dir dargestellt?“

„Nein!“, stammelte sie. „Daran kann es nicht liegen! Bitte glaube mir!“

„Irgendwer hat dich jedenfalls verfolgt“, konstatierte Irenäus. „Dieser Mensch war ziemlich skrupellos. Komm erst mal mit rein. Wie es aussieht, musst du heute hier übernachten oder soll ich dich nach Hause fahren?“

„Ich will hierbleiben!“, sagte sie und stampfte trotzig vor ihm durch die Büsche zurück zum Haus.

‘Mir soll’s recht sein’, dachte Irenäus, ‘vorausgesetzt, dieser Verbrecher kommt nicht nochmal und mischt uns beide auf.’

Das Fahrzeug mussten sie stehen lassen. Jetzt, in der einbrechenden Dunkelheit, konnten sie daran nichts mehr reparieren. Außerdem bezweifelte er, dass sie das überhaupt selber schaffen würden. Eigentlich hätten sie natürlich die Polizei rufen müssen, aber dann hätten die sofort gewusst, dass er „einen neuen Fall“ hatte, denn dieser Gedanke sprang einen bei diesem Anblick an wie eine Furie. Und dann hätte es seine geliebte Rita spätestens morgen früh ebenfalls gewusst, wenn sie nicht sowieso gleich mit herkam. Eine fremde Frau war auch wieder im Spiel, vielleicht gleich mehrere. Ein Glück, dass Clarissa nicht auf die Idee zu kommen schien, die Bullen zu alarmieren.

Während er dies dachte, brabbelte er irgendwelche tröstenden Worte in die laue Abendluft und folgte der Frau zum Haus zurück. Er öffnete die Haustür, durch die man direkt in eine geräumige Landküche gelangte, wo sich sommers wie winters ein Großteil seines häuslichen Lebens abspielte.

Besondere Gemütlichkeit verbreitete eine große eiserne Kochmaschine, die sowohl das halbe Haus beheizte, als auch zum Garen und Backen umfangreicher Gerichte hervorragende Dienste leistete. Die Frau konnte sich denn auch eines erstaunt begeisterten Aufschreis nicht enthalten, obwohl sie immer noch sehr unter dem gerade Erlebten litt.

Irenäus verstaute zuerst die guten Sektkelche wieder an einem sicheren Platz. Dann nahm er zwei wesentlich trivialere Gläser aus dem Küchenschrank und kramte zu guter Letzt von irgendwoher eine Literflasche Merlot hervor. Er war Alkoholliebhaber genug und schätzte auch seine Besucherin so ein, dass sie nach diesem heiklen Erlebnis erst einmal einen Beruhigungstrank benötigten.

Wortlos goss sie das erste Glas hinunter und sah ihn dann schweigend an. Was gab es auch groß zu erörtern? Eine erleuchtende Idee würde ihnen frühestens in der Nacht, wahrscheinlicher gegen Morgen kommen. Außerdem begann ihm die sich seit einiger Zeit ausbreitende Schweigsamkeit zunehmend zu gefallen. Also machte Irenäus eine blickunterstützte Kopfbewegung in Richtung Treppe und begab sich mit der Literflasche und seinem Trinkgefäß auf den Weg in die obere Etage.

Dort befand sich sein Schlafgemach. Wie er nicht anders erwartet hatte, folgte ihm die Frau brav und trug sogar das Glas bei sich.

Das Bett passte bequem für zwei Personen, denn irgendwann in seinem schon ziemlich langen Leben hatte er das alte Metallbett seiner Jugend und Studentenzeit bei irgendeinem Umzug einfach stehen lassen. Obwohl er auch darin ausufernde Freuden erlebt hatte, waren seine Begleiterinnen eines Tages wider Erwarten in ein Alter gekommen, in dem sie ein vernünftiges Entspannungsbett verlangt hatten.

Irenäus knipste ein schummriges Lämpchen auf einem kleinen Tisch an, stellte Wein und Glas daneben und begann, sich zu entkleiden. Dabei wandte er sich von der Frau ab und behielt natürlich seinen Slip und das T-Shirt an. So exklusiv fand er seinen Körper nicht mehr, dass er damit vor ihr den Adonis spielen konnte. Anschließend schlüpfte er unter die

Bettdecke. Dann drehte er sich wieder herum. Clarissa warf ihm einen ziemlich nachdenklichen Blick zu. Dann packte sie entschlossen ihr farbiges Sommerkleidchen mit einem Griff, den nur Frauen beherrschen, und zog es sich über den Kopf. Sie besaß einen für ihr Alter interessanten Körper, dessen Einzelteile nun nur noch von einem hellorangen BH und einem gleichfarbigen Tanga verdeckt waren. Im Kontrast dazu und bei dieser Beleuchtung wirkte sie komplett wie eine Negerin. Sie näherte sich dem Bett, ohne ihn großartig zu betrachten, beugte sich herab und goss neuen Rotwein in die Gläser.

Fasziniert schaute Irenäus zu und fühlte sich fast ein wenig gelähmt. Das konnte die Einleitung für eine Bettszene werden. Irenäus neigte dazu, so etwas aus verschiedenen Blickwinkeln „zu analysieren". Einmal betrachtete er den Vorgang von oben aus der Perspektive des naturwissenschaftlichen Beobachters. Das machte erheblichen Spaß, und er wurde wiederholt gefragt, ob er eigentlich während des Aktes Differentialgleichungen lösen könne. Auf der Gefühlsebene genoss er natürlich einfach die Vereinigung mit dem Weib. Wenn er diese Gedanken zu freizügig zum Besten gab, wurde ihm das zuweilen sehr übel genommen, und zwar nicht von den Frauen, sondern von irgendwelchen Dritten, die oft ein gebrochenes Verhältnis zur Sexualität hatten.

Inzwischen hatte Clarissa die Bettdecke einen Viertel Quadratmeter zurückgezogen und sich auf diese freie Stelle gesetzt. Sie griff nach den beiden gefüllten Gläsern und hielt ihm das seine nach hinten. Irenäus griff schnell zu, und sie stießen miteinander an. Immernoch wandte sie ihm dabei den Rücken zu.

Derartige Situationen sind fantastisch und stressig zugleich. Was passiert als nächstes, dachte der Mann, und wie weit kann ich gehen. Der herkömmliche Bürger meint, die meisten Männer hätten „nur das Eine" im Kopf – und Irenäus sowieso. Andererseits handelte es sich bei ihm um einen sehr sensiblen älteren Herren, der eine Hemmung davor aufbaute, ihr jetzt von hinten einfach den BH-Verschluss zu öffnen, auf die Gefahr hin, wenige Mikrosekunden später einen Schlag aufs Maul zu kriegen …

„Wer meinst du, war es?“, fragte sie unverhofft.

Irenäus bremste seine Hand kurz über dem Verschluss in ihrer Rückgratsrinne ab. Die Haut war immer noch sehr heiß. Er antwortete: „Ich weiß es nicht, und ich kann es mir auch nicht einmal denken. Wahrscheinlich hast du mir eine ganze Menge Informationen verschwiegen.“

„Habe ich nicht“, sagte sie und unternahm eine anheimelnde Bewegung, die signalisieren sollte, dass ihr die Streichelei gefiel. „Vielleicht war es Egon?“

„Egon könnte es nur unter einer Voraussetzung gewesen sein“, überlegte er und ging auf das Spiel ein, indem er mit den Fingern in ihrer Rückgratrinne hinabstrich, ohne den Verschluss zu öffnen. „Er müsste von Crystel ausführlich informiert worden sein und dich dann verfolgt haben. Das widerspräche aber alldem, was du über das Verhältnis zwischen den beiden berichtet hast.“

„Die Wahrscheinlichkeit hierfür halte ich für Null“, meinte sie. „Möglich wäre, dass Egon das Gebiet bei Crystel ständig beobachtet hat. Er hat mich dort gesehen und verfolgt mich seitdem.“

„Unwahrscheinlich!“, kombinierte er weiter. „Egon weiß nicht einmal, dass wir ihn ausfindig machen wollen. Selbst wenn er wüsste, dass er getötet werden soll, warum verfolgt er dann gerade dich und warum – vor allen Dingen – zersticht er dir dann die Reifen?“

„Ich glaube, wir lösen diesen Fall heute nicht mehr“, stöhnte die Frau und kroch unter die Bettdecke. Irenäus empfing sie mit beiden Händen. Der Körper war ganz schön rund. Sie legte sich bäuchlings neben ihn und schwang einen ihrer prallen Oberschenkel über seine Beine. Oh Mann, das ging aber wirklich zu weit. Seine Hände wurden nun zu kleinen, geilen Tieren, die ihren Körper eroberten. Er ergriff die heißen, runden Arschbacken und zerrte sie noch weiter auf sich. Doch sie rollte zur Seite ab. Irenäus trennte nun endlich den Verschluss. Dann griff er sich ihre Brüste und massierte sie immer erregter. Das wollte er schon seit Stunden tun. Und was die Frau eigentlich für Absichten hegte, war ihm langsam völlig egal. Zumindest betraf das die oberflächliche Sichtweise.

Das hier vorliegende Verhaltensmuster hatte Irenäus bereits öfter im Leben beobachtet, hauptsächlich in jüngeren Jahren. Wer Sex wollte, musste eine gewisse Hürde übersteigen. Diese Hürde konnte niedrig oder hoch sein und unterlag einem gewissen Trainingseffekt. Menschen, „die gut im Training waren“, trafen sich manchmal nach wenigen Minuten im Bett oder an einem verträumten Platz. Er fühlte jedenfalls nur noch heiße Haut und pralles Fleisch und hörte, wie sie keuchte und irgendetwas sagte, was er nicht verstand. Wenig später hatte sie seine volle Erektion im Griff und presste ihr Hinterteil mit aller Kraft dagegen. Gleich darauf durchflutete ihn eines der schönsten Gefühlsmuster der Evolution.

Als sie später entspannt neben ihm lag, kreisten seine Gedanken noch einmal um den Evolutionsaspekt. Sexualität hatte sehr viel mit Macht zu tun. In jeder menschlichen Gesellschaft besaß die Machtfrage das Primat, und zwar auf allen Ebenen, von der Familie bis zur globalen Staatengemeinschaft. Auf den ersten Blick erschien diese Aussage den meisten Leuten trivial. Dass diese Machtfrage dann jedoch alles durchdrang, war vielen Menschen bereits unangenehm. Die Idee störte sowohl die seichte Harmonie spießbürgerlicher Lebensweise, als auch die manchmal bereits hochkomplexe Denkart der scheinbar Mächtigen. Frühzeitig hatten jedoch die Denker erkannt, dass Sexualität ein stärkeres Machtinstrument darstellt als Gesetze und Waffen. Sexualität steckt praktisch in jedem Gedanken. Wer sie beherrscht, beherrscht auch die Gedanken. Am Anfang gab es vielleicht noch den tierischen Kampf um das ranghöchste Weib. Doch schon bald steuerten hier Rituale die Rangordnung. Später waren es Sitten und Standesordnungen. In einer sogenannten Marktwirtschaft wurde natürlich Sexualität mit dem Gewinn gekoppelt, nicht nur bei den allgegenwärtigen Reklame-Girls. Die fein ausgeklügelte Rolle der Frau in Politik und Kultur bis hin zur hinreißenden Optik der Alpha-Maiden begannen inzwischen, den obersten Männchen die Macht abzulaufen. Irenäus empfand sich dabei als Beobachter in einem weitgehend objektiv gesteuerten Prozess und konnte sich darüber diebisch amüsieren, obwohl es ihn natürlich ebenso betraf.

9

Der Brand in einem abgelegenen Stück Wald war schwer unter Kontrolle zu bringen gewesen, insbesondere weil die heutzutage übliche Feuerwehrtechnik sich nur schwer einer Bauminsel inmitten von hügligen Feldern nähern kann. Der gerade ganz frisch zum Brandinspektor ernannte Mike Possekel war froh über die Anwesenheit des Försters Karl Wabenmond, der ihm mit Rat und Tat in der Feldflur zur Seite stand. Deshalb kam dieser auch erst sehr spät in sein Forsthaus zurück. Er war müde, dreckig und durchgeschwitzt. Zum Glück schliefen Benny und sein Freund bereits im Kinderzimmer, so dass Karl sich in Muße duschen, einen Happen essen und dann selber in die Falle gehen konnte. In der Küche hatte er das vorbildlich aufgespannte Fell des Waschbären in der Luft baumeln sehen, den buschigen Schwanz nach unten. Das rang ihm aber nur noch ein müdes Schmunzeln ab, dann wickelte er sich zusammen mit seiner Dachsbracke Birka in die Betttücher und war gleich darauf in Schlaf versunken.

Am nächsten Morgen weckte er die Burschen frühzeitig und kredenzte ihnen allen ein deftiges Frühstück mit frischen Eiern und Heidschnucken-Wurst. Dann führten die beiden voller Stolz ihren Pelz vor und fachsimpelten mit ihm über die Verarbeitung zu einer modischen Trappermütze.

Dabei fiel Karl Wabenmond irgendwann endlich die entscheidende Frage ein: „Habt ihr eigentlich das Gewehr zurück in den Waffenschrank gebracht?“

„Ouhhh!!“ Die beiden Jungen schauten einander sehr besorgt an, und Benny stammelte: „Wir haben doch gar keinen Schlüssel für deinen Waffenschrank …“

Jetzt beschlich den Förster ein sehr seltsames Gefühl. Mit bereits leicht erhobener Stimme erkundigte er sich: „Und wo habt ihr es dann gelassen?“

„Es muss noch draußen stehen!“, antwortete der Freund ehrfürchtig und beflissen. „Ich weiß, wo!“

Karl verschüttete vor Aufregung seinen Morgenkaffee. Er sprang auf und rief drohend: „Es steht irgendwo!!??“

„Nein, nein, am Tisch!", schrie Benny weinerlich und lief hinaus auf den Hof. Dort stand der alte Tisch. Der Junge stand davor und wedelte hilflos mit den Armen. „Es ist weg! Das kann nicht sein!!"

Sein Freund machte sich bereits daran, den ganzen Hof abzusuchen, obwòhl er ganz genau wusste, wohin sie das Kleinkaliber-Gewehr gestellt hatten.

Karl schaute mit flackernden Augen um sich. Er musste sich sehr beherrschen, die Burschen nicht zu schlagen. Doch dann kehrte die Besonnenheit etwas zurück: „Stop! Kommt zurück! Ihr verwischt alle Spuren!"

Zitternd trippelten die Beiden zum Hauseingang. Karl zog schnell einige Kreise um den Tisch, die immer größer wurden. Er wurde schnell fündig. In einem Maulwurfhaufen fand er den tiefen Abdruck eines Männerschuhs, der vom Haus wegzeigte. Daraufhin holte er Birka an der Leine. Er ließ die Hündin am Tisch beginnen, führte sie bis zu diesem Schuhabdruck und ließ sie dann suchen. Die Dachsbracke wusste sofort, worum es ging. Eilig zerrte sie das Herrchen bis zum Waldweg, der zum Forsthaus führte. Dort gab sie nach einigen Metern hinter einem Gebüsch Laut. Karl sah bereits die breiten Reifenabdrücke eines modernen PKWs im Sand des Randstreifens. Das war's also …!

Als erstes holte er den Fotoapparat und nahm die Spuren der Schuhsohle und des Reifens minutiös auf, zweitens schärfte er den beiden tief betrübten Burschen ein, dass sie absolut keinem anderen Menschen etwas von diesem Vorfall berichten durften, drittens beauftragte er sie, bis auf weiteres das Haus zu bewachen, und viertens machte er sich auf den Weg zu seinem Freund Irenäus Moll, denn der hatte manchmal gute Ideen, was man in einem solchen Falle machen könnte.

Also nahm er seinen kleinen Jeep, Dachsbracke Birka saß wachsam auf dem Beifahrersitz, und rumpelte über nahe Forstwege zu dessen Grundstück.

Als er dort ankam, sah er bereits einen kleinen Menschenauflauf, obwohl es noch ziemlich früh am Vormittag war. Zwei Fahrzeuge und mehrere Menschen prägten die Situation. Er hielt etwas auf Distanz, um die Lage zu sondieren.

Sein Jeep kam vom Rande des Waldes her, also sozusagen von oben, die Landstraße befand sich am entgegengesetzten Ende des Feldweges, der die Zufahrt zum Grundstück von Irenäus Moll darstellte. Deshalb sah er auch als erstes den ein wenig schrägstehenden Ford Mustang. ‘Mann’, dachte er, ‘wer ist denn bei dem zu Besuch?’ Ein paar Meter weiter parkte ein Abschleppfahrzeug, an dem groß und breit die Aufschrift eines Ditfurter Reparaturservices prangte. Ditfurt ist ein in der Nähe liegendes Dorf. Karl fuhr bis kurz vor den Ford Mustang und stieg mit Birka aus.

Die Dachsbracke raste sofort zu ihrem besten Freund Titus, der sich die Situation bis eben offenbar aus einiger Entfernung angeschaut hatte, womit es nun ein Ende hatte, denn es interessierte ihn nicht mehr.

Irenäus stand dort mit einer Frau, die Karl noch niemals gesehen hatte. Die Frau umfasste den Oberarm seines Freundes, was ihm als altem Menschenkenner sofort signalisierte, dass sie und Irenäus bereits „etwas miteinander hatten“. Der Autoschlosser war ein Mann mit grauem Vollbart und ebensolchen etwas längeren Haaren. Er und sein Kumpel Achim waren gerade dabei, professionelle Wagenheber unter die Vorderachse zu klemmen. Dabei sagte Detlef Schneider, so hieß der Chef: „Wir nehmen die Räder mit und vulkanisieren sie. Dann kann sie heute Abend wieder fahren. Neue Reifen hätten wir für dieses Auto nicht so schnell gekriegt, und die wären auch nicht gerade billig.“ Er grinste. „Zum Glück wurde nur gestochen und nicht geschnitten. Das geht ohne Probleme.“

„Morjen, Morjen!“, sagte Karl betont mecklenburgisch und blickte alle ringsum an. Die Anderen knurrten jeweils etwas zurück. Deshalb stellte er sich daneben und schaute schweigend zu, wie das edle Auto angehoben und die Räder abgeschraubt wurden. Einige Minuten später fuhren die beiden Autoschlosser damit ab, und sie waren nur noch zu dritt.

„Das ist mein Freund Karl“, sagte Irenäus zu der unbekannten Frau und zu ihm gewandt, wobei er der Frau kurz um die Taille strich: „Und das ist Clarissa. Es ist wunderbar, dass du da bist, denn sie hat mir ein Problem mitgebracht.“

„Ich habe auch ein Problem mitgebracht", erwiderte Karl aufmüpfig.

„Na, dann erzähle erstmal dein's!", forderte ihn Irenäus leutselig auf.

Auf eine so schnelle Abfertigung war der Förster gar nicht eingestellt, aber da sich die dunkelbraunen Augen der Frau fragend auf ihn richteten, rang er sich zu der Aussage durch: „Mir wurde ein Gewehr geklaut. Ein Kleinkaliber-Gewehr, keine Jagdwaffe." Und er erklärte mit einigen Worten den Vorfall. Eigentlich war er nur gekommen, weil er dachte, Irenäus wäre allein und würde mit ihm gemeinsam überlegen.

Irenäus fand die Lage auch ein wenig deplatziert, denn die Frau neben ihm hatte ihn ebenfalls mit einem Fragenkatalog konfrontiert. Dabei konnte Karl allerdings möglicherweise weiterhelfen. „Sag' mal!", forderte er seinen Freund auf. „Du bist doch mit deinem Forsthaus an die Stadtverwaltung angegliedert. Kennst du dort einen Angestellten, der Egon heißt?"

Karls Blick wurde angestrengt: „Egon? Was ist mit dem?"

Irenäus und Karl bildeten ein alt eingespieltes detektivisches Duo, was die unbekannte Frau allerdings nicht zu wissen schien. Jedenfalls guckte sie ziemlich verwirrt bei dieser Frage, besonders als die Erklärungen dann weitergingen: „Er soll getötet werden."

„Getötet?" Karl lachte trocken auf. „Du meinst wohl, ermordet? Ich bin ja in meinem Forsthaus etwas weit vom Schuss, aber trotzdem kenne ich Egon, obwohl der ganz neu bei der Stadtverwaltung arbeitet. Er hat als erstes alle relevanten Waffen registriert, übrigens auch die Abhandengekommene. Er ist nämlich der neue Beauftragte der Stadt für kommunale Sicherheit. So einer ist neuerdings von Staats wegen verordnet. Er hat mit mir nur telefoniert. Im übrigen kam er mir selbst am Telefon irgendwie seltsam vor. Er scheint mit dem Rechtsamtsleiter zusammenzuarbeiten, also mit Läuter."

„Das haben wir uns schon gedacht", meinte Irenäus und machte eine leichte Kopfbewegung in Richtung Haus. Langsam gingen sie über das Grundstück. „Meinst du, es hätte Sinn, sich mit Läuter darüber zu unterhalten?"

„Ich denke, nur wenn du ihn gut kennst und wenn der Mord nur eine spektakuläre Annahme ist", antwortete der Förster. „Ansonsten müsste Läuter nämlich sofort Anzeige erstatten. Wollt ihr das?"

„Nein, wir wollen erstmal mehr über diesen Egon erfahren", mischte sich nun die Frau ein. „Woher kommt er? Wie heißt er weiter? Was ist das für ein Mensch?"

„Er heißt mit Nachnamen Ritzrau", sagte Karl und grinste ganz leicht. „Der Name bürgt bereits für Qualität. Aber wie gesagt, er ist mir noch nicht begegnet. Ich kann mich auch schlecht darauf konzentrieren, weil in meinem Kopf die gestohlene Waffe kreist. Eigentlich müssten wir in diesem Fall gleich Egon Ritzrau anrufen. Nur, dann käme, wenn es dumm läuft, heraus, dass ich zwei minderjährige Jungen in einem öffentlichen Wald mit einem Kleinkaliber-Gewehr spazierengehen lasse. Am besten, du bringst uns jetzt mal ein Bier, Irenäus!"

Mit dieser Aufforderung ließ er sich an dem großen alten Holztisch im Freien nieder. Sein Freund eilte ins Haus und kam gleich darauf mit drei Gläsern und drei Flaschen Altenburger Pils wieder. Dieses frische Bier war Irenäus' neues Lieblingsbier, es befand sich in Klemmbügelflaschen. Er stellte sie auf den Tisch und setzte sich Karl gegenüber.

Die Frau stand noch und fragte etwas beklommen: „So früh trinkt ihr schon Bier?"

Irenäus betrachtete sie von oben bis unten, als wäre sie eben gerade aus einem vorbeigeflogenen UFO gefallen, dann sagte er den alten Harzer Trinkspruch auf oder vielmehr die Volksweisheit: „Des Morgens in der Frieh schmeckt das Bier wie Hienerbrieh! Wenn du dir das nicht aneignest, wirst du wohl in unserer Gemeinschaft keine lange Lebensdauer haben."

„Man kann auch mit anderen Qualitäten glänzen", gab Clarissa patzig zur Antwort. „Wenn ihr mich nicht dabeihaben wollt, gehe ich eben!"

„Bleibe lieber noch hier!", wollte Irenäus sie beruhigen. „Wir sind nun mal ein eingespieltes Team. Außerdem steht ja dein Auto noch hier. Setz' dich zu mir!"

Die Frau tat ihm zwar den Gefallen und setzte sich an das äußerste Tischende, aber Karl sah an dem Gefunkel ihrer

Augen, dass sie keineswegs versöhnt war. Was hatte er sich denn da nur für eine Mörze angelacht? Anschließend erzählten sie ihm von der Heilerin im Wald, die Egon Ritzrau töten wollte und dass sie dafür unter Umständen eine von Clarissas Drohnen benötigte.

„Ach, du Scheiße!", meinte Karl und prostete Clarissa demonstrativ zu. „Das ist doch diese Frau in der Nähe des Steinbruchs, die sich ständig mit unseren Jägern am Wickel hat!"

„Du kennst sie?", erkundigte sich sein Freund erstaunt.

„Sagen wir es mal so", überlegte der Förster, „ich weiß zwar, wie sie aussieht, aber wir kennen uns nicht persönlich. Sie lebt wohl einen ziemlich eigenwilligen Stil, etwas magisch und extrem naturnah. Es ist ihr vielleicht tatsächlich gelungen, einen persönlichen Bezug zu unserem kleinen Wolfsrudel, das neuerdings hier herumschleicht, aufzubauen."

Er sah, dass Irenäus ihm ein widerstrebendes Augenzucken zusandte und dann die Frau anblickte. Konnte er das richtig so deuten, dass sie diese Zusammenhänge nicht zu wissen brauchte?

„Was denn für Wölfe?", erkundigte sich die Frau nun mit ungläubiger Stimmlage und bestätigte damit Karls Vermutung.

Daher wich er schnell aus: „Ich weiß selbst gar nichts. In dem Wald, in dem wir gerade sitzen, laufen jedenfalls keine Wölfe herum. Es wird nur immer wieder über Sichtungen in Deutschland und vielleicht auch im Harz gemunkelt."

„Du hast aber gesagt, Crystel hätte mit diesen Wölfen Kontakt aufgenommen", fiel ihm die Frau ins Wort. „Wieso weiß ich davon gar nichts, wenn das Weib ständig meine Drohnen kaufen will?"

„Ich wusste nicht einmal, dass sie Crystel heißt", versuchte Karl abzulenken, und sein Freund unterstützte ihn mit einem zustimmenden Nicken. „Und mit den Wölfen, das war nur so daher gesagt. Wo eine Hexe ist, da sind auch wilde Tiere …"

„Das hatte sich aber wesentlich präziser angehört", versuchte die Frau weiter zu mosern.

Diesmal schnitt ihr jedoch Irenäus den Redefaden ab: „So, Karl, nun erzähle erst mal, was mit deinem Gewehr passiert ist!"

Also begann der Förster seinen Bericht. Zum Schluss meinte er: „Der Diebstahl muss bereits vor vielen Stunden stattgefunden haben. Ich habe nicht die geringsten Erkenntnisse über die Täter, außer diesen beiden Spuren. Deshalb bin ich zu dir gekommen. Ich konnte ja nicht wissen, dass du bereits beschäftigt bist."

„Vielleicht sind die beiden Fälle ja miteinander verbunden", mutmaßte die Frau schlagfertig. „Wenn ich das richtig verstehe, stimmen beide Sachverhalte etwa zeitlich zusammen. Möglicherweise waren das ein paar Chaoten, die hier durch den Wald gezogen sind und Unfug angestellt haben."

Karl blickte die Frau missmutig an. Er sah an winzigen Details, dass es auch Irenäus nicht passte, wie diese sich in ihre Überlegungen einmischte. Der Freund schwieg auch einige Zeit und fragte erst dann: „Hast du irgendeine Ahnung, wer bei deinem Haus gewesen sein könnte und warum? Gelegenheit macht Diebe. Ansonsten müssten wir ja annehmen, dass irgendwer bewusst zum Forsthaus gekommen ist und dort auf Anhieb das Gewehr vorgefunden hat. Dafür spricht zum Beispiel die Autospur. Warum sollte dort jemand hinter dem Gebüsch halten? Zufall?"

„Vielleicht wollte er den Förster etwas fragen!", überlegte die Frau dazwischen.

„Nehmen wir an, es wäre so gewesen", ließ sich Karl auf das Gespräch ein. „Jemand wollte zum Beispiel bei mir einen Geburtstagsbraten bestellen. Er hielt am Gebüsch, kam auf den Hof, sah dort das einsame Gewehr stehen und konnte es gut gebrauchen. Wann findet man schon mal ein Gewehr! Also klaute er es und fuhr wieder nach Hause. Den Braten würde er eben beim Fleischer kaufen ..."

„Dann fuhr er auf verschlungenen Wegen durch den Wald", spann Irenäus den Faden fort, „und als er bei uns vorbeikam, stach er schnell mal beim Ford Mustang die Reifen durch, damit wir ihm ja nicht folgen konnten. Nein, diese Variante halte ich für extrem unwahrscheinlich."

„Trotzdem!", gab die Frau keine Ruhe. „Irgendwie muss es sich abgespielt haben, denn es ist ja geschehen! Nehmen wir an, Leute brauchten illegal eine Schusswaffe. Die erste Idee führt immer zu einem Waffenbesitzer. Die Polizei scheidet aus, und da bleiben eigentlich nur Jäger und derartige Menschen …"

„Dann wäre es ja wirklich der absolute Zufall gewesen!", rief Karl. „Sie wollten mal schauen – und es stand tatsächlich eine Knarre da! Damit kann ich mich nicht anfreunden!"

„Ich finde die Idee gar nicht so abwegig", überlegte Irenäus. „Vielleicht waren sie ja auch schon mehrmals da. Oder das Glück hat ihnen tatsächlich zugelächelt. Ich kann mich nämlich nicht mit dem Gedanken anfreunden, dass ganz normale, brave Bürger ein Gewehr vor dem Forsthaus stehen sehen und es sofort klauen und damit durch den Wald nach Hause gehen. Also wird das Fahrzeug schon etwas damit zu tun haben."

„Und wer braucht gerade mal ein Gewehr?", fragte der Förster übel gelaunt.

„Das werden wir nicht so einfach erfahren", grinste sein Freund, „es sei denn, er stellt demnächst damit einen Blödsinn an. Ein Glück, dass Egon Ritzrau die Waffe registriert hat!"

„Womit wir bei meinem Thema wären", lächelte die Frau süffisant. „Fällt euch dazu ebenfalls eine so elegante Lösung ein?"

Diese Person ging Karl ziemlich heftig auf den Geist. Deshalb fiel ihm die provokante Bemerkung förmlich aus dem Mund:
 „Am besten, ich statte dieser Crystel mal einen Besuch ab."

„Da würde ich gerne mitkommen", fügte Irenäus lapidar hinzu. „Am besten, wir fahren gleich."

„Hey! Spinnt ihr?!" Clarissa sprang wütend in die Höhe und reckte die Brüste hervor. „Ich gebe euch eine sehr diffizile, hoch problematische Information, und ihr wollt mir einfach den Zugriff dazu entziehen. Ich würde euch ganz stark davon abraten, dort hinzufahren. Solltet ihr aber überhaupt keine Warnung annehmen, dann komme ich wenigstens auch mit."

„Du musst schon mal wissen, was du überhaupt willst !" Irenäus war genervt. „Wenn du willst, dass ich dieses Problem einer Lösung zuführe, dann musst du mich einfach mal arbeiten lassen. Es war niemals die Rede davon, dass du dabei meine Assistentin sein wirst."

„Aber ich sitze hier mit durchstochenen Reifen!", schrie die Frau nun halbwegs. „Und ihr wollt mich einfach meinem Schicksal überlassen?"

„Wenn du willst, bringen wir dich zu Hause vorbei“, sagte Irenäus und schickte sich an, ihre Hand beruhigend zu streicheln, „falls wir überhaupt heute und jetzt fahren wollen. Was meinst du, Karl? Oder du bleibst hier bei deinem Mustang. So lange wird es nicht dauern.“

Die Frau sprang auf und lief eine Runde um den Tisch. Dabei flatterte das farbige Kleidchen um ihren Körper. Karl fand dieses Bild ausgesprochen geil, eigentlich hätte er mit dieser Frau auch gern mal im Bett gelegen. Diese hochhackigen Sandaletten gaben ihrem Gang einen eigenartigen Drall, so als zögen ihre Brüste sie nach vorn und sie müsste schnell hinterher laufen, damit sie nicht umfiel.

Trotz dieses Denkansatzes sagte er gelassen: „Ich wäre dafür, dass wir sofort zu dieser Hexe fahren. Worauf wollen wir warten? Und vielleicht erfahren wir unterwegs wirklich etwas über den Verbleib meines Gewehrs.“

„Du brauchst keine Bedenken zu haben!“, meinte Irenäus ruhig und erhob sich vom Tisch. Er tat zwei schnelle Schritte auf die erregte Clarissa zu und umspannte mit einem Arm ihre lustvolle Taille. „Glaub uns bitte! Wir sind ein eingespieltes Team und schaffen das besser allein!“

Wider Erwarten spannte sie sich nur so stark gegen seinen Griff, dass er mit beiden Händen fest zugreifen musste, damit sie ihm nicht entglitt. Mit einer Hand packte sie seinen rechten Oberarm und sagte: „Okay, ich vertraue euch, aber versucht, mich aus dem Spiel zu lassen! Ich warte hier so lange.“ Dann gab sie, was für Karl unerwartet kam, Irenäus einen schnellen Kuss.

Talwärts, dort wo die Zufahrtsspur auf die Straße trifft, befindet sich eine kleine Süßkirsch-Plantage. Als sie dort abbogen, ließ der Förster den geübten Waidmannsblick nach rechts abschweifen. Zwischen den Kirschbäumen stand ziemlich weit zurückgesetzt ein PKW.

„Ob der vielleicht dazu gehört?“, bemerkte er lakonisch.

Irenäus ruckte den Kopf herum und nahm das Fahrzeug gerade noch aus den Augenwinkeln wahr.

Doch dann waren sie bereits in der nächsten Kurve.

Sein Freund gab keine Antwort. 'Was hätte er auch sagen sollen', sinnierte Karl beim Weiterfahren.

10

Die Wölfe waren längst weitergezogen. Crystel stand vor einem Tisch im Freien und überlegte. Unter den Sonstwelt-Menschen war gerade eine Seuche im Abklingen, deren pathogenes Potenzial grenzwertig gewesen war und deshalb auch von vielen nicht ganz ernstgenommen wurde. Es handelte sich um die Kombination eines sehr starken Hustens mit extremer Ausbildung von eitrigem Rotz in Nase und Nebenhöhlen. Dies wiederum löste eine starke Beanspruchung des Bronchialtraktes aus, so dass es zu Bronchitis und im Extremfall zur Lungenentzündung kam. Die Übertragung von Mensch zu Mensch verlief intensiv, was eine erhebliche Anzahl von Krankheitsfällen auslöste. Zwar wurden von der Schulmedizin erfolgreich Antibiotika zum Einsatz gebracht, aber wer dies nicht wollte, musste mit einem Ausfall von bis zu einem Monat rechnen und noch einer erheblichen Zeit des „Nachhalls“. Crystel wusste, dass diese Krankheit in nächster Zeit in verstärkter Form wieder auftreten würde.

Konnte sie dagegen ein wirksames Heilmittel komponieren?

Vor sich auf der Tischplatte hatte sie einige Pflanzenteile und Wurzeln im Halbkreis drapiert. Diese konnten in gewissen Kombinationen stärkend und heilend wirken. Allerdings würde es ein sehr starkes Mittel werden müssen. Sie benötigte Zusatzstoffe aus Steinen, Erden und Holz, sowie Beimengungen von Bienenhonig, Baumharz und Wildfrüchten, die es erst im Spätsommer und Herbst gab.

Jetzt kam Lisa angeflogen. Die wollte ihr immer etwas erzählen. Sie ließ sich auf ihrem Lieblingsast nieder, schlug mit den schillernden Flügeln und wippte hektisch mit dem langen Schwanz. Dabei drehte sie aufgeregt den Kopf um alle Raumachsen und knarrte und keckerte laut.

Crystel unterbrach ihre beschauliche Tätigkeit und sah die Elster aufmerksam an. Na, was gab es denn zu vermelden? Was? Es kamen Fremde zu ihrem Gehöft, vor denen man sich fürchten musste? Gleich würden sie hier sein? Die Hexe strich dem Vogel beruhigend über das schwarzweiße Gefieder, dann wandte sie sich der Zufahrt entgegen. Auch sie hörte jetzt das Gedröhn eines Automotors.

Ein ziemlich kleiner Jeep mit Aufschrift an den Vordertüren kurvte in ihren Weg, blieb aber sofort stehen, und zwei Männer stiegen aus. Im Schlepptau führten sie zwei Hunde. Der eine der Männer war der Langhaarige von gestern. Er trug ein grünes Hemd, Jeans und an den nackten Füßen Sandalen. Der andere hatte einen blonden Lockenkopf und war ansonsten in Dunkelgrün gekleidet, was ihn wie einen Forstbeamten aussehen ließ. Der Langhaarige hielt einen schwarzen Altdeutschen Schäferhund an der Leine, der andere einen Brackenhund, was ihn endgültig als Jäger auswies.

Crystel sah aus den Augenwinkeln, dass sich Elster Lisa ziemlich weit in Sicherheit brachte, verspürte aber selbst keine ausgesprochen negative Schwingung. In ihr wuchs eher Interesse. Was wollten diese wilden Kerle von ihr? Dass es sich nicht um Normalos handelte, war schließlich nicht zu übersehen. Langsam ging sie ihnen entgegen. Gerade fiel ihr auf, dass sie ja im Partner-Look gekleidet war, mit leichtem hellgrünen T-Shirt und einer halblangen Hose in grünem Leinen. Die herausschauenden Hautpartien waren mild gebräunt.

Kurz vor dem Zusammentreffen machte der Typ mit den langen dunkelblonden Haaren mit erhobenem Arm ein Zeichen der Begrüßung und sagte: „Hallo! Dürfen wir Sie mal stören?“

‘Blöde Frage’, dachte Crystel und blieb knapp drei Meter vor den Männern stehen: „Sie tun es doch schon!“

„Es muss sein“, sagte der Mann und brachte seinen Hund zum Sitzen. „Sie sind doch Crystel, oder? Einen weiteren Namen kennen wir leider nicht. Aber ich bin Irenäus, und das ist Karl.“

„Hallo!“, sagte der andere knapp und blickte sie forschend an. Das war ein Jäger, sah Crystel.

„Was wollen Sie von mir?“, fragte sie und ärgerte sich sofort darüber, dass ihre Tonlage eine Nuance zu hoch gewesen war.

Prompt sagte der Langhaarige denn auch: „Sie brauchen keine Angst vor uns zu haben. Wir müssen uns mit Ihnen unterhalten. Können wir uns irgendwo hinsetzen?“

„Warum sollte ich?“, brauste sie auf, sah aber sofort, wie die Männer die Gesichter schmerzhaft verzogen, als wollten sie sagen, nun stell dich nicht trivialer an, als du bist! Also setzte sie ein kleines Grinsen auf: „Na gut, Irenäus und Karl, kommt mit an den Gartentisch!“

Als sie dort saßen und auf ihre Zuwegung blickten, fragte sie: „Möchtet ihr einen Kräutertee?“

Der Jäger zögerte noch mit der Antwort, aber der Langhaarige antwortete bereits: „Nein, danke!“

„Vielleicht darf es ein selbstgekelterter Wein sein?“, bot Crystel belustigt an.

Die Männer wiegten bedächtig die Köpfe und knurrten zustimmend, so dass sie noch einmal aufstand und ins Haus eilte. Sie suchte einen Brombeer-Schlehen-Wein aus und kehrte zurück. Als dann endlich alle versorgt waren, hob sie ihr Glas: „Zum Wohl! Und was wollt ihr nun von mir?“

Auch die Männer nahmen einen Schluck, nickten wohlwollend, und dann begann der Langhaarige endlich: „Wir müssen mit dir über Egon Ritzrau reden. Um es gleich vorwegzunehmen, ich habe ihn noch nie gesehen, und Karl hat mit ihm nur einmal telefoniert.“

Crystel lief eine kalte Gänsehaut über den Rücken. Das hatte sie jetzt am allerwenigsten erwartet. Leise und gepresst erwiderte sie: „Wer seid ihr?“

Jetzt übernahm der Jäger das Wort. Er blickte sie sehr rational an: „Manche sagen, wir wären Privatdetektive, obwohl Irenäus eigentlich Schriftsteller ist und ich Förster bin. Wir besitzen auch keine Lizenz. Aber wir werden manchmal zu Problemfällen gerufen, bei denen man die Polizei nicht einbeziehen will. Ein derartiger Fall liegt hier vor. Du möchtest diesen Egon töten? Das ist eine sehr außergewöhnliche Aussage für die heutige Zeit. Bist du dir sicher? Um das zu klären, sind wir auch gleich zu dir persönlich gekommen.“

Crystel senkte den Kopf und schwieg einen Moment, dann schaute sie wieder auf: „Das kann euch doch nur diese Ziege mit ihren Drohnen erzählt haben, weil sie Angst hat, dass sie in die Tötung von Egon verwickelt wird. Aber ich will es gar nicht mit ihren Drohnen machen. Es wird ganz anders geschehen!“

„Es hätte wohl keinen Sinn gehabt, die Informationsquelle zu verschweigen, obwohl wir dringend darum gebeten wurden“, sagte nun wieder Irenäus. „Aber es ist nun einmal geschehen, und da wollten wir auch nicht einfach weggucken. Karl und ich haben lange überlegt, aber dann sind wir einfach zu dir gekommen. Willst du diesen Menschen wirklich töten? Wer ist das?“

Die beiden Männer saßen vor ihr, drehten ihre Weingläser in der Hand und schauten sie groß an. Solch eine bescheuerte Situation hatte sie in ihrem ganzen Leben noch nicht erlebt. „Wenn ich euch einen guten Rat geben soll“, meinte sie dann und kriegte sich innerlich wieder ein. „Haltet euch einfach aus dieser Sache raus! Egon wird nicht mit einer Drohne getötet. Und sein Tod wird in keiner Weise auf mich rückführbar sein. Was euch diese Clarissa da erzählt hat, war Schwachsinn. So leicht nachvollziehbar töten Hexen nicht.“

„Wie töten Hexen dann?“, erkundigte sich dieser Irenäus und wackelte mit dem leeren Glas in der Luft herum. „Das würde mich jetzt doch mal sehr interessieren.“

Langsam goss sie ihm nach und sagte: „Hexen versuchen, eine Situation herbeizuführen, in der er getötet wird.“

„Aha!“, fuhr er fort. „Und du siehst diese Situation bereits?“

„Nun seid mal nicht zu neugierig, oder wollt ihr dieses Typen tatsächlich retten?“, meinte sie provokativ, ohne ärgerlich zu sein.

„Nicht unbedingt. Wie gesagt, uns geht das eigentlich gar nichts an“, sagte nun wieder der Förster, „trotzdem hätte uns schon mal interessiert, warum du so sauer auf ihn bist.“

„Ich will dazu nur sagen, dass dieser Mensch von der übelsten Sorte ist“, rang sie sich schließlich als Antwort ab, denn sie musste innerlich zugeben, dass die Männer ihr gefielen. „Er kann sogar hin und wieder angenehm sein, in anderen Situationen jedoch findet man kaum einen derartigen Denunzianten, Vergewaltiger, Lügner, Provokateur wie dieses Stück Dreck! So, und nun möchte ich davon nichts mehr hören! Warum seid ihr beide eigentlich Privatdetektive? Gefällt es euch, andere Leute anzuscheißen?“

„Ach was! Diese Drohnenbauerin kam zu mir und tischte mir das Problem mit ziemlicher Vehemenz auf", antwortete Irenäus und lächelte sie ein wenig an. „Karl kam gerade dazu, und da wir tatsächlich schon in einige sehr merkwürdige Fälle hineingeraten sind und sie gut gelöst haben, gaben wir ihr eine unverbindliche Zusage."

„Wahrscheinlich ist sie vorher in dein Bett gekrochen, um den Deal zu besiegeln", sagte sie und ärgerte sich sofort darüber.

Doch der Mann lächelte erneut, was sie als Zustimmung wertete. Unbewusst duzte er auch nicht mehr. „So genau wollen wir es gar nicht wissen! Vielleicht sagen Sie noch, wo wir ihn finden? Es wird von Ihnen kein Wort fallen, falls wir ihn zufällig treffen."

„Ich weiß es wirklich nicht", sagte sie. „Findet es selbst heraus oder lasst es bleiben! Letzteres würde ich euch übrigens dringend raten, denn die negativen Fähigkeiten dieses Mannes sind nicht von Pappe!"

„Wahrscheinlich werden wir deinem Rat folgen", duzte er sie nun wieder, „aber vorher werden wir uns noch abstimmen. Intern und ohne Clarissa."

Es schien, als wolle dieser Irenäus sich bereits verabschieden, da sagte der Förster: „Wenn du schon eine echte Hagazussa bist, dann kannst du mir vielleicht auch sagen, wer in den letzten Stunden eins meiner Gewehre gestohlen hat?"

Crystel blickte ihn kurz an. Irgendwie gefiel ihr der Bursche, wenn er auch schon etwas in die Jahre gekommen war. Dann meinte sie: „Woher soll ich das so plötzlich wissen? Aber es ist sehr interessant. Vielleicht wird bald jemand damit getötet … und da so viele Tötungen demnächst nicht anstehen …" Nach wenigen Sekunden fügte sie hinzu: „Hast du wenigstens irgendwelche Hinweise? Spuren?"

„Einen Schuh- und einen Reifenabdruck", erwiderte der Profi-Jäger.

„Zeig sie mir!", forderte sie.

Während sie den Rest des Brombeer-Schlehen-Weins auf die Gläser verteilte und sich dabei von dem Langhaarigen interessiert mustern ließ, holte Karl eine Digitalkamera aus dem Jeep. Er stellte sie auf den Tisch und fragte: „Hast du im Haus einen Computer mit größerem Bildschirm, wo wir die Bilder in Groß sehen können?"

Sie schüttelte die blonden Haare, ohne rot zu werden, denn die Männer brauchten ihre eigene Welt nicht zu genau auszuspähen. Der Förster grinste provokant und zeigte ihr die Bilder auf dem kleinen Display des Fotoapparates.

Crystel nahm sich besonders bei dem Reifenabdruck Zeit, denn da war etwas. Schließlich verkündete sie: „Hier scheint ein Stück Gummi am Profil zu fehlen. Schau mal! Daran könnte man es wiedererkennen!"

„Tatsächlich! Das hätte ich höchstwahrscheinlich übersehen", sagte Karl und hielt den Schirm dicht vors Auge. Der Langhaarige zog eine kleine Lesebrille hervor und setzte sie auf. Er meinte: „Mit sehr viel Glück könnte man dieses Fahrzeug finden. Willst du uns nicht dabei helfen?"

Crystel musste ziemlich laut lachen: „Ihr macht mir ja Spaß! Ich kann euch etwas Glück wünschen, aber wenn ihr meint, ich gehe durch die Stadt und gucke mir die Reifen aller Autos an … ha, ha, ha … dafür ist mir meine Zeit zu schade! Nehmt doch Clarissa in das Team auf, vielleicht macht die mit!"

„Wir hätten aber lieber dich!", sagte Karl und blickte sie mit seinen blauen Augen tiefgründig an. Selbst die beiden schweigenden Hunde schmiegten jetzt die Ohren an und legten die Stirnen in Falten.

„Wir dachten auch nicht so sehr an die Autoreifen-Schau, sondern mehr an eine mentale Unterstützung", fiel der Langhaarige ein. „Wir sind nämlich ebenfalls magisch veranlagt, wenn auch vielleicht etwas weniger trainiert als du. Und so ähnlich wie du leben wir auch. Willst du nicht mal mitkommen? Karl bringt dich bestimmt gern wieder nach Hause zurück. Oder?"

„Kein Problem", nickte der Jäger strahlend. „Sehr gern!"

Crystel fühlte sich von diesen Männern total überrumpelt, und trotzdem sagte ihre innere Stimme: 'Mach' es oder willst du hier im Wald Wurzeln schlagen?'

„Also gut!", kam es aus ihr heraus. „Dann lasst uns fahren! Aber ich vertraue auf euch!"

Die Hunde wedelten befriedigt, und die Männer lächelten sie an.

In den nächsten zwanzig Minuten holperten sie fast ausschließlich über Feldwege bis zu einem Wald in der Nähe von Quedlinburg. Der Jeep hielt neben einem Acker, und sie gingen durch ein offen stehendes Gittertor auf einen Hof, umgeben von Bäumen und blühenden Büschen. Dort stand ein ansehnliches kleines Häuschen, in dem, wie er ihr nun erläuterte, Irenäus wohnte.

Zuallererst jedoch meinte der Hausherr: „Oh Mann, Clarissa ist ja gar nicht mehr da und der Mustang auch nicht! Die hatte ich ganz vergessen."

Auch der Förster schaute etwas irritiert drein und warf dann einen prüfenden Blick auf Crystel. Sie beeilte sich zu sagen: „Das hätte ich euch sagen können! Clarissa hat es nicht gern, wenn man sie warten lässt."

Anschließend ließ sie sich dann eine Weile alles erklären und setzte sich an den großen Tisch. Zur Abwechslung wollte Irenäus einen frisch gebrühten Nescafé auffahren, doch er wurde belehrt, dass es dafür nun zu spät sei. Tatsächlich neigte sich die Sonne langsam den westlichen Harzbergen entgegen. Auf allgemeinen Wunsch holte der Hausherr eine Flasche Wein aus dem Haus.

Wie komme ich eigentlich wieder nach Hause? Diese Frage klopfte an die Tür ihres Unterbewusstseins, doch leider hätte diese Tür mal wieder geölt werden müssen. Sie klemmte und saß ziemlich fest. Vielleicht musste jetzt irgendetwas Unvorhergesehenes alles aus dem Takt bringen? Als sie das dachte, prosteten die Männer ihr bereits freudig zu, und sie erwiderte mit einer schwungvollen Geste.

Unmittelbar darauf tönte hinter ihr ein Motorengeräusch.

Die Blicke der Männer gingen plötzlich an ihr vorbei. In ihnen lag so ein Gemisch aus Verwunderung und Skepsis, das sie dazu anregte, sich ebenfalls so schnell wie möglich umzudrehen. Mit dem was sie sah, konnte sie erst einmal nicht viel anfangen. Durch die blühenden Büsche kam ziemlich schnell ein dunkelblaues Auto gefahren, soweit Crystel so etwas überhaupt beurteilen konnte, ein sehr alter VW Golf. Er kam genau auf sie zu, schwenkte dann aber zur Seite und hielt mehr oder weniger hinter dem Gartenstuhl von Irenäus. In seinem Inneren leuchtete irgendetwas auffallend rot in der Abendsonne. Crystel war gespannt darauf, was nun passieren würde.

Aus der abgewandten Fahrerseite schälte sich eine Gestalt und umrundete geschmeidig das Auto. Die Person war nicht besonders groß und erschien in der Dämmerung komplett dunkelgrün. Das Rot im Abendlicht entpuppte sich als die Farbe langer, glatter, kupferner Haare, das Grün als die ihrer Kleidung. Ursprünglich wollte sie wohl eine temporeiche Begrüßung der Männer inszenieren, aber als sie sah, dass die nicht allein waren, bremste sie kurz vor dem Tisch ab. Als erstes musterte sie kurz Crystel.

'Oh, Gaia!', dachte diese, 'was ist denn das nun wieder für ein verschärftes Weib!' Die Männer sparten auch nicht an Überraschungen. Sie schätzte diese Person als dominant und militant ein. Garantiert war sie Waffenträgerin. Was würde nun passieren?

Die beiden Männer hatten sich ihr zugedreht, und besonders Irenäus machte Anstalten aufzustehen, aber die Frau sagte bereits: „Hallo Karl, hallo Irenäus! Ich wusste nicht, dass du Besuch hast. Bleibt sitzen – ich will euch gar nicht stören.
Eigentlich wollte ich etwas mit dir besprechen, Irenäus, aber du bist sicherlich beschäftigt. Hoffentlich kein neuer Fall …"

Sie wurde durch das Einsetzen von lautem Freudengeheul unterbrochen. Die beiden Hunde stürzten sich wie die Wahnsinnigen auf diesen alten Golf. Hinter dem kam jetzt ein ziemlich merkwürdiges, dunkles Wesen hervorgerollt, auf das sich die Hunde der Männer mit Begeisterung stürzten. Crystel konnte diesen ganzen neuen Sinneseindrücken kaum folgen, aber sie sah doch, dass es sich bei diesem Wesen um einen sehr kräftigen, niedrigen Hund mit dem Körper und den Läufen eines überdimensionalen Dackels und dem Kopf eines Schäferhunds handelte. Nachdem er einige Sekunden mit aufgereckter Rute dagestanden hatte, verfiel er mit den beiden Gefährten in ein allgemeines Toben über den gesamten Hofraum.

„Otto!", rief die rothaarige Frau in halbherzigem Tonfall. „Benimm dich!"

„Das ist Rita, wenn ich vorstellen darf, Kriminalhauptkommissarin“, übernahm Irenäus und brachte dann den unglaublichen Zusatz, „und das ist Crystel, die gerade mit Karl auf der Durchreise zum Forsthaus war.“

‘Schmeißt der mich einfach raus?’, dachte Crystel, doch dann sah sie schnell, dass es klug war, eine Hauptkommissarin nicht unbedingt in den Fall Egon Ritzrau einzuweihen.

Rita schenkte ihr ein kurzes, grünes Lächeln und meinte: „Sie sehen so ähnlich aus wie diese Frau, die in der Nähe des Grauwacke-Abbaus Rieder im Wald lebt und behauptet, eine Hexe zu sein. War dort nicht mal etwas mit einem angeschossenen Wolf?“

Crystel musste sich bemühen, die Contenance zu bewahren, aber da sagte zum Glück der Förster: „Ja, komm, Crystel! Es ist schon fast dunkel. Du willst doch noch ein bisschen vom Haus sehen. Also, macht’s gut, ihr Beiden!“

Sie machte eine bedauernde Geste, lief schnell um den Tisch, drückte Irenäus einen Abschiedskuss auf die Wange – das musste sein, schon um diese Rita zu ärgern – und lief dann dem Förster nach, der bereits durch die Büsche verschwand.

Als Birka und sie im Jeep saßen, fuhr Karl sofort auf die dunkle Waldkante zu. Dabei fragte er, ohne sie direkt anzuschauen: „Woher kannte sie dich? Hattest du damals wirklich etwas mit dem angeschossenen Wolf zu tun?“

Sie schaute jetzt auf einen von den Scheinwerfern mühsam erhellten Waldweg. Um sie herum war es inzwischen stockfinster. „Ich habe dem Wolf das Leben gerettet und ihn gesund gepflegt, wofür mir seine Familie sehr dankbar ist. Den Schützen habe ich angezeigt, was damals einigen Wirbel ausgelöst hat. Aber lass uns heute Abend lieber von etwas anderem reden.“

Der Förster zog es vor zu schweigen. Kurz darauf erreichten sie sein dunkles Forsthaus. Galant ließ er sie aussteigen. Draußen war es inzwischen ziemlich kalt geworden.

Crystel hatte Lust, diesen rauen Burschen zu becircen und zog die Schultern zusammen, obwohl Hexen nur selten frieren: „Mir ist kalt!“

Wie sie erwartet hatte, legte sich sofort sein Arm um ihre Schultern. Durch den dünnen Stoff des T-Shirts spürte sie die

Wärme seines Unterarms. Er ließ sie erst wieder los, als er die Haustür aufschloss. In seiner rustikalen Küche kramte er sofort Holz aus einer Kiste und begann, in Windeseile den Herd zu heizen. Dann kam er wieder zu ihr, schaute sie mit seinen blauen Augen forschend an und meine: „Ich koche erst einmal etwas Schönes für uns oder gibt es Einspruch?"

Dann kam er noch näher, und sie antwortete leise: „Kein Einspruch …"

Dabei dachte sie: 'O jeh, das kann ja was werden …'

11

Irenäus strahlte echte Freude darüber aus, dass ihn Rita endlich einmal wieder besuchte. Die rothaarige Frau verfolgte noch kurz das Verschwinden der beiden anderen. Dann drehte sie sich dem Mann zu. Irenäus hatte sich von seinem Sitzplatz erhoben und blickte ihr erwartungsvoll entgegen.

Nach dem kurzen Kampfeinsatz mit der Hexe, die Frau Hauptkommissarin konnte es eben einfach nicht lassen, wandte sie sich endlich ihm zu und fiel ihm verhalten um den Hals. „Na, kannst du mich noch leiden?", fragte sie leise, und ihre ungeschminkten Lippen näherten sich aufreizend seinem Gesicht.

„Ja! Doch, das kann ich!", grinste Irenäus und legte einen Arm um ihre schlanke, aber durchtrainierte Körpermitte und zog mit dem anderen ihren Kopf die letzten Zentimeter bis an seinen Mund. Die Frau ließ sich nicht langwierig erobern, sondern fuhr sofort mit einer langen Zunge über seine Lippen. Genussvoll ließ er sich alles gefallen und streichelte ihren Rücken, wobei seine Hand immer tiefer glitt. Als er sein Knie mit einiger sanfter Gewalt zwischen ihre Oberschenkel presste, stieß sie sich nach zwei Minuten von ihm ab und lachte: „Immer mit der Ruhe! Ich glaube, ich muss heute Nacht sowieso hierbleiben."

Die Hauptkommissarin war eine anerkannt hübsche Frau. Ihr Gesicht nannte Irenäus „ein schönes Pferdegesicht". Dieser Ausdruck darf nicht verwechselt werden mit einem „Pferdegebiss", das ist etwas ganz anderes aus dem Reich der Stomatologie. Ein Pferdegesicht hingegen ist ein schmales, längliches, leicht, aber ästhetisch knochiges Gesicht, das im Falle Ritas von langen, naturkupfernen Haaren eingerahmt wurde. Als Kontrast blickten aus diesen Gesichtszügen ein paar tiefgrüne Augen, teils kritisch-prüfend, oft aber auch lustig-warm und manchmal spöttisch-grenzwertig.

Rita hatte praktisch immer grüne Kleidung an, wobei noch nie geklärt wurde, ob als Polizistin oder als Kontrast zu ihren roten Haaren. Auch heute trug sie eine dunkelgrüne Jeans und dazu ein etwas helleres T-Shirt. Als kinderlose, sportliche Frau konnte sie es sich leisten, als Gegnerin so beengender Kleidungsstücke wie BHs aufzutrumpfen.

„Gib mir mal ein Bier!", sagte sie. „Wollen wir noch einen Moment draußen sitzen?"

Irenäus holte das gewünschte Getränk aus dem Haus und für sie eine Wolldecke. Sie ließen sich an dem bewussten großen Holztisch nieder, als die ersten Fledermäuse umherflatterten. Er hob sein Glas und fragte kurz darauf: „Willst du wirklich etwas mit mir besprechen oder wolltest du nur die beiden anderen abwimmeln?"

Rita und Irenäus waren ohne Frage ein interessantes und schlagkräftiges Paar, und vielleicht liebten sie sich sogar, aber zwischen ihnen existierte ein schwelender Dauerkonflikt. Die Frau war nun einmal eine sogar recht hoch angesiedelte Staatsdienerin, die von Gesetzes wegen einer Aufgabe nachging. Und Irenäus hatte nicht nur ein ziemlich gebrochenes Verhältnis zu dieser Spezies Mensch, sondern er provozierte sie auch noch permanent in seiner Funktion als Privatdetektiv ohne Lizenz und Waffe (wie er sich stets selber blumig betitelte). Rita sah ihm das zwar fast immer mit Engelsgeduld nach, nicht aber die allermeisten anderen amtlichen Vertreter in ihrem Umfeld. Besonders empfindlich kam für die Behörde hinzu, dass er und sein Mitstreiter Karl Wabenmond bereits einen nicht unerheblichen Bekanntheitsgrad besaßen, der ihnen derartige Kundschaft wie diese Clarissa direkt ins Haus führte.

Rita trank genüsslich von ihrem Bier. Bekanntlich besitzen alle Waffenträger eine mehr oder minder ausgeprägte Neigung zum Alkoholgenuss. Dann begann sie: „Eigentlich wollte ich dich hauptsächlich einmal wiedersehen, mein Lieber, aber uneigentlich wollte ich mit dir auch eine, nun ja, eine besondere Frage erörtern. Wie ich gerade sah, habt ihr einen neuen Fall. Komm, du brauchst gar nicht …! Wie ihr beide mit dieser Hexe herumgeturtelt habt, war absolut eindeutig! Das ist für mich aber nicht schlimm. Ich habe inzwischen keine Ressentiments mehr gegen euch. Ihr habt immerhin stets gute Arbeit geleistet."

„Oh, vielen Dank!", sagte Irenäus und versuchte, ihr über den Tisch hinweg einen Kuss zu geben, was allerdings nicht ganz gelang. „Können wir dir vielleicht sogar helfen?"

„Wenn du damit nicht überall prahlen gehst", meinte sie und blickte ihn recht kritisch an. „Also Folgendes! Wir haben eine Anfrage von der Armee bekommen, Bundesverteidigungsministerium. Sie vermissen einen hochrangigen Offizier, weniger vom Dienstgrad als vielmehr vom Einsatz her. Scheint ein Krisen-Einsatz zu sein. Irgendwo außerhalb der Konfetti-Welt. Sein Wagen, ein kleiner Mercedes A2, wurde vor drei Tagen zwischen Halberstadt und Quedlinburg geblitzt. Seitdem ist der Mann verschwunden, absolut vom Erdboden verschluckt."

„Cool!", konnte sich Irenäus nicht enthalten, dazwischen zu rufen. „Und den sollen wir jetzt suchen?"

„Aaaaach!", fuhr ihm die Hauptkommissarin in die Parade. „Höre doch auf, mich zu provozieren! Niemand darf erfahren, dass du diese Information besitzt. Wenn ich da mit ins Spiel komme, wirst du für den Rest deines Lebens von mir gnadenlos gejagt!"

So mochte Irenäus seine Rita. Gnadenlos! Aber er schwieg.

Sie grinste kurz, denn sie hatte seinen Gedanken schon wieder erraten: „Wenn ihr bei euren Erkundungen – ich möchte gar nicht wissen, um was es sich handelt – auf diesen Typen stoßen solltet, dann lass es mich, nur mich, bitte wissen."

„Gibt es weitere Informationen?", fragte er nun ganz sachlich. „Hast du ein Bild von ihm?"

Sie schürzte etwas verhalten die Lippen, dann: „Nein, alles geheim. Aber er ist durchtrainiert und blond. Und es saß eine zweite Person neben ihm, eine Frau. Sie konnte nicht identifiziert werden."

„Na so was! Ist wohl noch 'ne alte Radar-Falle gewesen?", spottete er, der prinzipiell vom Konzept des Gläsernen Menschen in diesem Staat ausging. Zwar klimperte in seinem Unterbewusstsein ein sehr schwächliches Déjà-vu, aber dann meinte er doch nur: „Okay! Alles verstanden! Hast du Hunger? Ich glaube, du musst heute frühzeitig ins Bett gehen."

Ein wenig schuldbewusst verdrängte Irenäus alle Gedanken an die vergangene Nacht. Ihr beider Intimleben, das war auch so ein Konstrukt, das sie nie richtig eins werden lassen konnte.

„Ich glaube auch!", sagte Rita und blitzte ihn verhalten grün an.

12

Am nächsten Morgen. Irenäus und Rita weilten wahrscheinlich noch im Bett. In der Wohnungsverwaltungs-Anstalt mahnte der Geschäftsführer zum Aufbruch. Gerda hatte gerade den kleinen Frühstückstisch abgeräumt, und Plüscher hatte sich zum Verdauen auf ihren Schreibtisch zurückgezogen.

Kurz darauf fuhren sie endlich nach Quarmbeck, an Bord Svante Brahms, Patrick und Gerda.

Ein paar Minuten später kamen sie durch die große Einfahrt mit dem Transparent „Nein zum Abriss! Quarmbeck bleibt!"

Svante Brahms machte ein Gesicht, als wäre ihm gerade ein Frontzahn abgebrochen, Patrick grinste frech, und Gerda schaute diskret aus dem Fenster.

Doch dann war der Spaß abrupt zu Ende. Gleich links auf dem Exerzierplatz neben der Otto-Lilienthal-Straße stand sehr schweres Gerät. Besonders Gerda machte große Augen. Der Geschäftsführer bremste seinen Wagen davor ab. Auf dem Rasen, dessen letzten Tage sowieso gezählt waren, stand ein achtachsiger 100 Tonnen-Tieflader und darauf ein riesiges Kettenfahrzeug, mit allerlei martialischen Gerätschaften bewaffnet. Daneben stand abgekoppelt eine 700-PS-FAUN-

Zugmaschine, die so ausgerichtet war, dass eins der langgezogenen Trittbretter der Morgensonne entgegenragte. Darauf saßen zwei schon etwas ältere Typen in frisch gewaschenen blauen Latzhosen, die so aussahen, als könne jeder von ihnen mit einem Arm Patrick über den Kopf heben und mindestens zehn Meter weit werfen. Gemütlich aßen sie die mitgebrachten Klappstullen und tranken Kaffee aus einer Thermoskanne.

Das Wohnungsverwaltungs-Team näherte sich ihnen und begrüßte sie sehr freundlich, wobei es der Geschäftsführer aus verständlichen Gründen vermied, die riesigen Pranken mit seinen zarten Bürohänden in Berührung kommen zu lassen: „Guten Morgen! Sie sind ja schon da? Wollen Sie etwa auch gleich heute noch beginnen?"

„Na ja! Früher Vogel fängt den Wurm", sagte einer der FAUN-Männer. „Aber keine Angst, wir brauchen erst noch anderthalb Tage, um unseren H a c k i hier abzuladen und zusammenzubauen. Aber dann geht's los, zuerst bei dem Bau dort drüben an der Straße, oder?"

„Genau!", erwiderte der Geschäftsführer und gestand dann: „Aber da sind noch ein paar Leute drin, die sich nicht rausscheren. Wir wollen die gerade zum letzten Mal auffordern."

„Warum holt ihr denn nicht die Polizei?", fragte der FAUN-Mann. „Oder meinst du, ihr schafft das?"

Der Geschäftsführer hatte wohl registriert, dass ihn das Muskelpaket gerade abgewertet und geduzt hatte. Deshalb sagte er besonders forsch: „Wir werden das schon schaffen! Keine Frage!"

„Wenn nicht", meinte der andere FAUN-Mann gelassen, „könnt ihr ja uns holen!"

„Vielen Dank!", rief Svante noch schnell. „Aber das wird nicht nötig sein."

Sie eilten zum hinteren Eingang des Wohnblocks. Die Haustür stand offen. Der Geschäftsführer sagte mit gedämpfter Stimme: „Wir gehen einfach hoch und klingeln. Vielleicht sind sie ja gar nicht mehr da."

Patrick und Gerda nickten nur stumm. Dann stiegen sie die Terrazzo-Betonstufen hinauf bis ins oberste Stockwerk. Es handelte sich um ein Bauwerk aus der Zeit zwischen den beiden Weltkriegen, und alles besaß leichten Jugendstil-Charakter. Das Geländer war schmiedeeisern und apart geschwungen. Im obersten Geschoss gab es drei Wohnungen und einen kleinen Gang mit einer Technik-Kammer. Die Wohnungstür der größten Wohnung lag genau dem Treppenaufgang zugewendet.

Davor baute sich der Geschäftsführer auf und drückte auf den Klingelknopf. Ein unheimliches Gefühl beschlich ihn, denn die Situation war irgendwie surreal. Seine beiden Mitarbeiter waren hinter ihm auf dem Treppenaufgang stehengeblieben und schauten ihm mit leicht verschleiertem Blick bei seiner Aktion zu.

Natürlich wusste der Geschäftsführer, dass in dieser Wohnung nur eine junge Frau wohnen konnte. Sie war eine Art Punkerin und hieß mit Vornamen Bonnie. Die konnte ihm eigentlich nicht viel tun. Bestimmt würde sie herumzicken und auch nicht auf der Stelle die Wohnung räumen, aber in den nächsten zwei Tagen musste sie raus. Im besten Falle war sie längst abgehauen, und alles war gut. Er klingelte noch einmal.

Plötzlich ging die Tür auf. Vor ihm stand Bonnie. Irgendwie sah sie ganz anders aus als früher. Ihre schwarzen Haare fielen glatt gekämmt über ein schwarzes T-Shirt. Darunter trug sie nur einen schwarzen Slip. Mit sehr strengen Augen sah sie ihn an: „Was wollen Sie?"

„Guten Morgen!", sagte der Geschäftsführer. „Wir möchten Sie ein letztes Mal auffordern, ihre Wohnung zu verlassen. Das wissen Sie doch alles. Die Abrissfirma steht bereits vor der Haustür. Warum machen Sie uns diesen Ärger? Wir geben Ihnen gern eine neue Wohnung in der Stadt oder dort hinten sind noch zwei Blöcke, in die sie einziehen können."

„Ich will hierbleiben", sagte die Frau und machte ihm die Tür vor der Nase zu.

'So ein Mist', dachte er und schaute auf seine beiden Mitarbeiter. Die standen auf der Treppe, verdrehten die Augen und sahen ihn bedenklich an.

Svante Brahms klingelte wieder.

Die Tür ging wider Erwarten auf. Vor ihm stand ein ziemlich großer Mann mit blonden Haaren. Mit einem durchdringenden Blick sah er Svante an und fragte: „Was willst du?"

„Von Ihnen will ich gar nichts", antwortete der Geschäftsführer, der sich schnell eingekriegt hatte. „Wer sind Sie überhaupt?"

„Weißt du", sagte der Mann, „wenn ihr nicht so geldgierig wäret, würden in diesem Haus ganz viele Menschen wohnen. Sag das mal deinem Bürgermeister! Und nun verschwinde!"

Mit diesen Worten tippte er dem Geschäftsführer mit eisenharten Fingern auf die Brust, so, wie dieser es noch nie erlebt hatte. Ein heftiger Schmerz durchfuhr seinen Brustkorb, dann fiel er die Treppe hinunter, prallte gegen Patrick und Gerda und schlug anschließend sehr schmerzhaft mit der Nierengegend auf das schmiedeeiserne Treppengeländer. Ihn durchraste ein wahnsinniger Schmerz, und durch rotierende Nebel sah er, wie seine beiden Mitarbeiter die Treppe hinunterflogen.

Nur mit ihrer Hilfe kam er wieder auf die Beine. Seine Nierengegend schmerzte fürchterlich. Kläglich humpelte er aus dem Block. Draußen lehnte er sich eine ganze Weile an eine dicke Linde. Gerade als Gerda und Patrick ihn auffordern wollten, wieder nach Hause zu fahren, raffte sich Svante erneut auf: „So kann ich das nicht auf sich beruhen lassen. Diese Arschlöcher müssen wir in die Mangel nehmen!"

„Aber was wollen Sie denn machen, Herr Brahms?", fragte Gerda aufgeregt. „Zu Dritt werden wir mit diesen Leuten nicht fertig! Und die Polizei wird uns auch nicht helfen."

„Na, mit euch beiden sowieso nicht", grunzte Svante. „Mit euch möchte ich in keinen Kampf ziehen, das ist mir heute klargeworden."

„Ich bin nur eine Frau!", begehrte Gerda auf und sah Hilfe suchend zu Patrick, der abgewandt in der Nase bohrte.

„Ich kenne auch starke Frauen", murmelte der Geschäftsführer und stakste in Richtung Wiese, „aber jetzt frage ich erst mal die wirklichen Typen."

Die beiden FAUN-Fahrer saßen immer noch auf dem Trittbrett und tranken Kaffee. Einer richtete sich auf und fragte: „Na, wir müssen wohl doch etwas Hilfe leisten?"

„Na ja," stammelte Svante, „es wäre schon nicht schlecht. Da ist so ein starker Typ dabei, der ist etwas handgreiflich geworden ..."

Die FAUN-Fahrer, die sich offensichtlich ein wenig langweilten, richteten sich ächzend in den Stand auf und knurrten grinsend: „Na, dann wollen wir mal sehen, Herr Geschäftsführer!"

Svante Brahms musste nun ebenfalls grinsen, denn er sah, dass das Männer waren, die vor Kraft kaum laufen konnten. Zielstrebig dackelten sie neben ihm her, wie zwei Bulldoggen, die ihre Aufgabe nicht schnell genug erledigen können. Eilig kletterten sie die Treppen empor und stellten sich rechts und links neben die Wohnungstür. Wieder klingelte der Geschäftsführer.

Und wieder öffnete Bonnie. Diesmal hatte sie ein schwarzes Sommerkleidchen an, das ziemlich weit über den Knien endete. Sie sah die Männer freundlich an: „Was wollt ihr denn noch?"

„Mensch, Kleine!", sagte der eine FAUN-Fahrer. „Du musst jetzt hier raus! Wir reißen morgen das Haus ab. Gehst du jetzt freiwillig?"

„Und warum reißt ihr dieses Haus eigentlich ab?", fragte Bonnie und sah ihn mit ihren braunen Augen fragend an. „Es ist ein schönes, intaktes Haus."

„Das interessiert mich nicht. Wahrscheinlich will keiner drin wohnen", sagte der FAUN-Fahrer. „Also, kommst du?"

„Nein!", sagte die Frau mit kühler Stimme.

„Na, komm schon!", befahl der Mann einen Zahn schärfer und packte sie am Oberarm.

Das hätte er lieber nicht tun sollen.

Die Wohnungstür öffnet sich weiter, und der blonde Typ trat ein Stück auf den Flur. Mit leiser Stimme sagte er: „Lass sie sofort los und verschwinde!"

Der FAUN-Fahrer lachte echt heiter und zog Bonnie ein Stück in seine Richtung. Der blonde Mann ging zwei Schritte auf ihn zu und hieb ihm blitzschnell irgendwo in die Kopfregion. Der FAUN-Fahrer sackte zusammen wie ein nasser Sack. Der Blonde drehte sich um und sah den anderen Fahrer an. Der hob beide Hände und sagte: „Kein Bedarf. Das geht mich nichts an. Darf ich ihn mitnehmen?"

„Klar doch! Er wacht gleich wieder auf", sagte der Blonde mit leichtem Lächeln. Dann nahm er Bonnie in den Arm und sagte zum Geschäftsführer: „Verschwindet jetzt! Ich würde es sehr gut finden, wenn ihr euch das noch einmal überlegt und das Haus stehen lasst!"

„Auf gar keinen Fall!", antwortete Svante Brahms mit verkniffenem Gesichtsausdruck.

Dann klappte die Wohnungstür zu.

Wie vorausgesagt, wachte der FAUN-Fahrer gleich wieder auf, und sein Kollege half ihm in die Senkrechte. Er schüttelte sich etwas und sagte: „Mann, oh Mann! Um die da raus zu kriegen, braucht ihr wahrscheinlich die GSG 9."

Svante Brahms war offensichtlich sehr wütend und stammelte: „Die werden das bereuen! Wir machen das mit unseren Mitteln."

13

Inzwischen war der Vormittag schon ein ganzes Stück vorangeschritten. Rita räkelte sich vor Irenäus in dessen Bett, aber der Mann konnte nur noch streicheln. Für alle anderen Aktivitäten hatte er sich eine ausgiebige Pause verdient, schließlich rangierten andere Männer in seinem Alter schon längst auf dem Abstellgleis. Aber vor allen Dingen, ausschlaggebend ist die Übung, man darf eine Fähigkeit im wahrsten Sinne des Wortes nie erschlaffen lassen.

Das wusste seine beste Freundin durchaus zu würdigen. Und als er sie lange genug vorn und hinten, oben und unten gestreichelt hatte, holte sie zwei Tassen Kaffee ins Bett und setzte sich im Schneidersitz neben ihn.

„Ich habe mir inzwischen durch den Kopf gehen lassen", begann sie mit gefurchter Stirn und betrachtete ihn kritisch, wie er so neben ihr lag. „Dass du mir eigentlich doch ein wenig von eurem neuesten Fall berichten könntest. In deinem Zimmer hat es gestern etwas anders gerochen als sonst. Bestimmt hat dich doch schon wieder irgendeine bescheuerte Tussi aufs Glatteis gelockt. Habe ich recht?"

Irenäus hatte sich ein Stück Bettdecke über den unbekleideten Körper gelegt. Er schaute sie mit einem liebevollen

Blick an: „Über eine Tussi möchte ich nicht erzählen, aber vielleicht ein bisschen über den Fall. Kennst du einen Mann namens Egon Ritzrau?“

„Egon Ritzrau?“, fragte Rita ungläubig. „Das ist der neue kommunale Sicherheitsreferent. Lass dich ja nicht mit dem ein. Bei dem weiß noch niemand, in wessen Lager er gehört. Was ist mit dem?“

Ihr Freund konnte sich ein breites Grinsen nicht verkneifen: „Er soll getötet werden.“

„Getötet? Das ist vielleicht gar keine schlechte Idee“, sagte sie leise, „aber dann solltest du um so eher die Hände von ihm lassen. Und warum hat man euch da hineingezogen? Fühlt sich jemand kompromittiert? Oder kriegt die Hexe von gestern Abend kalte Füße?“

„Was ist mit der?“, erkundigte sie Irenäus. „Warum kanntest du die überhaupt?“

„Ach, du heilige Einfalt“, lachte Rita und fuhr ihm mit der Hand den Oberschenkel hinauf. „Du weißt wohl gar nicht Bescheid? Eure neue Freundin hat vor einiger Zeit Egon Ritzrau angezeigt, weil der einen erwachsenen Wolf angeschossen hat. Sie hat das Tier dann wohl wieder gesund gepflegt – wir haben dabei weggeguckt. Sie hat es sogar sehr gut hingekriegt!“

„Ach deshalb laufen bei ihr die Wölfe auf dem Hof herum“, grinste er anerkennend. „Aber wieso kann dieser Egon so etwas überhaupt tun?“

„Du hast die Wölfe gesehen?“, fragte Rita interessiert. Er nickte, und sie fuhr fort: „Wer kommunaler Sicherheitsreferent ist und alle Waffen kontrolliert, besitzt natürlich selber auch eine. Und wer einen Waffenschein besitzt, darf auch zur Jagd gehen, falls er gerne Tiere tötet und nicht nur den Bestand reguliert wie dein Freund Karl.“

„Nun wird für mich wirklich erst ein Schuh draus“, überlegte Irenäus und streichelte versonnen von hinten ihre rechte Brust.

„Vorsicht, mein Kaffee!“, lachte sie, ohne die Brust aus der erogenen Gefahrenzone zu bringen. „Wie will sie ihn denn töten?“

„Ich weiß es nicht", erwiderte er. „Jedenfalls will sie es nicht manuell vollstrecken, sondern durch die Herbeiführung einer Situation, bei der er stirbt. Falls ich das richtig verstanden habe."

„Und wer hat dich nun mit diesem Fall beauftragt?", erkundigte sie sich weiter. „Doch bestimmt nicht das Hexlein, sondern die Frau mit dem 4711?"

„Was für ein 4711?", fragte er beklommen.

„Mann!", rief sie. „Das 4711, nach dem dein ganzes Bett riecht!"

„Die verrate ich nicht. Berufsehre!", sagte Irenäus. „Aber wieso hast du überhaupt die ganze Nacht hier verbracht, wenn es nach 4711 riecht?"

„Weil ich Sehnsucht hatte und es Spaß macht", grinste Rita ihn von oben her an, „und weil ich dich kenne. Außerdem hatte ich letztens selber mal einen Ausrutscher, wir sind schließlich kein Ehepaar."

„Aber hoffentlich nicht mit Egon Ritzrau?", erkundigte er sich mit gespieltem Ernst.

„Du blöder Sack!", lachte die Hauptkommissarin und goss ihm den Rest lauwarmen Nescafé über sein wertvollstes Körperteil. „Ich muss längst zur Arbeit!"

Irenäus hatte immer ein paar Blätter Küchenkrepp im Bett. Während er sich damit abtrocknete, rief er der Frau nach, die sich blitzschnell ihre Garderobe überstreifte: „Wo finden wir denn nun Egon Ritzrau?"

„Wenn ich das wüsste, hätte ich es dir längst gesagt", schrie die Frau zurück und hatte die Haustür fast erreicht. „Dieser Typ ist unsichtbar. Er kriecht nur aus seinem Loch, wenn er jemanden anscheißen kann! Tschüüüüß!"

14

In Quarmbeck gab es auch einen Kindergarten. Dort fürchtete man natürlich ebenfalls um seine Existenz. Wenn denn alles abgerissen wurde, gab es keine Eltern mehr und damit auch keine Kinder. Deshalb hatten sich die Betreuerinnen im Auftrage der Eltern an die regionale Presse gewandt, um ihre Sorgen und Nöte unters Volk zu bringen. Nach einiger Zeit fand ihr Statement ein Ende, und die Lokalreporterin wandte sich zum Gehen.

Die Kinder verabschiedeten sie mit einem kleinen Lied, wurden aber zunehmend abgelenkt durch das Dröhnen einer martialischen Maschine, die in naher Sichtweite gerade den Motor angeworfen hatte. Besonders die kleinen Jungen interessierte das sehr, während die kleinen Mädchen fleißig weitersangen.

Was dort geschah, interessierte die Lokalreporterin Patti Zorn natürlich ebenfalls. Sie winkte den Kleinen noch zweimal zu, dann ging sie hinüber auf den Exerzierplatz. Jetzt sah sie auch den Geschäftsführer der Wohnungsverwaltungs-Anstalt mit seinen Mitarbeitern. Er lehnte an einem Baum und sah sehr bleich aus. Gerade machten sich die Drei auf den Weg zu ihrem Auto. Patti witterte eine interessante Story und fiel in leichten Laufschritt, aber der Mann hatte sie erkannt und wiegelte hastig ab. Gemeinsam floh er mit seinen Leuten zum Dienstwagen.

Enttäuscht verfiel Patti Zorn wieder in den Schritt. Jetzt sah sie die beiden Männer, die zu der martialischen Maschine gehörten. Denen wandte sie sich nun zu. Die beiden Männer mit den blauen Latzhosen sahen ihr gespannt entgegen. Der eine rieb sich dabei den Hals. Sie saßen auf dem langgezogenen Trittbrett einer sehr großen Zugmaschine. Das Motorengeräusch war wieder abgestellt. Es war fast so, als hätten sie das Fahrzeug in eine neue Position zur Sonne gerückt. Patti konnte das kaum glauben, aber sie näherte sich den beiden trotzdem.

Als sie dann vor ihnen stand und „Hallo!" sagte, meinte der Eine: „Na, Mädchen, von welchem Verein kommst du denn?"

„Von der Lokalpresse!", antwortete sie und versuchte, schlagfertig zu sein. „Können Sie mir erzählen, was Sie hier vorhaben?"

Die beiden graumelierten Männer schauten sie taxierend an.

Patti Zorn war schlank und mittelgroß, sie mochte Ende Dreißig sein und trug meistens einen Jeans-Look. Unter einem blonden, durch ein Nackenband im Zaum gehaltenem Haarschopf blickten wache, blaue Augen und eine markante Spürnase hervor.

„Wir reißen diese Häuser ab", sagte der Eine. „Mit dem da drüben fangen wir an, in ein oder zwei Tagen."

„Aha!", meinte sie und suchte nach Worten. „Und warum war der Geschäftsführer eben so hektisch?"

„Sie kennen ihn?", fragte der Mann grinsend.

„Ich kenne hier alle!", grinste sie auftrumpfend zurück. „Ich bin sozusagen die Starreporterin von Quedlinburg."

„Ach so!", sagte der Mann und sah seinen Kumpel an, der sich immer noch den Hals rieb. „Erzähle es ihr ruhig!", meinte dieser. „Vielleicht will sie ja auch mal hochgehen."

„Na gut! Die Leute waren eben im Haus, hinterer Eingang", erzählte der Mann. „Dort wohnen noch welche, die nicht ausziehen wollen. Die sind stärker als wir."

„Als ihr?", fragte Patti Zorn ungläubig.

„Was meinst du, warum er seinen Hals massiert", lächelte der Mann. „Du kannst ja mal hochgehen. Die sehen nicht so aus, als ob sie einer kleinen Frau was tun. Vielleicht gibt es eine interessante Story."

„Okay!", sagte sie. „Will der Geschäftsführer jetzt die Polizei holen?"

„Nein, nein!", sagte der Mann. „Er hat etwas von seinen eigenen Leuten gesagt."

„Na, dann wollen wir mal sehen", meinte sie und winkte den Beiden im Weggehen zu.

Als sie den hinteren Eingang erreicht hatte, war sie nicht mehr ganz so forsch. Das konnte zwar eine Wahnsinnsstory werden, aber andererseits durfte sie auch nicht zu tief in die Privatsphäre anderer Leute eindringen. Außerdem schien es so, als wären diese Mieter aus ziemlich hartem Holz geschnitzt. Möglicherweise waren es doch nur Asoziale, die nichts zu befürchten hatten. Beklommen erklomm sie den Treppenaufgang. Vor der Tür atmete sie noch einmal tief durch, dann drückte sie auf die Klingel.

Ziemlich schnell öffnete sich die Tür. Vor ihr stand eine Frau, die etwas größer war als sie. Ein schwarzes Kleidchen untermalte ihren insgesamt dunklen Typ.

„Was willst du?", fragte sie mit einer Reibeisenstimme.

„Ich bin von der Lokalpresse", sagte Patti und musste das Zittern in ihrer Stimme unterdrücken. „Ich kam eher zufällig hier vorbei, und die beiden Männer haben mich hier rauf geschickt. Kann ich mal mit euch sprechen?"

„Warte!", befahl die Frau und drehte sich um.

Ein blonder Mann stand bereits hinter ihr. Er schaute sie an und sagte: „Kommen Sie rein!"

Durch einen längeren Flur kamen sie in einen Raum, der im typischen Wohnzimmerstil eingerichtet war, vielleicht etwas flippiger und spartanischer, aber ansonsten nicht ausgefallen. Da standen zwei kurze Sofas und ein niedriger Tisch.

„Haben dich die Leute von der Anstalt mitgebracht?", fragte die dunkelhaarige Frau skeptisch.

„Nein!", lächelte Patti Zorn sie an. „Ich war gerade beim Kindergarten und habe von weitem den kleinen Auflauf gesehen. Da bin ich einfach rübergekommen. Der Geschäftsführer ist vor mir geflohen."

„Ich bin Bonnie", sagte die Frau und wurde merklich zugänglicher. „Ich bin hier geboren und will hier nicht raus. Vielleicht schreibst du ja mal in deiner Zeitung über diesen jämmerlichen Abriss, damit es die Leute erfahren."

Der blonde Mann sah sie freundlich an: „Ich bin hier nur zu Gast, aber auch ich empfinde, dass hier ohne Maß und sehr kurzsichtig gehandelt wird. Man kann sich alles so zurechtbiegen, dass es scheinbar passt."

„Danke!", sagte Patti Zorn und stand gleich darauf wieder vor der Tür. Langsam ging sie in Richtung ihres Autos. Sie winkte den FAUN-Fahrern zu. Dann kam ihr jedoch noch ein Gedanke, und sie ging zu den Beiden, die ihr belustigt entgegensahen.

„Wann soll der Kampf weitergehen?“, fragte sie und lächelte gewinnend.

„Der Geschäftsführer hat was von morgen gesagt“, erklärte der eine bereitwillig. „Mit seiner eigenen Truppe oder so. Wir sind schon richtig gespannt.“

„Würdet ihr mir einen ganz großen Gefallen tun“, fragte Patti Zorn und klimperte mit ihren dunkelblauen Augen.

„Aber klar doch, Kleine!“, sagten die beiden FAUN-Fahrer im Chor. „Um was geht's?“

„Würdet ihr mich, wenn es losgeht, sofort anrufen, ganz egal zu welcher Tages- oder Nachtzeit?“, bat sie und sendete den nettesten Kleine-Mädchen-Blick, den sie draufhatte. „Hier ist meine Nummer!“

„Machen wir, Kleine!“, grinste der FAUN-Fahrer, der sich jetzt nicht mehr den Hals rieb.

„Tschühüß!“, rief sie und fuhr mit ihrem kleinen Auto in die Stadt. Eigentlich hatte sie sich jetzt mal eine Kleinigkeit zu Essen auf dem Markt verdient, bevor sie wieder nach Quarmbeck fuhr, um sich, ein paar hundert Meter von ihrem jetzigen Einsatzort entfernt, den Platz für das geplante neue Industriegebiet anzuschauen, das wesentlich mehr Unmut in Quedlinburg erzeugte als der Abriss von ein paar völlig neu sanierten Kasernenblöcken der Wohnungsverwaltungs-Anstalt. Sie hatte sich inzwischen abgewöhnt, tiefschürfende Gedanken um die Hirnrissigkeit wegweisender Stadtentwicklungs-Ideen des Vorharzer Parteien-Klüngels zu wälzen.

Jetzt kam sie auf dem Markt an und überlegte, was sie nun eigentlich zu sich nehmen könnte. Sie wollte in der Mittagssonne sitzen und schaute – genau in die Augen von Irenäus Moll, der bereits fast vor ihr stand.

„Guten Tag, Frau Zorn!“, begrüßte er sie denn auch sofort. „Ich muss Ihnen unbedingt eine sehr dringende Frage stellen.“

‘Der mit seinen dringenden Fragen’, dachte sie genervt. So richtig wusste sie nicht, was sie mit diesem Typen anfangen sollte. Er war ihr zu radikal und sein Umgang mit Frauen … Trotzdem hatte er fast immer eine gute Story zu bieten. Deshalb lenkte sie etwas ein: „Eigentlich geht das jetzt nicht. Ich habe großen Hunger und muss auch bald weiter. Aber sagen Sie schnell ...!"

„Wollen wir uns gemeinsam irgendwo hinsetzen? Nach Ihrem Wunsch?", drängte er natürlich.

„Dort in die Sonne", dirigierte sie kampfesmüde und bestellte einen Salat mit frischem Brot. In ihrem Kopf begann sich eine Idee zu formen.

Er bekam einen Rotwein und legte los: „Ich suche einen Mann namens Egon Ritzrau. Kennen Sie den?"

„Na klar!", sagte Patti erstaunt. „Das ist der neue kommunale Sicherheitsreferent der Stadt ..."

„Das weiß ich auch schon!", erwiderte Irenäus etwas unwillig. „Aber ...!"

„Er sitzt da drüben im Schatten", lachte sie und zeigte zu einer Tischgruppe auf der anderen Seite des Marktes. „Der Kleine auf der Ecke mit den rötlichgrauen Haaren."

„Das ist Egon Ritzrau?", fragte der Mann entgeistert. „Da wäre ich nie drauf gekommen."

Genau in diesem Moment erhob sich das Objekt ihrer Beobachtung, zusammen mit zwei anderen Stadtbediensteten. Egon war der Kleinste von ihnen. Gemeinsam erstiegen sie die Rathaustreppe und verschwanden hinter der geschnitzten Eingangstür.

„Ich denke, den sieht man nie?", stotterte Irenäus.

„Stimmt! Wahrscheinlich ist er heute zum Rapport vorbestellt", sagte sie und blickte ihn wieder an. „Ich hoffe nicht, dass ihn meine neueste Geschichte schon vor mir erreicht hat. In diesem Zusammenhang muss ich Sie nämlich was fragen, Herr Moll!"

„Sie haben eine Frage an mich!", lachte der Privatdetektiv. „Das ist ja ganz herrlich! Legen Sie los!"

Patti Zorn schaute einen Moment versonnen auf die leere Salatschale, dann hatte sie sich durchgerungen: „Ich war heute in Quarmbeck. Kinderkram. Dann sah ich aber die riesengroße Abrissmaschine, die ab morgen loslegen soll. Ich habe mich mit ihren Besitzern unterhalten, echte Muckies! Ha ha!" Sie musste kurz auflachen. „Die erzählten mir davon, dass noch Leute in dem Haus wohnen, die nicht rauswollen. Als der Geschäftsführer samt zwei Mitarbeitern und später auch sie beide versuchten, diese Leute mit leichter Gewalt zu vertreiben, kriegten sie derartig eins auf die Mütze …"

„Alle fünf?", warf Irenäus ein.

„So ist es!", bestätigte die Reporterin. „Und das nur von einer Frau und einem sehr starken Mann. Ich bin dann ebenfalls hinaufgegangen und habe geklingelt. Sie haben mich kurz hineingebeten und waren sehr freundlich. Ich soll darüber schreiben, wie kurzsichtig diese Abrisspläne wären. Nur aus Geldgier usw. Und da wir uns hier nun einmal begegnet sind und Sie meistens sehr viel wissen, wollte ich Sie fragen: Kennen Sie vielleicht diese Leute, Herr Moll?"

Sie bemerkte, dass der Mann in der letzten Minute ziemlich aufgeregt geworden war. Er fragte: „Wie sah der Mann aus?"

Das schien ja richtig interessant zu werden, was sie sich natürlich nicht anmerken ließ: „Er war ziemlich groß, besaß eine kräftige, durchtrainierte Figur, fast wie ein Soldat. Dazu passten auch die blonden Haare und die entsprechende Kleidung. Na, ist das Ihr neuester Fall, Herr Moll?"

„Puh! Nein! Aber er scheint es gerade zu werden", ächzte ihr Gegenüber.

„Können Sie mir nun etwas zu diesem Mann sagen?",
erkundigte sie sich, bereits leicht gereizt. „Ich habe Ihnen auch alles erzählt."

„Nein, das geht nicht, liebe Frau Zorn!", schleimte dieser sogenannte Privatdetektiv, und sie begann, richtig böse zu werden. „Das würde sie und auch mich nicht glücklich machen. Gerade vorhin hat mir eine Frau im Bett das Versprechen abgenommen …"

„Das liebe ich an dir so, du Superarschloch!", schrie Patti Zorn so laut, dass das halbe Marktpublikum stehenblieb. „Deine ekligen sexistischen Prahlereien und nichts dahinter!"

„So kann man das nicht sagen", stammelte der Mann, aber sie war schon aufgesprungen und drehte sich zum Weglaufen. Hinter ihr brabbelte er noch: „Ich übernehme den Salat!"

15

Sonderlich echauffiert war Irenäus nicht. Der kleinen Zeitungs-Mieze konnte er sowieso nicht böse sein. Sie schrieb mindestens jeden dritten Artikel in der Tageszeitung und dann auch noch die langen, mindestens schon so viel wie zwanzig „Steinkistengräber". Sie schien nichts anderes zu tun, als Artikel zu verfassen. Da lag es nahe, dass sie schnell mal ausflippte. Und ein Macho war er ja tatsächlich. Gaia sei Dank, dass ihn noch einige Frauen lieb hatten. Und die Informationen, die sie ihm gegeben hatte, waren auch total super.

Wenn das Rita wüsste! Er war sich ziemlich sicher, dass es sich bei dem starken, blonden Recken nur um die Zielperson des Bundesverteidigungsministeriums handeln konnte. Dieser Mann hatte, wie auch immer, eine Frau gefunden, die neben ihm im Auto gesessen hatte, in Quarmbeck wohnte und ihm sehr gefiel. Bestimmt fand er es viel schöner, den ganzen Tag eine hübsche junge Frau zu vögeln, als irgendwo in Afrika wild gewordene Neger zu jagen. Nur blöd gelaufen, dass diese Schöne ausgerechnet in einem Abrissblock bei Quedlinburg ihr Bett stehen hatte.

Sollte er diesem Mann seine Freude verderben? Er entschloss sich spontan dagegen. So sehr am Herzen lag ihm das Bundesverteidigungsministerium weiß Gott nicht. Und Rita konnte das letzten Endes auch egal sein, sollte sie sich um andere Dinge kümmern. Mit Liebe hatte das nichts zu tun.

Mit derartigen Gedanken befasst, erreichte er den armygrünen Daimler. Das musste er sich unbedingt selbst einmal angucken. Kurze Zeit später hielt er auf einem Feldweg neben Quarmbeck. Schließlich musste nicht jeder sehen, dass er hier auf die Pirsch ging. Zügig bewegte er sich er auf der Straße des Friedens durch die Siedlung und bog dann in die Otto-Lilienthal-Straße ein. Über den Exerzierplatz führten zwei diagonale, abkürzende Trampelpfade, von denen er einen benutzte. Sofort sah er den Tieflader mit der Abrissmaschine und die FAUN-Zugmaschine. Die beiden Fahrer hatten sich inzwischen von irgendwoher einen Campingtisch und zwei Stühle besorgt und schauten ihm interessiert entgegen.

„Oh, ein neues Gesicht", sagte der eine. „Guten Tag! Willst du da etwa auch rein?"

„Mal sehen!" Und wie durch eine Eingebung, setzte er hinzu: „Wenn ich nicht wieder rauskomme, ruft mal den Stadtförster an!"

„Ganz schön spannend hier", kicherte der andere FAUN-Fahrer. Dann erkundigte er sich: „Kann man hier eigentlich irgendwo etwas essen und trinken?"

„Dort in der Quarmbecker Klause!", antwortete Irenäus und blieb stehen. „Bei Axel!"

„Witzbold!", sagte der Mann. „Die reißen wir als nächste ab!"

„Oh!", machte der Privatdetektiv. „Dann im Harzstübchen vorn an der Chaussee. Das liegt eine Straße weiter."

„Danke!", rief ihm der FAUN-Fahrer nach. „Wir passen auf dich auf!"

Irenäus schlenderte an dem Block vorbei und inspizierte ihn möglichst unauffällig. Ihm fiel auf, dass dieses Bauwerk von außen nicht aufgefrischt war wie die anderen Blöcke. Wurde es deshalb als erstes abgerissen? Er ging am hinteren Eingang vorbei und dann um die Ecke. Na bitte! Auf einer verlassenen Stellfläche stand ganz allein der kleine Mercedes A2. Also hatte er richtig kombiniert. Sollte er sich auf eine Auseinandersetzung einlassen? Er konnte immer noch bis zu den beiden Männern zurückgehen und von denen aus Rita anrufen, denn er besaß ja kein eigenes Handy.

Mal schauen, ob der A2 etwas hergab. Der Kleinwagen stand neben einer Reihe aufwärts führender Balkons. Er ging an das Auto heran und sah es fast sofort am ein wenig herausgestellten Vorderreifen. Dort fehlte ein Stück Gummi. Das Fahrzeug war perfekt abgestellt! Was wollten ihm die Götter damit sagen? Eigentlich hätte er sich nun endgültig zurückziehen müssen. Diese Typen hatten fast mit Sicherheit auch Karls Gewehr geklaut. Viel Neues gab es auch nicht mehr zu sehen, und dann entschieden die Umstände fürs Abhauen.

Eine kratzige Frauenstimme rief vom obersten Balkon: „Claus, da ist jemand an deinem Auto!"

'Nun aber weg!', dachte Irenäus und wählte den Weg nach hinten um den Block herum. Er verfiel in leichten Laufschritt und umrundete den fast hundert Meter langen leeren Wohnblock. Dort lag die vordere Ecke etwa auf der Höhe der beiden FAUN-Fahrer. Als Irenäus hervortrat, stand genau der blonde Typ vor ihm. Claus. Er musste einen Sprint eingelegt haben, was man ihm aber nicht anmerkte.

Irenäus blieb zwei Meter vor ihm stehen. Er blickte kurz hinüber zu den Fahrern, die immer noch an ihrem Tisch saßen und die Situation interessiert zu verfolgen schienen. Claus sah man an, dass er sich beherrschen musste. Irenäus versuchte, ihm ganz klar in die Augen zu schauen. Dann sagte er: „Du willst mich aber jetzt nicht vor allen Leuten hier zusammenschlagen, oder, Claus?"

„Was wollt ihr alle von mir?", fragte der Mann mit leiser Stimme.

„Ich will gar nichts von dir", erwiderte Irenäus, „nur, wenn du alle Leute reihum die Treppe runterwirfst, wird man natürlich aufmerksam auf dich. Wahrscheinlich weiß ich mit Abstand das meiste von dir und kann dir auch am besten helfen. Man sucht nach dir, in Quedlinburg."

„Das kann nicht sein! Bluff!", behauptete Claus.

„Du bist mit dem Mädchen zusammen in eine Radar-Falle gekommen, kurz vor Quedlinburg."

Er sah, wie der Mann richtiggehend zusammenfiel. „Oh, Scheiße!"

„Willst du das wirklich durchziehen mit großer Liebe und so?", fragte Irenäus.

„Am Anfang war es tatsächlich so. Ich hatte so etwas noch nie erlebt, weil ich ständig nur irgendwo kämpfe", erklärte der Mann und lächelte. „Aber nun kommt dieser Mist mit dem Abriss dazu. Meine liebe Bonnie ist tatsächlich die Tochter des früheren Kommandanten. Sie sieht das als Ehrenpflicht, diese Häuser zu verteidigen, auch wenn alle anderen Quarmbecker sie verraten. Übrigens bis auf einen, der auch noch in unserem Haus wohnt."

„Der mit dir das Gewehr geklaut hat?", fragte Irenäus.

Claus hatte sich gerade gefangen, aber jetzt zuckte er wieder zurück: „Wer bist du wirklich? Das kann gar keiner wissen."

„Doch!“, rief Irenäus schnell, ehe die Lage eskalierte. „Ihr habt das Gewehr dem Förster geklaut und dabei einen Fußabdruck und einen Abdruck vom Reifen hinterlassen. Und genau an dieser Stelle fehlt ein Stück Stollen. Deshalb habe ich vorhin dein Auto angeguckt, und es passt fehlerfrei.“

„Das kann doch alles gar nicht wahr sein!“, knirschte der Mann vom Bundesverteidigungsministerium.

„Ich frage mich das auch bereits“, stimmte ihm der Privatdetektiv zu. „Allerdings ist eine Hexe im Spiel, der es aber um einen gewissen Egon Ritzrau geht. Kennst du den zufällig?“

„Nein!“ Der Mann wurde jetzt abweisend. „Und an Hexen glaube ich nicht. Ich gehe jetzt wieder zu Bonnie.“

„Viel Glück!“, wünschte ihm Irenäus. „Die Polizei kann ich euch vielleicht vom Halse halten, aber nicht die Leute von der Wohnungsverwaltungs-Anstalt. Die werden morgen mit Verstärkung wiederkommen. Seht euch vor!“

„Danke!“, sagte der Mann und winkte müde ab. Dann ging er zurück zum Eingang des Wohnblocks

Irenäus fand diese Situation bedrückend. Seine Gefühle lagen auf der Seite des verrückten Paars, das sich im Wohnblock verschanzt hielt. Die Tochter des Kommandanten …, dass es so etwas überhaupt gab, war schon fast unfassbar. Aber was konnte er für diese Menschen tun? Und sollte er Karl vom Verbleib seines Gewehrs berichten? Grübelnd ging er auf die beiden FAUN-Fahrer zu.

„Na, bist du nicht zufrieden?“, empfing ihn der eine Fahrer. „Immerhin hast du keine vor den Hals gekriegt. Erzähle mal, wer du bist! Komm, hier hast du ein Bier!“

„Ich bin Privatdetektiv und habe mit diesen Leuten eigentlich gar nichts zu tun“, erzählte er. „Das Problem ist nur, dass ich jetzt Dinge weiß, die ich überhaupt nicht wissen will. Euch würde ich dringend raten, euch da nicht einzumischen. Der Mann ist kein Verbrecher, aber er wird gesucht, weil er schnellstens woanders benötigt wird. Nun hat er diese Tussi gefunden, die meint, sie könne diesen Wohnblock retten, und sich in sie verliebt. Da möchte ich beim besten Willen nicht dazwischenfunken. Die Beiden können einem ja richtig leidtun.“

Irenäus trank eine knappe halbe Flasche und sah die FAUN-Fahrer fragend an. Nachdem sie alle dem Bier zugesprochen hatten, sagte einer: „Also, wir haben damit nichts zu tun. Wenn der Streit losgeht, sollen wir die Starreporterin anrufen. Willst du auch benachrichtigt werden?“

Er nuckelte an seinem Bier und überlegte einen Moment. Doch dann meinte er: „Nein! Ich mische mich da lieber nicht ein. Wenn die Beiden etwas Grips haben, verkrümeln sie sich vorher. Aber das glaube ich leider nicht. Ich komme etwas später und besuche euch wieder. Dann könntet ihr mir erzählen, wie es ausgegangen ist. Gewarnt habe ich den Typen jedenfalls. Nun ist es sein Problem, wie er es löst. Also, bis morgen. Wo schlaft ihr eigentlich?“

„In der Zugmaschine. Da ist 'ne große Schlafkabine“, antwortete der eine. „Auf Wiedersehen!“

„Auf Wiedersehen!“, sagte Irenäus und ging zurück zu seinem Daimler.

16

Als er wieder bei sich zu Hause ankam, sah er bereits den weißen Ford Mustang vor der Tür stehen. Ein nicht klar definierter Schrecken durchjagte sein Innenleben. Clarissa! Was würde er mit der jetzt anfangen? Es fiel ihm schwer, so schnell umzuschalten. Also fuhr er auf den Hof. An seinem Tisch saß eine forsche Braut, die er nicht kannte. Was war das nun wieder? Er stellte den Daimler in seinen Unterstand. Langsam ging er zur Terrasse.

Dort saß eine Frau mit schwarzen Haaren, in die ein paar sehr sparsame blonde Strähnen eingewebt waren. Sie hatte eine dunkelgraue Bluse mit schwarzem Pflanzenmuster und schwarze Nappaleder-Hosen an. An den nackten Füßen trug sie schwarze Highheels-Pantoletten. Offensichtlich war diese Frau sehr wandlungsfähig. Welche Botschaft sollte das übermitteln?

Sie war jetzt aufgestanden und sah ihn prüfend an. Dann sagte sie mit einem leichten Lächeln: „Na, mein Lieber, wie geht's?“

Sie sah schlanker aus als beim letzten Mal. Irenäus war begeistert. Aber er versuchte, sich das nicht anmerken zu lassen: „Hallo, ich freue mich, dich zu sehen! Komm her!"

Clarissa stakste auf ihn zu und umarmte ihn. Dabei schaute sie ihm immer noch fragend in die Augen. Er wich dem Blick nicht aus, legte aber seine Hände auf ihre Beckenschaufeln, knetete kurz die Taille und drückte sie fester an sich. Dabei rieb er die Lippen leicht an ihrem Mund, bis ihre Zunge kam. So standen sie eine geraume Zeit neben dem Tisch, wobei seine linke Hand hinunter auf ihren sinnlichen Hintern glitt.

„So, nun reicht es aber!", sagte sie und schob ihn sachte zurück. „Ich bin hier, um zu fragen, was du bereits erreicht hast."

„Soll ich uns vorher noch ein Getränk holen, vielleicht ein Gläschen Wein?", erkundigte er sich und verschwand bereits im Haus.

Als sie endlich angestoßen hatten, begann Irenäus mit seinem Bericht: „Wir haben Crystel besucht. Sie wird Egon Ritzrau nicht mit deinen Drohnen töten. Das hat sie absolut eindeutig gesagt. Damit wärst du jetzt eigentlich aus dem Schneider und mein Auftrag erfüllt. Dass du uns geschickt hast, hat Crystel natürlich sofort erraten. Dafür ist sie schließlich eine Hexe."

„Und wo ist sie jetzt?", erkundigte sich die Frau mit angespanntem Blick.

„Wahrscheinlich bei Karl im Forsthaus", erwiderte Irenäus und konnte sich die Bemerkung nicht verkneifen: „Ihr scheint beide etwas für Privatdetektive übrig zu haben."

Clarissas Gesichtsausdruck wurde merklich ausgeglichener. Doch dann kam es: „Ich habe ja auch schon einen kräftigen Vorschuss bezahlt. Denn der eigentliche Auftrag ist noch nicht erfüllt, oder? Wo ist Egon Ritzrau, und was wird mit ihm passieren? Wenn du diese Frage auch so gut beantworten kannst, gibt's möglicherweise noch einen Zuschlag."

„Pass nur auf! Das hat Suchtpotential!", lachte Irenäus, wobei er sich ihr bereits wieder auf Minimaldistanz annäherte.

„Erst die Arbeit, dann das Vergnügen!", meinte sie ziemlich ernst, fuhr sich dabei aber mit der Zunge recht aufreizend über die Lippen.

„Also gut!“, seufzte er. „Egon Ritzrau sah ich vor zwei bis drei Stunden auf dem Markt. Er machte dort Mittagspause und ging anschließend mit zwei anderen Stadtbediensteten ins Rathaus. Nun weiß ich wenigstens, wie er aussieht und dass er aller Voraussicht nach noch lebt …“

„Und was wird aus seiner Tötung? Hat sich die Hexe das nur aus den Fingern gesaugt oder steht es noch zur Debatte?“, unterbrach ihn die Frau ungeduldig.

„Wie gesagt, soll die Tötung nicht mit einer deiner Drohnen durchgeführt werden“, sah sich Irenäus nun doch genötigt, näher zu erklären. „Crystels eigene Aussage dazu ist, dass eine wahre Hexe nicht eigenhändig tötet, sondern eine Situation herbeiführt, in der das Opfer zu Tode kommt.“

„Nun spann mich doch nicht so auf die Folter!“, nörgelte Clarissa leise. „Möchtest du dich vielleicht lieber in deinem Bett mit mir darüber unterhalten? Ich sehe doch ganz genau, dass du schon viel mehr über diesen Fall weißt, als du mir offenbarst.“

„Naja!“, überlegte er. „Ein bisschen ausruhen könnte ich mich schon einmal von dem vielen Herumlaufen heute. Aber sehr viel kann ich wirklich nicht mehr erzählen. Bestimmt wirst du enttäuscht sein.“

„Unter Umständen macht es ja auch Spaß!“, hänselte ihn die Frau und folgte ihm ins Haus.

So wirklich war Irenäus nicht auf diese Situation vorbereitet. Beim letzten Mal hatte es sich so ergeben, und er fand die Frau auch sehr erotisch. Die Frage war nur: Wie nah sollte er 4711 an sich herankommen lassen? Heute zum Beispiel machte sie schon einen viel merkantileren Eindruck, davon wollte er sich aber nicht abhängig machen.

Er knipste seine schummrige Schirmlampe an und entkleidete sich wieder bis an die bewusste Grenze.

Die Frau stand noch in ihrem Dress neben ihm und flüsterte dann: „Hast du Lust, mir beim Entkleiden zu helfen?“

Er musste über das Wort „Entkleiden“ lachen und drehte sich wortlos zu ihr um. Sie stand in gerader Haltung vor ihm, und als hätte sie seine Gedanken erraten, gestand sie. „Ich mache so etwas fast nie. Bitte sieh es als relative Premiere an!“

'Ich mache so etwas öfter', dachte er und gab ihr einen Kuss. Dabei glitt die rechte Hand über ihre Brust, gleich darauf begann er, langsam die Knöpfe ihrer Bluse zu öffnen. Vorsichtig zog er sie über die halb nach oben gereckten Arme. Sie hatte nun nur noch einen dunkel gemusterten BH an und warf ihm einen verschleierten Blick zu. Sanft massierte er, ließ das Kleidungsstück aber am Körper. Seine Hände glitten ein Stück tiefer über ihren Bauch, der ein wenig hervorstand. Unter dem Bauchnabel befand sich der Schließknopf der schwarzen Nappaleder-Hose. Vorsichtig öffnete er ihn und den Reißverschluss. Dann zog er den Bund unter leichter Kraftanwendung und etwas Wackelei über ihren, im wahrsten Sinne des Wortes, hervorragend prallen Hintern. Dabei kniete er sich auf den Fußboden und küsste von ihrem Bauchnabel abwärts. Als er ihren Tanga erreichte, spürte er darunter die volle Behaarung, was ihm ausgesprochen gefiel. Schließlich beugte sie sich nur noch sehr spärlich bekleidet über ihn. „Naa!", sagte sie mit etwas kehliger Stimme. „An was erinnert sich mein eifriger Liebhaber?"

„Der Fall Egon scheint irgendwie mit einem ganz anderen Fall zusammenzuhängen, der sich mir vorhin gerade erst eröffnet hat", brummelte Irenäus und saugte sich mit seinen sanguinischen Lippen über ihrem Schambein fest. „Eigentlich mit mehreren anderen Fällen. Egon hat auch mal unerlaubt einen Wolf angeschossen und ist dafür von unserem Hexlein angezeigt worden."

„Was du alles weißt!", sagte Clarissa anerkennend und strich mit dem entblößten Fuß über seinen Slip. „Du scheinst ja tatsächlich ein guter Privatdetektiv zu sein."

„Egon wird von allen, die ich befragt habe, als irgendwie indifferente Person beschrieben, der man nur sehr schwer habhaft wird", sagte er und fügte einen leichten Biss hinzu. „Was hast du eigentlich mit dem zu tun?"

Die Frau stieß einen kleinen Schrei aus und wollte ihren Leib zurückziehen, doch Irenäus hob sie kurz in die Luft und warf sie auf sein Bett. So kam sie ihm nun nicht mehr davon. Er fixierte ihre Arme neben dem Kopf und legte seinen Körper halb auf sie. Sie streckte ihren Brustkorb soweit empor und blitzte ihn aus den braunen Augen auffordernd an. Ohne auf seine letzte Frage zu antworten, stöhnte sie: „Was ist das für ein anderer Fall?“

„Das kann ich niemandem erzählen“, grinste Irenäus und spreizte mit seinen Knien vorsichtig ihre drallen Oberschenkel, „sonst hat mich das Bundesverteidigungsministerium gleich am Genick!“

17

Am nächsten Tag.

Claus stieg vor der Kaufhalle auf Bonnies altes Fahrrad und radelte mit einem Rucksack voller Lebensmittel zurück nach Quarmbeck. Es war noch sehr früher Morgen. Trotzdem wagte er nicht mehr, dafür das Auto zu benutzen. Er dachte immer noch darüber nach, was ihm dieser Privatdetektiv gesagt hatte. Es schien so, als wüsste der alles über ihn beziehungsweise über Bonnie und ihn. Er musste einen sehr guten Draht zu offiziellen Stellen haben. Diesen Mann lahmzulegen, kam überhaupt nicht infrage. Er hatte nicht vor, irgendwie straffällig zu werden. Die Sache mit dem Kleinkalibergewehr würde sich auch regeln lassen. Dies war der eine Denkstrang, auf dem er sich bewegte.

Die andere Seite war Bonnie, der er total verfallen war.

Er radelte vor den Wohnblock. Von weitem winkten ihm die beiden FAUN-Fahrer freundlich grüßend zu. Die Situation erschien ihm immer mehr surreal. Das Szenario näherte sich langsam dem Plot aus einem Fellini-Film.

Er stellte das Fahrrad wieder in den Keller und stieg langsam mit dem Einkauf die Treppen empor. Kurz vor dem Ziel begegnete er dem unsichtbaren Nachbarn. Das war wohl kein Zufall. Er wartete auf ihn.

„Hallo!“, sagte er. „Kann ich mal mit dir sprechen?“

„Ja, was gibt es?“, antwortete Claus.

Der Andere lachte: „Was es gibt? Na, du machst mir Spaß! In ein paar Minuten rollt garantiert das nächste Einsatzkommando hier an. Wir können froh sein, wenn sie nicht die Bullen mitbringen. Ich wollte dir nur sagen, dass ihr euch auf mich verlassen könnt. Bis jetzt habe ich mich zwar noch im Hintergrund gehalten, weil du das ja auch allein geschafft hast. Aber ich glaube, diesmal wird es ernster. Hast du eine Waffe?"

Claus nickte: „Ja, aber ich würde sie nur im Notfall einsetzen, wenn möglich gar nicht. Du solltest es dir wohl auch noch einmal überlegen!"

„Aber wieso haben wir sie denn dann geklaut?", fragte Gustav provokant. „Also, ich bin jetzt soweit, dass ich sie zum Einsatz bringe, allerdings nur zur Abschreckung. Die sollen ruhig einmal wissen, dass sie mit uns nicht machen können, was sie wollen."

'Tu, was du nicht lassen kannst', dachte Claus, dem langsam alles zum Halse hinaus hing und der nur noch irgendwie heil aus der Sache herauskommen wollte. Wortlos schloss er die Wohnungstür auf.

Bonnie hatte bereits einen Frühstückstisch vorbereitet. Sie küsste ihn und packte schweigend den Rucksack aus. Einige der Sachen stellte sie auf den Tisch. Zärtlich gab sie Claus einen Kuss, und der streichelte hingebungsvoll ihren Körper. Dann setzten sie sich hin und begannen zu frühstücken.

Nach einigen Minuten fragte die Frau: „Willst du lieber aufgeben?"

„Das ist hier nicht die Frage", antwortete er und strich Butter auf eine Brötchenhälfte. „Wichtiger ist, was du willst. Ich habe dir versprochen, dass ich bis zum bitteren Ende bei dir bleibe. Allerdings muss das Ende nicht unbedingt bitter werden ..."

„Du meinst, wenn wir beide aufgeben und gehen, dann können die uns mal, und wir sind weg, ja?", fragte sie und blickte ihn kritisch an. „Aber ich glaube, das kann ich nicht. Der Kommandant war mein Vater. Er lebte in einer anderen Zeit. Und wenn ich auch unehelich bin, ich habe ihn und meine Mutter sehr geliebt. Deshalb fühle ich mich ihm verpflichtet. Er wollte nicht, dass diese Häuser hier zerstört werden, nur weil es ein paar Bonzen mit stinkhohen Gehältern so wollen."

„Du bist aber viel zu schwach. Ohne mich wärst du schon längst draußen", meinte er und goss sich einen Schluck Wein aus der Flasche vom letzten Abend ein. Bedächtig nippte er daran: „Ich habe mich sehr in dich verliebt, und ich kann dich hier nicht deinem Schicksal überlassen …!"

„Ach, mein Starker!", flüsterte sie ohne Spott und legte die braunen Arme um ihn.

In diesem Moment gab es einen lauten, krachenden Lärm, weil die Wohnungstür aufgetreten wurde, obwohl sie gar nicht abgeschlossen war. Im Rahmen stand ein hochgewachsener Mann in der Tracht eines Security-Kämpfers, welches Wort auch in weißen Buchstaben auf der Weste stand.

„Immer schön ruhig!", sagte Claus ganz emotionslos und stellte sich deckend vor Bonnie.

„Es reicht jetzt!", sagte der Security-Mann mit aufgeregt erhobener Stimme, machte einen Schritt nach vorn und griff Claus am Arm. Hinter ihm drängten zwei weitere Kämpfer nach.

Claus duckte sich in Rammbock-Stellung und schob den überraschten Security-Mann so schnell wie möglich vor sich her. Sie prallten mit ihrer vereinigten Körpermasse gegen die beiden anderen, die noch im Türrahmen standen.und ebenfalls nicht mit einem derartigen Angriff gerechnet hatten.

Claus schaffte es tatsächlich wie eine Planierraupe, die drei Männer aus der Wohnung zu drängen, bis an die Treppenkante zu schieben, wo der Hinterste abrutschte und das Gleichgewicht verlor. Im Treppenaufgang standen abwartend der Geschäftsführer, sein Adjutant und Gerda. Der schwere Mann fiel genau auf sie herab und die beiden weiteren Kämpfer hinterher. Dabei gab es lautes Geschrei und Stimmengewirr. Da der Stoß sehr kraftvoll war und Claus bis zum letzten Moment nachdrückte, ergossen sich die Eindringlinge wie eine Lawine fast zwei Treppen weit hinab.

Genau zu diesem Zeitpunkt kam eine recht zierliche, blonde Frau die Treppe hinauf. Das war natürlich Patti Zorn, die nun ihre Kamera emporriss und wie eine Wilde drauflos fotografierte. Besser hätte sie das Schauspiel gar nicht treffen können …

Jedoch änderte sich die Situation nun noch einmal abrupt.

In dem kleinen mittleren Gang, der zur Technik-Kammer führte, tauchte ein Schatten auf. Schweigend hob er ein

Gewehr über die Brüstung und gab zwei Schüsse ab, die im hohen Treppenaufgang laut widerhallten. Eins der Kleinkalibergeschosse musste wohl das Stahlband des Geländers getroffen haben und schoss pfeifend als Querschläger nach oben. Auch das zweite Geschoss traf glücklicherweise nur irgendeinen Gegenstand aus Glas oder Plastik. Davon splitterte ein großes, dolchförmiges Stück ab und traf den Geschäftsführer in den Oberschenkel, wo es vielleicht drei Zentimeter tief eindrang. Svante Brahms schrie vor Schmerz auf und bestimmt auch vor Angst, weil er dachte, ein Geschoss hätte ihn erwischt. Sofort gab es etwas Blut zu sehen. Nun schoss Gustav noch ein drittes Mal in die Luft und schrie: „Verpisst euch, ihr Schweinebande!"

Spätestens in diesem Moment hatte niemand mehr das Verlangen nach heroischem Einsatz. Mühsam um Haltung ringend, liefen, sprangen und keuchten die Vertriebenen die Treppen hinab. Dort stießen sie unweigerlich mit der Starreporterin zusammen, die mühsam ihre Kamera festklammerte. Ein Wachmann unterstützte wenigstens noch den Geschäftsführer, der humpelnd ins Hintertreffen geriet. Und derart ergoss sich das Häuflein der Mutigen vor die Haustür des Wohnblocks und genau vor die Füße von Irenäus Moll. Ein Stück entfernt hörte man das ergötzliche Lachen der FAUN-Fahrer.

18

Irenäus hatte sich an diesem Morgen einfach verspätet. Schuld daran war natürlich Clarissa, die ihn fast die ganze Nacht erotisch malträtiert hatte. Einige Stunden hatte er geistig weggeschaltet von dieser Problematik in Quarmbeck. Schließlich war er hier weder der Jäger noch der Richter. Als die Frau aber gegangen war, hatte er sich der Problematik wieder zugewandt.

Zwei wesentliche Sachverhalte mussten abgearbeitet werden, die allerdings beide höchst sensible „Basisdaten" besaßen, die, wie er selber es einschätzte, nur er allein im Kopfe hatte. Die eine sehr diffizile Sache war der Verbleib des Spezialisten vom Bundesverteidigungsministerium, und die andere, nicht ganz so abenteuerliche Angelegenheit, war der Besitz des Kleinkalibergewehrs von Karl. Beide Legenden waren für Irenäus klar: Der Army-Spezialist Claus hatte irgendwo das Mädchen getroffen, und beide hatten eine Affäre begonnen, die dummerweise in einem Haus verlief, dass gerade abgerissen werden sollte. Nur das Mädchen und der Mitbewohner hielten noch die Stellung, völlig sinnloserweise, denn der Staat war immer stärker. Besonders dieser Sachverhalt ließ ihn an Claus zweifeln, denn mindestens der wusste das ganz genau. War er also ein purer Egoist? Aber warum hatte er sich dann derart echauffiert?

Das zweite Problem war der Mitbewohner, der offenbar gemeinsam mit Claus Karls Kleinkalibergewehr gestohlen hatte. Dass Claus dabei gewesen war, bewies der Defekt am Profil. Die andere Möglichkeit, nämlich dass der Spezialist seinen Wagen dem Mitbewohner für einen spektakulären Diebstahl geliehen hatte, mochte Irenäus nicht glauben.

Also hätte Irenäus als guter Staatsbürger erst einmal Rita und Karl von seinen Erkenntnissen berichten müssen. Das hätte aber höchstwahrscheinlich einen Riesenaufriss gegeben. Die Staatsgewalt wäre angerollt mit allem Drum und Dran. Das war jedoch nicht sein Stil. Und irgendwie tat ihm das verliebte Paar leid. Deshalb hatte er die beiden ja auch gewarnt. Gestern.

Am Morgen, als er sich dann endlich aus dem Bett gequält und eine Tasse Nescafé hintergespült hatte, beschloss er, sich zuerst einmal die Lage in Quarmbeck anzuschauen. Möglicherweise war ja alles ganz friedlich, und er konnte den Tag in Ruhe angehen. Wenn das verliebte Paar in seinem Liebesnest saß und der Mann mit dem Kleinkalibergewehr Ruhe gab, konnte man sich ja noch eine für alle verträgliche Lösung ausdenken. Dachte Irenäus.

Als er neben dem Exerzierplatz den Daimler stoppte, sah er als erstes die FAUN-Zugmaschine in der Morgensonne glitzern. Inzwischen standen die meisten Türen offen. Daran hingen Handtücher und auf den langen Trittbrettern lagen Kulturbeutel und Waschutensilien. Die beiden Männer saßen bereits an ihrem Gartentisch und frühstückten. Irenäus ging zu ihnen.

„Morgen, Irenäus!“, sagten die beiden FAUN-Fahrer im Chor. „Du kommst gerade richtig! Wie machst du das?“

„Guten Morgen!“, antwortete der Privatdetektiv grinsend und tippte sich an die Stirn. „Kombination! Wie sollte es anders laufen? Die Eroberung einer Festung erfolgt immer am Morgen. Aber ihr seid gar nicht vor Ort? Haben euch die Quarmbecker ein schönes Frühstück spendiert?“

Die FAUN-Fahrer lachten, und der eine sagte: „Die haben uns gar nichts spendiert. Aber das sind wir gewöhnt. Denkst du, die Leute füttern noch jemanden durch, der ihnen ihre Wohnungen anschließend unterm Arsch wegreißt?“

Irenäus fand das alles auch irgendwie lustig, trotzdem fragte er jetzt: „Und was ist denn nun gelaufen bis heute?“

„Vor ein paar Minuten kamen die von der Wohnungsverwaltungs-Anstalt mit einem privaten SEK. Sie sind eben rein, und wir haben auf Befehl die Kleine vom Abendblatt angerufen. Da kommt sie gerade!“, sagte der andere FAUN-Fahrer.

Patti Zorns Kleinwagen bog in die Otto-Lilienthal-Straße. Sie hielt in der Nähe des Daimlers an und stieg aus. Den FAUN-Fahrern winkte sie freundlich zu und rief einen Dank.
Irenäus schenkte sie keine Beachtung. Langsam schlenderte der ihr nach. Die Frau hatte es eilig. Sie erreichte den hinteren Eingang und verschwand sofort darin.

Irenäus blieb ein Stück davor stehen, seine Erfahrung warnte ihn davor, hinterherzusteigen. In diesem Augenblick brach auch schon der Tumult im Treppenhaus los. Man sah durch die Fenster einen Wust von Körpern, man hörte Rufe und Schreie. Dann fielen zwei, drei Schüsse.

Anschließend brach ein Knäuel teils aufrechter, teils gekrümmter menschlicher Körper zur Eingangstür heraus, vorneweg Patti Zorn, die Mühe hatte, sich auf den Beinen zu halten. Irenäus ging noch etwas näher, so dass ihm die Lawine fast auf die Füße fiel. Es schien nur ein Verletzter dabei zu sein, das war der Geschäftsführer. Blut tropfte von seiner Hose, und er jammerte ziemlich. Hoffentlich war er nicht von einem Geschoss aus Karls Flinte getroffen. Das könnte richtig Ärger geben. Aber jetzt sagte schon die einzige Frau: „Nicht so schlimm, Svante, es ist nur ein Splitter."

Irenäus wollte sich nun wieder zurückziehen, denn in seinem Kopf keimte ein neuer Plan. So konnte er Bonnie und Claus nicht ihrem Schicksal überlassen. Aber da wurde unglückseligerweise der Adjutant auf ihn aufmerksam. Mit dem hatte er schon einmal eine ungute Begegnung gehabt. Sofort kam dieser Mensch dann auch zu ihm: „Was wollen Sie hier, Herr Moll? Sind Sie etwa hier in Ihrer Funktion als …", er grinste sehr frech, „… Detektiv?"

Irenäus konnte gerade noch an sich halten, diesem Typen nicht voll eine auf die Null zu geben. Er sagte allerdings in schneidendem Ton: „Quatsch mich hier nicht von der Seite an, Junge! Kümmere dich lieber um deinen Chef! Oder bist du hier wieder in deiner Funktion … als Verräter?"

„So einfach geht das nicht, Herr Detektiv", motzte der Adjutant weiter, ohne mit der Wimper zu zucken. „Sie befinden sich hier auf unserem Grund und Boden."

„Erzähl' keinen Schwachsinn!", erwiderte Irenäus unwillig. „Die Häuser wurden euch zwar von der Bürgerschaft zur Verwaltung übergeben, aber die Straße ist immer noch öffentlich gewidmet."

„Vielleicht hilfst du mir mal, den Geschäftsführer zu stützen!", mischte sich jetzt die Frau ein, und der Adjutant gehorchte. Aus einigem Abstand war zu sehen, dass es noch einen kurzen Austausch zwischen dem Security-Team und den Leuten von der Wohnungsverwaltungs-Anstalt gab, dann fuhren sie endlich alle ab. Nur die FAUN-Fahrer saßen noch an ihrem Frühstückstisch und aßen Klappstullen.

Irenäus ging zur Eingangstür und klingelte dreimal oben. Keine Reaktion. Er rief dreimal: „Claus!"

Nach einigen Minuten erschien das Mädchen oben auf dem Balkon und spähte herab. Dann rief es nicht besonders freundlich: „Ach, Sie wieder! Was gibt es noch?"

„Die sind alle weg!", rief Irenäus. „Ich würde, nein, ich muss mit Claus reden. Ich habe sehr wichtige Informationen für ihn!"

„Die können Sie auch mir sagen!", rief das Mädchen unwillig.

„Es sind sehr wichtige Informationen und nur für ihn", schrie Irenäus nicht allzu laut zurück. „Ich bin unbewaffnet und gebe Ihnen mein Ehrenwort, dass ihm nichts passiert! Fragen Sie ihn bitte selber! Er soll dann runterkommen, so schnell wie möglich!"

Tatsächlich ging nach wenigen Minuten die Haustür auf, und der blonde Mann trat einige Schritte ins Freie. Irenäus zeigte ihm die leeren Handflächen und sagte: „Danke!"

„Was wollen Sie von mir?", erkundigte er sich mit ruhiger Stimme.

„Ich möchte Sie aufklären über das, was Sie nicht wissen, denn ihre Situation führt höchstwahrscheinlich immer tiefer in eine Sackgasse", antwortete Irenäus. „Mir gefällt der zivile Ungehorsam Ihrer Freundin, aber Sie sitzen hier auf verlorenem Posten, besonders wenn diese Leute hier erfahren, wer Sie wirklich sind. Ich habe Ihnen bei unserem letzten Gespräch nicht alles gesagt, was ich über Sie weiß."

„Und wer bin ich wirklich?", fragte Claus leise.

„Sie leiten so etwas wie ein Einsatzkommando in der Dritten Welt", sagte der Privatdetektiv, und Claus grinste wehmütig zustimmend. „Sie werden schon seit einigen Tagen in München erwartet. Wegen des Blitzer-Fotos wissen Ihre dortigen Leute, dass Sie sich hier irgendwo aufhalten. Deshalb hat die dortige Einsatzzentrale unsere Kripo in Kenntnis gesetzt. Ich bin Privatdetektiv, und die zuständige Hauptkommissarin ist meine Freundin und Geliebte. Ich sollte bei meinen Fällen mal ein bisschen mit aufpassen, ob sie mir über den Weg laufen. Zufällig traf ich im Caféhaus die Reporterin, der Sie ein Interview gegeben haben, und die hat mir arglos davon erzählt. Da wusste ich sofort, wen ich vor mir hatte und wollte mir das mal selber angucken. Bis jetzt wurde noch kein Mensch von mir informiert, darauf mein Wort. Aber die Presse-Mieze ahnt garantiert schon etwas. Das wollte ich Ihnen nur noch einmal sagen. Und nun müssen Sie selber wissen, was Sie tun. Aber warten Sie nicht zu lange."

„Danke für diese Informationen!", sagte der Mann, fast ein wenig gerührt. „Aber ich kann Bonnie hier nicht allein lassen, und sie will einfach nicht …"

„Sie müssen es wissen, aber Bonnie geht im E-Fall selber mit drauf! Geben Sie ihr so eine Kante wie letztens dem Fahrer da drüben, und dann legen Sie sie in Ihr Auto und fahren. Die wacht bestimmt erst im Harz wieder auf!" Irenäus lachte kurz auf. „Als Nächstes werden die hier garantiert noch massiver anrücken, bestimmt schon morgen früh. Ich werde mich mal in der Nähe aufhalten. Vielleicht kann ich Ihnen irgendwie behilflich sein. Bedenken Sie immer: Die wollen diesen Block hier abreißen, und dann tun sie's auch. Dafür beten die dann zu Heiligabend ein Vaterunser mehr."

„Verdammt, Sie haben ja so recht, Irenäus!", sagte der Mann ziemlich verzweifelt. „Ich glaube, wir könnten Freunde werden. Aber ich kann Bonnie nicht allein lassen. Wir lieben uns wie wahnsinnig!"

„Ein alter Freund von mir, Gustel Ulcus Langer, TKO-Leiter vom Fleischkombinat Magdeburg und überzeugter Zahnprothesen-Träger, pflegte immer zu sagen", zog Irenäus genüsslich in die Länge, „Wenn der Schwanz in der Votze steckt, ist der Verstand im Arsch!"

„Der Mann hatte völlig recht", sagte Claus wehmütig, „und damit ist alles gesagt. Bis Morgen, Irenäus!"

„Bis Morgen, Claus!", sagte Irenäus und gab dem Mann die Hand. Sie blickten sich noch einmal tief in die Augen. Da fiel ein Schatten auf sie, und reflexiv blickten sich die beiden Männer um.

„Habe ich es doch geahnt!", rief Patti Zorn triumphierend und setzte das Teleobjektiv ab.

„Hat sie uns also erwischt", registrierte Irenäus resigniert, „aber ich bin nicht schuld. Du hast sie selber hierher gelotst."

„Ich weiß, Irenäus!", sagte Claus, „und ich hoffe, ich kann weiterhin auf deine Hilfe zählen. Denn so einfach können wir das jetzt nicht der Presse übergeben."

Während er das mit eher träger Stimme intonierte, hatte er sich ganz langsam an dem Privatdetektiv vorbeilaviert. Es war höchstens eine Minute vergangen. Patti Zorn stand noch mit einem fast unschuldigen Lächeln vor ihnen. Ein bisschen war dieses Lächeln bedauernd, denn sie wusste schon, dass das nicht astrein war, was sie gerade trieb.

In den nächsten Sekunden umspannte eine eiserne Hand ihren Unterarm, sodass ihr um ein Haar die Kamera entglitt. Langsam zog Claus sie an sich heran: „So einfach ist das nicht, Frau Zorn. Sie wissen doch: Wer mit dem Teufel speist, muss einen langen Löffel haben!“

Die Reporterin wand sich kurzzeitig in seinem Griff, doch nach einem kurzen Schluchzen gab sie auf. Claus stellte sie neben sich und wartete einen Moment, bis sie sich wieder geistig sortiert hatte. Dann sagte er ganz ruhig: „Sie sind zu weit gegangen, Frau Zorn! Ich kann Sie nicht einfach wieder laufen lassen und werde Sie jetzt mitnehmen. Sie gehören dann zu unserem Team mit allen Vor- und Nachteilen, das kommt auf Sie an. Du kannst jetzt loslegen, Irenäus! Ich zähle auf dich! Auf Wiedersehen!“

„Auf Wiedersehen, Claus!“, wünschte ihm der Privatdetektiv. „Und alles Gute. Haltet durch! Vor allem Bonnie! Hier ist meine Telefonnummer, ich habe eine ganze Menge Beziehungen.“ Er winkte dem starken Mann zu und drehte sich zum Abgang.

„Herr Moll!“, schrie die Starreporterin. „So können Sie mich doch hier nicht zurücklassen! Helfen Sie mir!“

„Ich habe Ihnen das vorher gesagt“, beschied Irenäus grinsend. „Und da haben Sie nicht auf mich gehört. Aber Bonnie und Claus sind gute Menschen. Sie, Frau Zorn, dürfen sich nur keinen Patzer mehr leisten! Dann wird das die Story Ihres Lebens! Tschaou!“

Er winkte noch einmal, dann zog er seiner Wege.

19

Erst im Büro des Geschäftsführers kamen sie alle wieder zusammen. Svante Brahms hatte sich inzwischen ziemlich erholt und brauchte kaum noch gestützt zu werden. Gerda geleitete ihn fürsorglich zu seinem Sessel, wo er sich ächzend niederließ. „Warten Sie, Chef!“, sagte sie mit mütterlichem Lächeln. „Heute muss ich uns allen einen Geburtstags-Whiskey verordnen. Keine Widerrede!“

Plüscher war bereits auf den Tisch geklettert und beäugte interessiert seinen Dienstherren. Gedankenlos strich dieser über das Fell und stöhnte: „Ach, was man alles für diese komische Stadt voller Bruchbuden leistet. Unglaublich, lieber Plüscher! Und natürlich, liebe Gerda!"

Dann kippte er seinen Whiskey mit einem Zug hinunter, so dass Gerda sofort nachschenken musste und fragte, an seinen Adjutanten gewandt, der auch ein Gläschen abbekam: „Woher kannte dich dieser Moll eigentlich? Seid ihr euch schon einmal begegnet? Es hörte sich so aggressiv an."

„Es war von ihm auch so gemeint", erklärte der Adjutant verschämt. „Mir liegt das schon lange auf der Seele, vor allem, weil mir immer wieder zugetragen wird, wie dieser Moll darüber mit anderen Leuten quatscht. Der vorige Geschäftsführer ging uns hier allen auf den Geist, weil er eigentlich nur zum Abkassieren hier war. Als es dann um seine Amtsverlängerung durch den Stadtrat ging, bin ich zu einigen einflussreichen Bürgern gegangen, auch zu Irenäus Moll. Weil ich wusste, dass der geil auf hübsche Frauen ist, habe ich extra Peggy mitgenommen. Deren Vater ging sogar mit Moll in eine Klasse. Wir baten ihn, seinen Einfluss geltend zu machen. Und … der Andere ist abgesetzt worden …!"

„Gut, dass du mir das gebeichtet hast", sagte der Geschäftsführer etwas konsterniert und goss dem Adjutanten noch einen sehr kleinen Whiskey nach. „Hauptsache, bei mir …"

Es klopfte lautstark an der Tür. Ohne ein „Herein!" abzuwarten, betraten das Security-Team den Raum. „Gestatten?", fragte der Chef aufmüpfig und zog sich einen Stuhl heran. Seine beiden Kumpane taten es ihm unverzüglich nach.

„Da seid ihr ja!", begrüßte sie Svante, ohne sich von dem Gehabe beeindrucken zu lassen. „Habt ihr euch wieder erholt?"

„Haben wir!", meinte der Chef. „Aber Sie hätten uns ruhig sagen können, dass es sich um einen Profi der Sonderklasse handelt und dass die Presse dabei ist. Das nehmen wir Ihnen etwas übel und überlegen gerade, ob wir weitermachen."

„So ein Mist!", entfuhr es Brahms, und Plüscher zog sich ganz flink ins Nebenzimmer zurück. „Das ist alles das Neueste, was ich höre. Bitte glaubt mir das! Aber einen Vertrag haben wir trotzdem! Erzählt mir alles einmal in Ruhe! Bitte!"

Der Typ grinste: „Wir glauben Ihnen das sogar, aber da war eben nichts mit einer Punkerin, die ein bisschen mit einem starken Typen durchfickt. Und den Vertrag müssen wir auch noch nachbessern, wenn Sie verstehen, was ich meine. Der starke Typ gehört nämlich zur Sonderklasse. Wir können das beurteilen. Wie der dorthin kommt, wissen wir auch nicht. Und dann wurde auch noch aus einer dunklen Ecke auf uns geschossen. Ist Ihnen eigentlich klar, wie viel Glück wir hatten, dass nichts weiter passiert ist, als Ihr Glassplitter im Bein?"

Der Geschäftsführer blickte einen Moment vor sich auf die leere Tischplatte, dann stellte er die nächste Frage: „Was meint ihr eigentlich mit der Presse, die dort war? Ihr denkt doch nicht etwa …"

„Gott sei Dank denken wir das nun vielleicht nicht mehr. Es hätte ja sein können, dass Sie das alles medienwirksam inszenieren wollten", redete der Mann weiter, wurde aber vom Geschäftsführer grob unterbrochen: „Spinnst du? Alles sollte lautlos, ohne Öffentlichkeit und Polizei ablaufen!"

„Ist ja gut, um so besser!" Der Chef des SEKs blieb völlig gelassen. „Fakt ist jedenfalls, dass diese Patti Zorn anwesend war. Sie kam gerade in den Wohnblock, als wir alle die Treppe runterstürzten", der Chef wischte sich entsetzt über die Augen. „Sie haben das möglicherweise nicht gesehen, wegen Ihres kleinen Schmarren, aber wir haben unsere Augen überall. Draußen stand dann auch ihr Auto, übrigens in der Nähe von dem Daimler dieses Privatdetektivs Irenäus Moll. Haben Sie den auch nicht gesehen? Wir sind ihm direkt vor die Füße gefallen. Übrigens kein schlechter Mann."

Der Geschäftsführer schüttelte nur resigniert den Kopf.

„Die Frage ist nur, woher die Beiden das wussten und", fuhr der Mann mit erhobener Stimme fort, „was für ein besonderes Wesen ist dieser starke Typ eigentlich? Das Mädchen mag ja eine abgedrehte Punkerin sein, aber der Mann ist an hoher Stelle angesiedelt, da gibt es für uns keine Frage."

„Also hören wir auf!", rang sich der Geschäftsführer durch. „Ihr kriegt eure Kohle , und was mit dem Wohnblock wird, werden wir später sehen. Okay?"

„Das könnte Ihnen so passen, Svante!“, lachte der Security-Chef. „Nein, nein! Wir sind genauso ein Unternehmen wie Sie, auch wenn manche das nicht einsehen. Und wir – und nun merken Sie streng auf, Svante – sind viel stärkeren staatlichen Auflagen ausgesetzt als Sie mit Ihren paar Neubau-Blöcken.“

Der Geschäftsführer verzog pikiert den Mund und fragte: „Und? Was sollten wir eurer Meinung nach tun?“

„Auf uns ist geschossen worden, streng genommen gab es sogar einen Verletzten“, erklärte der Mann ernst. „Das müssen wir der Behörde melden, denn wir stehen nicht im Niemandsland, sondern in der Bundesrepublik Deutschland. Schließlich mache ich keinen Privatkrieg, sondern will meine Lizenz behalten. Wenn wir es noch strenger nehmen würden, müssten wir sofort ein Sondereinsatzkommando der Polizei hinzuziehen. Doch wir wollen es noch einmal allein versuchen. Ich kann das gerade noch verantworten.“

„Was habt ihr euch also ausgedacht?“, erkundigte sich Svante Brahms resigniert.

„Zuerst hören Sie mal auf zu schmollen! Dann vergessen Sie Ihren winzigen Kratzer!“, lachte der Mann und gab dem Geschäftsführer einen freundschaftlichen Hieb auf die Schulter. „Und dann freunden Sie sich mit folgendem Plan an. Wir kommen übermorgen früh mit ein paar Leuten mehr. Ich habe bei der Behörde erreicht, dass wir noch keine Polizei-Präsenz benötigen. Aber ein kleiner Wermutstropfen wurde uns doch eingeschenkt: Der kommunale Sicherheitsreferent wird dabei sein, wie stets, wenn es um möglicherweise bewaffnete Auseinandersetzungen geht. Sie werden ihn wahrscheinlich nicht kennen. Er heißt Egon Ritzrau.“

Irenäus war jetzt an dem Punkt angelangt, an dem er sich mit vertrauten Freunden beraten musste. Da kamen vor allem Rita und Karl infrage, die noch dazu beide die Sachlage bereits einigermaßen kannten. Allerdings besaß er momentan den besten Überblick und die meisten Informationen. Er hatte die Fälle gelöst, wusste, wo Karls Gewehr abgeblieben war und wo sich der verlorengegangene Mann vom Bundesverteidigungsministerium aufhielt. Nur – wie sage ich es meinem Kind? Und welchem zuerst? Und welche fatale Situation beschwöre ich herauf?

Er beschloss, zuerst Karl aufzusuchen und stieg in den armygrünen Daimler. Titus setzte sich mit auf die Vordersitzbank und wedelte mit dem Schwanz, als dieser in die Wälder abbog, also zu seiner Freundin Birka. Mit den Hunden ging es wie mit ihren Besitzern. Das war eine ebenso interessante Geschichte: Zuerst ging Karl mit seiner Rauhhaarteckelin Lucy auf die Jagd. Einige Zeit später vermachte die hübsche Künstlerin Dunja, als sie nach Neuseeland auswanderte, dem Privatdetektiv Irenäus nicht nur ihr Haus, sondern auch den schwarzen Altdeutschen Schäferhund Titus. Jahre später, in einer unbewachten Minute, zeugte das ungleiche Paar Lucy und Titus einen einzigen Nachkommen. Der bekam den Namen Otto und klebte vom ersten Welpenaugenblick an der Hauptkommissarin Rita, die er seitdem fast auf allen Wegen begleitete. Irgendwann ging jedoch Lucy in die ewigen Jagdgründe ein. Karl schaffte sich die Alpenländische Dachsbracke Birka an, die sich fortan in das Rudel von Titus und Otto einmischte. So kam es, dass diese Drei, wenn sie zusammentrafen, alles andere außer sich selbst vergaßen.

Heute könnte es wieder einmal ein derartiges Treffen geben, denn Irenäus' Gedanken schweiften bereits in gewisse Situationsgefilde. Aber vorerst bremste er den Daimler in der Nähe des Forsthauses ab. Er ließ Titus aussteigen, der mit hochgereckter Rute dem Eingang entgegenstrebte. Das war bereits ein gutes Zeichen. Als dann Birka auf den Steinstufen vor der Haustür bei ihrem Anblick einen Freudentanz vollführte, war sich Irenäus ziemlich sicher, dass er nicht umsonst hierhergekommen war.

Langsam eroberte er das Grundstück weiter und vernahm ein leises, periodisch auftretendes Quietschen. Er überließ die beiden Hunde ihrem Schicksal und folgte diesem Geräusch. Nach einigen Metern sah er die leise schwingende Hollywood-Schaukel. In ihr saß zurückgelehnt eine zierliche Frau, deren blonde Haare leicht im Gegentakt schwangen. Das war natürlich Crystel. 'Schön, dass sie noch hier ist', dachte Irenäus, denn so konnte sie mit ihrem Hexenverstand wunderbar am Knacken seiner mitgebrachten Probleme arbeiten.

„Guten Tag, Crystel!", begrüßte er sie betont leicht formal. „Ist dies dein neues Hexendomizil?"

„Sieh es lieber so: Hexe im Urlaub!", gab sie schlagfertig zurück. „Karl und ich warten schon auf dich. Bestimmt bringst du wesentliche neue Erkenntnisse mit und hast Egon Ritzrau gefunden?"

„Gesehen … habe ich ihn zumindest!", konterte Irenäus, dem der forschende Unterton in der Frage des Hexleins nicht entgangen war. Wahrscheinlich wollte sie ihn tatsächlich töten, so wie Clarissa behauptete. „Ich hatte ihn mir übrigens ganz anders vorgestellt."

„Er ist kein wahrer Mensch, deshalb kann er sich so gut verbergen", sagte die Frau und schwang sich elegant aus der Hollywood-Schaukel. „Aber das glaubst du mir ja sowieso nicht. Komm, wir gehen zu Karl!"

Der Förster hackte gerade Holz, aber als er seinen Freund kommen sah, legte er die Axt beiseite. Sie begrüßten sich und nahmen auf der Seite der Abendsonne bei einer wie aus dem Nichts gezauberten Flasche Wein Platz.

Irenäus plagten inzwischen schon gewisse Bedenken, wie tief er die Wolfshexe eigentlich in die Ermittlungen einbeziehen sollte. Aber das ging nun wohl nicht mehr anders. „Ich habe in der Zwischenzeit einige Überlegungen angestellt, beziehungsweise ich bin geradezu darauf gestoßen worden", begann er vorsichtig, „deren vernünftige Bewältigung mir einige Sorgen macht, weil sie relativ stark in das Schicksal, oder sagen wir, das Leben von Menschen eingreift, die mich im

Prinzip nichts angehen. Du weißt, dass wir uns bei unseren Privatfällen immer ferngehalten haben von Entscheidungen über Leben und Tod und echtes Menschenschicksal. Wir haben uns als Privatdetektive ohne Lizenz und Waffe nur um materielle Querelen gekümmert. Diesmal sieht das anders aus, und ich bin in den Fällen auch schon sehr weit, nur, um eine Entscheidung zu treffen, muss ich Personen konsultieren, die mir nahe stehen, also zum Beispiel Rita und dich. Ich fange bei dir an."

Karl Wabenmond blickte ihm ernst in die Augen: „Dann schieß mal los! Ich bin bereit!"

Das Hexlein sah etwas kritisch zwischen den beiden Männern hin und her, aber es schwieg.

„Eigentlich hat Crystel alles ausgelöst", konnte sich Irenäus nicht enthalten zu sagen, „indem sie mir diese Clarissa mit ihren Drohnen geschickt hast."

„Das stimmt gar nicht!", begehrte das Hexlein auf. „Clarissa wollte dich nur nah kennenlernen!"

„Und, hatte sie Erfolg?", grinste sein Freund.

„Sie ist eine schöne Frau", erwiderte Irenäus, „und wenn man sich mir hingibt, kann ich nicht ewig widerstehen. Inzwischen habe ich ihr zwar die meisten Fragen tatsächlich beantwortet, aber richtig froh macht mich das nicht. Zum Beispiel weiß ich nicht, warum sie der Fall Egon eigentlich wirklich interessiert, und auch nicht, warum Crystel bei diesem Fall überhaupt mitwirkt. Angeblich will sie Egon töten. Ich habe mich inzwischen mit Rita darüber unterhalten, die das auch gar nicht so verkehrt findet …"

„Waaas?", schrie die Frau. „So etwas erzählst du einer Hauptkommissarin? Bist du wahnsinnig oder willst du mich in den Knast bringen?"

„Weder, noch!", sagte Irenäus, „aber ihr habt den Stein ins Rollen gebracht. Möchtest du darüber vielleicht mehr erzählen, Crystel? Ansonsten erzähle ich dir mal, wer dein Gewehr hat, Karl."

„Tu's nicht, Irenäus!", bat jetzt die Frau in ruhigem Tonfall. „Du könntest damit ein ganzes magisches Gebäude zum Zusammenbruch bringen. Und wozu? Ist es Eitelkeit oder willst du dich bestätigen?"

Irenäus war es plötzlich so, als fiele in seinem Geiste irgendein Schleier. Ein ganz merkwürdiges Gefühl durchwühlte seine Magengegend. Warum kümmerte er sich überhaupt um diesen Egon Ritzrau, dem niemand eine Träne nachzuweinen schien? War er Bulle oder Anscheißer oder was? Aber dann bekam er sich doch wieder ein und fragte das Hexlein: „Sage mir mal, Crystel, wieso hat deine Freundin mich überhaupt mit diesem absurden Fall beauftragt? Nur wegen der Drohnen? Ich habe diese Frage zwar schon mehrmals gestellt, aber sie ist mir nie wirklich beantwortet worden. Wagst du vielleicht noch eine richtige Antwort? Dann lasse ich euch allein. Der Karl ist sowieso bereits eingeschlafen."

„Den Göttern sei Dank!", sagte sie. „Er braucht das alles nicht zu hören. Was deine Frage betrifft: Ich weiß es nicht. Falls sie nicht nur mit dir ins Bett wollte, hat sie noch einen anderen Grund, der diesen Egon direkt betrifft und den auch ich nicht kenne. Und nun beeile dich! Bei dir Zuhause wartet bereits eine andere Frau! Und ich muss jetzt erst mal diesen müden Recken wieder zum Leben erwecken!"

Als Irenäus vor seinem armygrünen Daimler stand und Titus neben ihm saß, hatte er das merkwürdige Gefühl, aus so etwas wie einem Traum zu erwachen. Eigentlich war er hierher gefahren, um Karl von seinen überraschenden Erlebnissen in Quarmbeck zu berichten und dass dieser Mitbewohner zusammen mit dem Typen vom Bundesverteidigungsministerium sein Gewehr geklaut hatte. Dann wollte er mit seinem Freund Karl Wabenmond darüber beraten, wie man sich in einer dermaßen abartigen Situation überhaupt verhalten sollte. Aber nun funkte ihm dieses kleine geile Hexlein dazwischen, das er zweifellos gut leiden konnte, und Karl schlich wie somnambul durch das Blickfeld. Und jetzt stand er hier halb betäubt neben seinem Auto, weil bei ihm Zuhause eine Frau wartete. Woher konnte diese Crystel das überhaupt wissen? War sie etwa tatsächlich eine Hexe oder beherrschte sie nur außergewöhnliche Tricks?

Immer noch benommen setzte er seinen Daimler in Fahrt durch den Wald. Auf dem Beifahrersitz saß Titus und achtete hoch aufgereckt auf die Einhaltung der Marschrichtung. Schnell kam er auf seinem Hof an und war gespannt darauf, welche Frau ihn wohl hier erwarten würde. Allzu groß konnte die Auswahl eigentlich nicht sein. Entweder hatte Clarissa schon wieder Sehnsucht, oder …

… ein uralter kobaltblauer Golf stand auf dem Hof. Diesmal saß eine rothaarige Frau an seinem Tisch und hatte bereits eine Flasche Rotwein geöffnet, die sie mit hoher Wahrscheinlichkeit selber mitgebracht hatte. Diese ewige Sauferei sollte auch langsam reduziert werden. Stand man einmal in dem Ruf, gern zwischendurch ein Gläschen Wein zu trinken, übertrafen sich die Besucher geradezu gegenseitig darin, einen mit solch einem Mitbringsel zu beglücken.

Den Daimler ließ er stehen, wo er gerade stand, und eilte zu dieser Person. Titus begrüßte sie ebenfalls kurz, widmete sich dann aber nachhaltig seinem Sohn Otto. Irenäus gab Rita einen Kuss auf den Mund, den sie ein wenig unterkühlt abbremste. Prüfend blickte sie ihn an und fragte leise: „Na du, stehst du noch zu mir? Oder muss ich dich endgültig aufgeben?“

Irenäus musste ein nervöses Gelächter ausbremsen. Langsam ging ihm das hier alles über die Hutschnur. Doch dann sagte er liebevoll: „Du kannst völlig zufrieden sein, meine Liebe. Ich stehe zu dir und bin schnellstens hierher geeilt, um mit dir eine ausführliche Lagebesprechung durchzuführen. Eigentlich wollte ich das zusammen mit Karl und dir machen, denn es betrifft euch beide gleichermaßen, aber das geht leider nicht.“

„Wieso?“, fragte sie kurz.

„Weil Hexlein bei ihm sitzt und ihm den Geist vernebelt“, meinte er, „aber dazu komme ich noch ausführlicher. Vorher beschäftigt mich die Frage, wie ich dir meine Nachforschungsergebnisse nahebringen kann, ohne dass du sofort eine Verhaftungswelle auslöst …“

„Aach, Mann!“ Sie prostete scheppernd mit ihrem Glas gegen seins. „Bestimmt willst du mich schon wieder mit irgendwelchem kriminellen Wissen belasten, das ich nicht weiterleiten darf?“

„Stimmt genau!“, grinste Irenäus und gab ihr einen Luftkuss über sein Weinglas hinweg.

„Fang an!“, befahl sie. „Aber wenn es zu schlimm wird, müssen wir verhandeln!“

„Das werden wir sowieso müssen!“, orakelte Irenäus tiefsinnig. „Ich habe nämlich zwei Fälle gelöst, die miteinander zusammenhängen. Letztens wurde Karls Kleinkalibergewehr geklaut. Er hat es nicht pflichtgemäß angezeigt, weil er erstens den Behörden schlecht erzählen konnte, dass seine minderjährigen Kinder damit Waschbären gejagt haben, aber das hätte er ja noch vertuschen können. Zweitens wurde er dann vom Hexlein ...“

„Ihr seid wirklich Chaoten!“, stöhnte Rita. „Und du weißt natürlich schon wieder, wer es war?“

„Ja. Und jetzt kommt der wirklich harte Schlag“, zog der Privatdetektiv genüsslich in die Länge. „Es waren nämlich zwei Diebe.“

Rita musste lachen: „Lass mich raten! Der Zweite war Heinz Schropel!“

Irenäus musste ebenfalls lachen. Rita hatte nämlich in ihrer Funktion als Kriminalhauptkommissarin einen Amtspartner, mit dem gemeinsam sie die größeren Fälle bearbeitete. Das war ein ziemlich penibler Typ, der insbesondere das Liebesverhältnis zwischen den Beiden blöd fand und noch viel blöder die Profession eines „Selbsternannten Privatdetektivs ohne Lizenz und Waffe“. Möglicherweise war er aber hauptsächlich selber in Rita verknallt. Dieser Mensch war jener soeben erwähnte Heinz Schropel, und die Aussage von Rita sollte ein Witz sein.

„Nein, ganz so schlimm nun auch wieder nicht“, sagte er, „aber es ist der Mann aus München vom Bundesverteidigungsministerium.“

Leider passierte nun das, was er befürchtet hatte. Auf Ritas eben noch schelmisch entspanntem Pferdegesicht entgleisten nun alle Züge: „Waaas? Das sagst du mir jetzt erst?“

„Es kommt leider noch etwas kritischer, meine Liebe“, fuhr er fort. „Ich kann dir nämlich zu seinem eigenen Schutz nicht sagen, wo er sich aufhält. Es sei denn ....“

„Du elendes Miststück!“, schrie sie und klackte das Weinglas auf den Holztisch, so dass es mit Mühe und Not überlebte. „Nach diesem Typen sucht eine aufwendige Maschinerie in ganz Deutschland, und du willst das verschweigen. Nein, das wirst du nicht für dich behalten, und wenn ich dir die NSA auf den Hals hetzen muss …!“

Die Augen von Irenäus waren traurig geworden: „Bist du wirklich schon derart verblendet von diesem ganzen Kram, dass du mir nicht mehr in Ruhe zuhören kannst? Ich habe noch gar nicht angefangen, von der eigentlichen Problematik zu berichten, die ich viel bedenklicher finde. Dieses abgefuckte Bundesverteidigungsministerium geht mir wirklich zehn Meter am Arsch vorbei mit seinen von der Rüstungslobby angeheizten Kleinkriegen überall auf der Welt. Bei diesem Kämpfer liegt ein anrührender menschlicher Grund vor …“

„Hast du etwa bereits zu ihm Kontakt aufgenommen?“, unterbrach ihn Rita mit entsetzter Stimme.

„Natürlich habe ich mich mit Claus unterhalten.“ Irenäus konnte es nicht lassen, leicht provokant zu grinsen. „Wir verstehen uns ausgesprochen gut.“

„Oh nein! Mit Claus …!“, äffte die Hauptkommissarin ihn nach und schlug, allerdings abgebremst, auf die Tischplatte. „Was hat er denn für ein rührendes Problem? Da hängt doch bestimmt die unbekannte Mörze mit drin, mit der er geblitzt wurde!“

„Eben! Das ist der Anfang der Geschichte“, erzählte nun Irenäus und goss ihnen beiden Wein nach. „Claus lernte das Mädchen kennen, wahrscheinlich per Anhalter. Sie verliebten sich unsterblich ineinander, und er blieb einfach bei ihr. Leise, still und heimlich.“

„Und vögelt mit ihr nonstop durch“, spann Rita den Faden weiter, „genug Testosteron dürfte er ja haben als Kommandeur einer Elite-Einheit. Aber warum weißt du das schon wieder?“

„Inzwischen hängen da bereits ein paar andere Personen mit drinnen“, fuhr er fort, und Rita stöhnte. „Als mir eine dieser Personen von einem großen, blonden Mann mit militärischer Ausstrahlung erzählte, wusste ich sofort, wer gemeint war. Du hattest mir ja zuvor die Beschreibung gegeben. Es kamen noch zwei, drei andere Personen hinzu, aber der Kreis hält sich sehr in Grenzen. Die wahre Identität von Claus kennt absolut niemand, außer uns beiden, und so sollte es auch bleiben.

Aber ehe du jetzt weiterdenkst oder mir antwortest, noch schnell eine Denksportaufgabe. Stell dir vor, ich wäre kein alter Sack, sondern ein Mann wie Claus auf der Durchreise, und wir beide würden uns tagelang einander hingeben. Wärst du nicht todunglücklich, wenn mich plötzlich irgendeine bescheuerte Behörde aus dem Bett reißt, um mich bei den Negerlein in einem deutschen Stellvertreter-Krieg zu verheizen? Und genau aus diesem Grund bitte ich dich, in diesem Fall einfach noch einige Zeit wegzusehen!"

„Ganz schön viel verlangt", meinte Rita, schaute ihn aber dabei liebevoll an.

„Hoffentlich änderst du deine Meinung nicht noch einmal", meinte der Mann. „Das war nämlich erst das Präludium. Der eigentliche Fall ist immer noch die Tötung von Egon Ritzrau durch das Hexlein, wie inzwischen bekannt, nicht durch eine von Clarissas Drohnen, sondern durch die Herbeiführung einer für Egon tödlichen Situation. Und so eine Situation wird in diesem Falle gerade herbeigeführt – wie es aussieht tatsächlich von unserer Wolfshexe!"

„Das ist aber ganz schön weit hergeholt", sagte sie und machte nun wieder einen verdrosseneren Eindruck. „Einmal glaube ich sowieso nur sehr begrenzt an Magie. Und mit dem Gedanken, dass diese Crystel eine wirkliche Hexe ist, mag ich mich kein bisschen befreunden. Für mich ist das eine eitle, nicht ganz blöde Tussi, die euch Kerlen allen ins Gehirn scheißt, weil sie schön mit ihrem Arsch wackeln kann. Ich kann auch noch verstehen, dass sie euch psychologisch etwas durchschaut, dass sie vielleicht sogar milde Formen von Suggestion oder gar Hypnose beherrscht oder sich einfach mit Hilfe des Telefons oder von Netzwerken informiert. Aber das Herbeiführen einer wirklich komplexen Situation verlangt schon wesentlich mehr an Zauberei."

„Was du da sagst, ist sehr bedenkenswert", sinnierte Irenäus und streichelte Titus' Kopf. Otto saß inzwischen auf der Bank neben Rita und kuschelte sich an sein Frauchen.

„Ich könnte dir natürlich noch viel mehr sagen“, teilte ihm die Frau etwas konsterniert mit, „wenn du mir sagen würdest, wie diese Situation eigentlich aussieht, wo sich das Ganze abspielt und wer daran noch beteiligt ist. Aber das willst du ja nicht…“

Langsam wurde Rita doch echt sauer. Diesen Zustand wollte ihr Freund natürlich verhindern, deshalb versuchte er, sie zu beschwichtigen: „Ach, meine Liebe, lass uns nicht den Abend versauen! Wir sperren die fremden Leute für heute einfach aus. Ich wollte ja nur so etwas wie eine schützende Hand über Bonnie und Claus halten, weil das für mich den Stoff einer echten modernen Tragödie in sich birgt.“

„Wer ist Bonnie?“, fragte Rita messerscharf.

Irenäus erkannte sofort seinen hammerharten Fehler und versuchte, ihn auszubügeln: „Niemand, niemand! Das war nur so ein Wortspiel. Wie Bonnie and Clyde! So kommt mir diese Episode mit Claus auch manchmal vor. Aber es existieren natürlich keine weiterführenden Ähnlichkeiten. Und nun lass uns mal dieses unselige Thema beenden. Wir essen jetzt schön Abendbrot und dann … bleibst du hier?“

Sie lachte ihn an: „Möglicherweise! Du musst es aber drinnen schon mal warm machen. Ich hole noch ein paar Sachen aus dem Auto, und dann komme ich nach.“

Gehorsam marschierte Irenäus ins Haus. Ein Blick durchs Fenster belehrte ihn, dass Rita in ihren alten Golf gestiegen war. Die in diesem Fahrzeug installierte Nachrichtentechnik war wesentlich jüngeren Datums. Für Irenäus stand fest, dass die Frau gerade ganz schnell durchcheckte, wer Bonnie war.

21

Rita besaß in ihrem Auto einen feinen Bordcomputer, den sie per Knopfdruck in Gang warf. Natürlich hatte sie Zugriff zu allen Dateien der unterschiedlichsten Identitätsmerkmale der Quedlinburger Bürgerschaft. Dabei stand ein Vornamensregister selbstverständlich ganz vorn. Hätte die Frau nun Sabine geheißen, wäre die Sache gewiss fast aussichtslos gewesen, selbst der Vorname Conny kam viel zu häufig vor. Aber bei Bonnie! Hier war sie ja schon, die kleine Schlampe: Ortsteil Quarmbeck, Otto-Lilienthal-Straße. Na also!

Befriedigt schaltete sie ab. Wer hätte das gedacht. Sie suchte sich in der Stadt wund nach diesem Typen, und der hockte in einer dieser Russenbuden. Ihr Weltbild lag da übrigens etwas schief, denn sie war ursprünglich eine Wessi-Beamtin, die vor etlichen Jahren zur Kripo Harz versetzt worden war. Sie gehörte zwar nicht zu den eingefleischten Russen-Hasserinnen, aber besonders viel mehr als ihren Schulstoff hatte sie über das Fachgebiet 'Sowjetische Besatzungsmacht in Deutschland' nicht auf der Platte. Theoretisch bestand nun für sie die Möglichkeit, im Bundesverteidigungsministerium anzurufen und zu petzen. Wahrscheinlich würden die dann umgehend einen Hubschrauber schicken und den Mann nach Sonstwohin kutschieren. Damit ging sie allerdings der Freundschaft und Liebe zu Irenäus unter Umständen für alle Zeiten verlustig. Da war ihr Liebster rigoros.

Als sie in seinem Haus ankam, sah dieser sie auch sehr kritisch an. „Wenn du dabei überhaupt etwas unternehmen willst – du kannst schließlich auch weggucken –", sagte er bedächtig, „dann gib ihnen noch etwas Zeit. Der Wohnblock wird sowieso in wenigen Stunden abgerissen."

„Können wir auch noch über etwas anderes sprechen?", fragte sie und lächelte ihn liebevoll an. „Gibt es zur Abwechslung vielleicht mal was Schönes zum Essen?"

Am nächsten Morgen verließ sie sein Bett, als sich der Mann noch dreimal herumdrehte. Trotzdem lallte er im Halbschlaf hinter ihr her: „Bestimmt fährst du nach Quarmbeck. Viel Glück!"

Genau das hatte sie vor. Der Ort sah am Morgen verlassen und leer aus; wer noch Arbeit hatte, war wohl längst davon, die wenigen anderen taten es Irenäus Moll gleich.

Rita stellte den kobaltblauen Golf an einer unübersichtlichen Stelle auf einen kleinen Schotterplatz und machte sich zu Fuß auf den Weg. Nach wenigen Augenblicken kam sie an einer Wiese vorbei, auf der ein Schwerlasttransport der besonderen Art stand. Das hatte ihr Irenäus gar nicht berichtet, wunderte sie sich. Auf einem Tisch richteten sich zwei Herren mittleren Alters ein Frühstück an, das ziemlich opulent zu sein schien. Sie waren in frische, gut sitzende blaue Latzhosen gekleidet, und ihre hellgrauen Haare kontrastierten interessant zu den fast dunkelbraunen Hautpartien an Kopf und Armen. Als sie Rita sahen, hielten sie in ihrer Tätigkeit inne und drehten ihr die Gesichter zu. „Hallo! Wer ist denn das so früh am Morgen?", rief der Eine. „Komm zu uns auf eine Tasse Kaffee!"

„Danke! Danke!", rief Rita lachend zurück. „Aber ich muss dort in das Haus. Vielleicht danach!"

„Falls es ein Danach gibt", mahnte der Andere mit leicht kritischer Tonlage. „Darüber solltest du dich erst mal bei uns kundig machen. Aber, wie du meinst."

Sie überdachte blitzschnell die Situation. Die Männer hatten vollkommen recht, und sie reagierte nicht schnell genug. Nur weil Irenäus sie mit dieser Lage der Dinge nicht vertraut gemacht hatte. Also schwenkte sie um: „Na gut! Auf einen Kaffee."

„Oh, so eine schöne Frau!", meinte der Eine und machte seinen Stuhl frei. „Komm, setz' dich her!"

„Hier ist ein schöner frischer Kaffee!", grinste der Andere. „Lass es dir schmecken! Von welcher Behörde kommst du? Lass uns raten!"

Der Andere hatte sich auf das langgezogene Trittbrett der FAUN-Zugmaschine gesetzt: „Von der Polizei? Bestimmt hat dieser Irenäus geplaudert."

„Von der Kriminalpolizei", sagte Rita und grinste zurück. „Steht ihr schon lange auf dieser Wiese? War Irenäus schon öfter hier?"

„Wir stehen schon einige Tage, aber es wird nie langweilig", sagte der Eine. „Jede Menge Leute kommen und gehen. Manche werden rausgeschmissen. Aufrecht sind bisher eigentlich nur Claus und Irenäus herausgekommen. Manche sehen wir auch nie wieder. Es ist echt kurios."

„Ach!", fragte Rita erstaunt. „Claus war auch schon im Freien? Mit Irenäus?"

„Ja doch!", antwortete der Andere. „Die Beiden hatten sich eine ganze Menge zu erzählen. Wir haben es nur nicht so richtig verstanden. Es ging darum, dass Claus irgendwo im Westen dringend benötigt wird. Aber er hat keine Lust und will hier lieber mit Bonnie im Bett liegen."

„Deshalb können wir das Haus nicht abreißen und stehen hier", fügte sein Kollege hinzu.

„Warum setzt ihr die Beiden nicht einfach raus?", erkundigte sich Rita und aß ein Stück Kirschkuchen. „Ihr steht doch hier völlig sinnlos!"

„Das kann man so nicht sagen", verbesserte sie der Andere. „Wir bekommen jede Stunde von der Wohnungsverwaltungs-Anstalt bezahlt. Der Chef und seine Leute waren auch schon mehrmals hier, aber sie flogen alle die Treppe hinunter. Wir beide haben auch unser Fett weg."

„Ihr beide?", fragte sie ungläubig. „Ich werde da jetzt mal hochgehen. Schönen Dank. Bis nachher!"

„Pass auf dich auf, Kleines!", riefen ihr die Männer im Chor hinterher.

Die Hauptkommissarin winkte noch einmal und ging auf den Eingang zu. Die Außentür stand halb offen. Relativ geräuschlos stieg sie die Treppen empor. Die Wohnung von Bonnie und Claus sollte ganz oben sein. Rita dachte sich die Aktion derart, dass sie ganz einfach anklopfte und wenn wer öffnete, mit demjenigen ein Gespräch begann. Sie hatte zwar schon viele irrationale Menschen erlebt, aber besonders diesen Claus schätzte sie genau als das Gegenteil ein.

Also atmete sie noch einmal tief durch. Dann klopfte sie mit mittlerer Stärke gegen das Türholz. Sie wartete ab ohne eine Wiederholung. Eine Weile geschah nichts, dann öffnete sich die Tür. Ehe sie jedoch die Person vor sich wahrnehmen konnte, nahm sie in ihrem Rücken ein lautes Japsen, Hecheln und Kratzen wahr. Da sie selbst Hundebesitzerin war, erschrak sie nicht besonders, als von unten ein großer, dunkler Hund die Treppe hinaufgehastet kam. Er blieb vor ihr stehen, ohne Laut zu geben. Hinter diesem Tier kam eine Frau die Treppe herauf, die etwas keuchte, dann aber rief: „Cuno, sei brav!"

Rita trat einen Schritt zur Seite, sodass das Tier an ihr vorbeispringen konnte, genau in die inzwischen geöffnete Wohnungstür. Die junge Frau blieb vor ihr stehen und sagte: „Guten Morgen!"

Es handelte sich um eine ausgemacht hübsche Frau. Sie war schlank, die Haut leicht gebräunt. Haare schwarz und Augen dunkelgrün. Sie trug ein ziemlich kurzes, schwarzes Kleidchen, obwohl es noch morgendlich kühl war.

Rita musste jetzt aufpassen, dass ihr die Situation nicht entglitt. Der Mann stand mit einem fragenden Gesichtsausdruck in der geöffneten Wohnungstür. Der Hund hatte sich an ihm vorbeigedrängt, und die dunkle Frau befand sich genau vor ihr. Außerdem musste sie darauf achten, dass sich die Leute nicht blitzschnell in der Wohnung verschanzten.

„Guten Morgen!", sagte Rita und lächelte die beiden an. „Um es gleich vorweg zu nehmen, ich will Sie hier nicht rausschmeißen. Darf ich bitte reinkommen? Ich möchte das nicht zwischen Tür und Angel abhandeln."

„Kommen Sie!", sagte der Mann, während die junge Frau ziemlich ablehnend dreinblickte. „Wahrscheinlich sind Sie von der Polizei? Die Freundin von Irenäus?"

„Ja, richtig!", grinste sie, „aber er hat Sie nicht verraten. Ich habe es selber rausgekriegt. Ich bin Hauptkommissarin, und Sie können mich unter diesen Umständen gern Rita nennen. Sie scheinen sich ja schon recht nahegekommen zu sein mit Irenäus."

„Ja!", lachte der Mann, „Er scheint ein feiner Mensch zu sein."

„Das ist er!" Rita nickte und meinte dann: „Deshalb hat er sich auch sehr menschlich für Sie beide eingesetzt. Aber ich habe von einer Bundesbehörde den Auftrag, Sie zu finden. Und das ist jetzt passiert. Sie sollen bitte zurückkommen und Ihrer Pflicht nachkommen. Bis jetzt habe ich noch nichts weitergesagt, sonst wären die wahrscheinlich schon hier. Aber ich kann mich nicht ewig zur Komplizin machen. Haben Sie mir einen Lösungsvorschlag anzubieten?"

„Es ist schwer", sagte der Mann, „aus mehreren Gründen. Theoretisch könnte ich Bonnie einfach mitnehmen. Sie würde dann ein paar Monate auf mich warten, falls ich aus meinem Kampfeinsatz zurückkomme. Inzwischen wird dann aber garantiert das Haus ihres Vaters abgerissen, um das sie mit

Zähnen und Krallen kämpft. Ich kann sie aber auch nicht einfach in diesem Schlamassel zurücklassen. Das bringe ich nun nicht mehr übers Herz. Außerdem – ich weiß gar nicht, ob ich inzwischen als fahnenflüchtig gelte, als Deserteur? Und das Letzte ist, dass ich keine Lust mehr auf meinen Job habe. Seit ich hier soviel Erfüllung mit einem anderen Menschen fand, will ich einfach nicht das Glück mir wildfremder Menschen zerstören."

„Da hast du zwar für dich persönlich recht, Claus", überlegte Rita, „aber töten nicht diese Rebellen auch sehr viele glückliche Menschen?

„Womit?", fragte der Mann nur, dann fuhr er fort: „Mit selbstgebastelten Maschinengewehren? Und gegen wen rebellieren sie eigentlich? Wer verdient das immens viele Geld, das in so einem Konflikt verpulvert wird? Aber lassen wir diese Debatte, wenn's geht!"

„Das meine ich aber auch!", fuhr ihm die Hauptkommissarin in die Parade. „Fakt ist, dass ihr hier raus müsst! Auch du, Bonnie, wirst diese Entwicklung nicht aufhalten können. Wenn ihr jetzt geht, könnte ich sogar noch etwas für euch tun. Wenn ihr bis zum bitteren Ende wartet, seid ihr wahrscheinlich geliefert. Also überlegt euch das!"

„Gibst du uns drei Tage Zeit?", fragte der Mann. „Könntest du nicht mit dem Geschäftsführer der Wohnungsverwaltungs-Anstalt reden, um ihn für eine kleine Hinhaltepause zu gewinnen? Bitte!"

„Ich versuche es!", versprach Rita, die inzwischen ihren Glauben an die Rationalität dieses Mannes ad acta gelegt hatte. (Was war an dieser Tussi so besonders?) „Aber nur zwei Tage lang! Am dritten müsst ihr verschwunden sein! Sonst lasse ich das Haus räumen!"

In diesem Augenblick begannen die wimmernden Schreie: „Hilfe! Hilfe! Ich bin hier gefangen! Holt mich hier raus! Hilfe! Zu Hilfe!" Es war eine Frauenstimme. Sie hörte nicht mehr auf.

Das Pärchen schaute Rita auf einmal mit höchst seltsamen Blicken an. Diese fühlte, wie ihr ein kalter Schauder über den Rücken lief. Jetzt wurde es ernst. Trotzdem versuchte sie, so ruhig wie möglich zu fragen: „Haltet ihr da etwa jemanden gefangen?"

Die Gefangene schien das zu hören und schrie weiter. Sie musste schon sehr fertig sein.

„Ihr wird nichts passieren", versicherte der Mann. „In zwei Tagen ist sie wieder frei. Es ist eine Reporterin, die alles über mich ausposaunen wollte. Das konnte ich nicht zulassen. Übrigens weiß sie das meiste von Irenäus."

'Der Scheißkerl', ging es Rita durch den Kopf, 'hat er das etwa auch schon gewusst, um seine eigenen Hände in Unschuld zu waschen? Er sprach tatsächlich von ein paar anderen involvierten Menschen. Aber das ist ja kriminell.'

„Also, meine lieben Bonnie und Claus!", sagte Rita, noch ganz befangen in ihrer behördlichen Wassersuppe. „Dann kann ich darüber natürlich nicht mehr ein paar Tage hinwegsehen. Was ihr hier treibt, ist schwere Freiheitsberaubung. Ihr müsst sie sofort freilassen! Vielleicht schließt sie sich dem Ultimatum an."

Bekümmert sagte der Mann: „Wir können sie ja fragen, aber ich glaube nicht daran. Warte!"

Rita hörte, wie Bonnie im Hintergrund die Wohnungstür abschloss. Mist! Instinktiv tastete sie nach ihrer Dienstwaffe, die sie in einem Halfter unter der Achsel trug. Der große Hund hatte sich irgendwo hingelegt. Er schien keine wesentliche Gefahr darzustellen.

Claus schloss die Tür eines Zimmers auf und sagte: „Komm!" Dann schob er sie voran durch den Türspalt. Gleich darauf folgten er und am Ende Bonnie.

Die Frau stand innen vor einem der Fenster, die in die äußere Wildnis zeigten. Zuerst konnte Rita sie wegen der Beleuchtungsverhältnisse nicht erkennen. Die Person breitete die Arme aus und rief aufgeregt: „Rita! Gott sei dank! Hol mich hier raus!"

„Patti! Was treibst du denn hier?", erkundigte sich die Hauptkommissarin in einem ersten Anfall von humorvollem Unverständnis. „Gerade hatte ich diesem Pärchen hier eine kurze Schonfrist zugesichert, ehe sie den Block verlassen müssen."

„Was soll das heißen?", rief die Reporterin. „Stehst du etwa auf deren Seite?"

„Nein, nein! Ich weiß bloß gerade nicht, was ich tun soll", stammelte Rita. „Wenn du zum Beispiel glaubhaft zusichern könntest, dass du noch drei Tage über diese Vorfälle schweigst, könnten wir jetzt beide hier unbeschadet rausgehen. Habe ich das so richtig verstanden, Claus? Ich habe nämlich genau das gerade getan."

Der große Mann nickte bedächtig mit dem Kopf: „Ich will einfach nicht mehr Trouble haben als nötig. Es geht hier nicht nur um heiße Liebe, sondern vor allem auch darum, diese geldbesessenen Funktionäre der Stadt davon zu überzeugen, dass sich hier in diesem Ortsteil durchaus ein neues sozialpolitisches Modell starten ließe, das Menschen noch in diesen Blöcken wohnen lässt. Es gibt sogar Kaufgesuche für einzelne Bauten und interessante Konzeptideen. Dazu müsste man natürlich erst mal gewisse Grundlagen schaffen und nicht immer nur sagen: Das geht nicht. Bonnie will mit ihrem Protest darauf aufmerksam machen, und ich habe nun einmal versprochen, ihr zu helfen. Es wäre wunderbar, wenn Sie sich diesem Protest anschließen könnten. Sie, Rita, könnten mit den Behörden verhandeln, und Sie, Frau Zorn, könnten einen Hilferuf in der Zeitung schreiben. Aber das wollen Sie ja nicht."

„Niemals!", bockte die Reporterin wütend. „Sie haben mich hier einen Tag und eine Nacht lang widerrechtlich gefangen gesetzt. Dafür werden Sie sich verantworten! Und ihren Schmus, den glaube ich sowieso nicht! Sie wollen doch hier nur weiter in Ihrem Liebesnest herumvögeln! Sie sind doch überkreuz abhängig. Bonnie braucht Sie als Beschützer, und Sie brauchen jemanden für heiße Liebe, bevor Sie wieder in Ihren dreckigen Krieg ziehen!"

'Verflucht, die Frau redet sich um Kopf und Kragen', dachte Rita entsetzt, 'und mich gleich mit. Was mache ich nur?'

„Okay!", erwiderte Claus mit ernstem Gesichtsausdruck. „Wenn Sie das so sehen, müssen Sie noch ein paar Tage hier sitzen. Und Sie wahrscheinlich gleich mit, Frau Hauptkommissarin."

„Lassen Sie doch den Quatsch, Claus!", sagte Rita zu ihm. Dann rutschte ihr leider heraus: „Sie benehmen sich wie ein Psychopath und lavieren sich immer tiefer in den Schlamassel. Wenn Sie jetzt hier die Segel streichen, werde ich dafür sorgen, dass Bonnie gar nichts passiert. Sie begeben sich umgehend zu Ihrer Einheit zurück, wo Sie auch nicht viel zu befürchten haben werden, maximal wird bei Ihnen diese Eskapade als Posttraumatisches Stress Syndrom gewertet, schließlich kämpfen Sie schon ewig in einem heißen Krieg. Und Patti Zorn hat ihre verrückte Quarmbeck-Story, die Sie ihr doch bestimmt versprochen haben. Habe ich recht? Möglicherweise bleibt dann sogar dieser Block hier stehen."

„Glaube ihr das nicht!", rief diese Bonnie dazwischen und begann, Rita nun erstmalig auf den Geist zu gehen. „Sie lügt, um hier heil wieder raus zukommen! Als Bulle muss sie das alles sofort weitermelden. Und dann sind deine Leute in kürzester Zeit hier und nehmen uns auseinander!"

„Nun seien Sie doch vernünftig!", schimpfte Rita jetzt aufgebracht. „Das bringt doch hier nichts! Sie haben schließlich noch ein ganzes Leben vor sich!"

Claus drehte sich zu ihr hin und in seinen Augen lag zorniger Trotz.

'Scheiße!', dachte Rita wieder, 'gleich macht er Ernst.' Sie trat einen Schritt zurück und griff nach ihrer Dienstwaffe. Genau in diesem Moment versank sie in einem tiefen, schwarzen Brunnen.

22

Etwas strich vorsichtig über ihr Gesicht. Dann hörte sie von ferne eine Stimme: „Rita! Wach' auf!"

Ohne große Mühe konnte sie die Augen öffnen. Über ihr schwebte das etwas zerknitterte Gesicht von Patti Zorn: „Na, geht es wieder? Setz dich hin! Die haben uns sogar Essen und Trinken hingestellt. Möchtest du einen Schluck Wein?"

Rita nickte. Die Frau von der Presse hielt ihr ein halbvolles Wasserglas mit Rotwein hin. Sie trank in kleinen Schlucken und fühlte sich dann fast wieder so stark wie vorher. Ihr Hals schmerzte ein wenig wie bei einem Muskelkater. Sie massierte ihn mit der linken Hand. Dann meinte sie anerkennend: „Claus ist ein hervorragender Spezialist. Er schlägt wohl dosiert."

„Bewunderst du dieses fiese Schwein etwa noch?", fragte Patti Zorn mit kantiger Stimme. „Vielleicht solltest du mir endlich mal erklären, was hier eigentlich los ist!"

Rita beugte sich zu einem Tablett, auf dem Früchte, Schinken und Butterbrotscheiben lagen. Danach antwortete sie mit leichter Kaubewegung: „Hat dir denn das nicht Irenäus schon alles erklärt?"

„Irenäus Moll? Dieser Chauvi?" Die Stimme der Reporterin wurde immer aggressiver. „Weißt du, was der zu mir gesagt hat?"

„Nein!", erwiderte Rita grinsend.

„Heute Morgen hat mir eine Frau im Bett das Versprechen abgenommen, nichts über die Hintergründe dieser Angelegenheit zu erzählen"; schnaubte Patti Zorn. „Es würde nur Unannehmlichkeiten einbringen ..."

„Wie du siehst, hatte er damit nur zu recht!", sagte die Hauptkommissarin.

„Und wie kommst du dann hierher?", fragte die andere, nun wieder mit ruhigerer Stimme.

„Ich habe mich ebenfalls nicht an seine Warnung gehalten und bin einfach hergekommen", erzählte Rita und trank noch Wein, „aber ich hatte wenigstens einen dringlichen übergeordneten Auftrag vom Verteidigungsministerium. Ich musste sozusagen hierher und habe den Ort selber herausbekommen, allerdings nach einem Gespräch mit Irenäus. Das sagt mir übrigens noch einmal: Wenn man will, dass irgendetwas geheim bleiben soll, darf man kein Wort darüber reden!"

„Ja, ja!", knurrte Patti. „Wenn drei Quedlinburger ein Geheimnis haben, bleibt es nur gewahrt, wenn alle drei tot sind! Also, Rita, ich bin der Dritte. Um was geht es? Warum darf ich nicht über dieses Pärchen schreiben?"

Rita schenkte sich neuen Wein ein und wackelte bedenklich mit dem Kopf vor sich hin. Dann hatte sie sich wohl zu etwas durchgerungen: „Weil es hier um eine heikle bundesdeutsche Problematik geht. Ich habe, ehrlich gesagt, geglaubt, Irenäus hätte bereits geplaudert."

„Oh, Mensch! Nun spann mich doch nicht auf die Folter! So eng bin ich mit Irenäus nicht!", redete die Frau aufgeregt weiter. „Eine heikle bundesdeutsche Problematik …? Ist der Mann vielleicht ein internationaler Serienmörder? Mach mich nicht verrückt!"

„So was Ähnliches!" Die Hauptkommissarin zog die Antwort genüsslich in die Länge und knabberte an einem Stück Schinken.

„So was Ähnliches?", wiederholte Patti Zorn, und ihre Gesichtszüge begannen zu entgleisen. „Ich sitze hier schon seit 24 Stunden, und du grinst noch darüber. Du bist ja eine echte Sadistin!"

Sie hatte sich jetzt mit leicht gespreizten Beinen vor Rita aufgebaut und schaute mit in die Hüften gestemmten Armen auf die am Boden Sitzende herab, als wolle sie gleich zum Nahkampf übergehen. Aber vor Patti Zorn hatte Rita keine Angst. Trotzdem entschloss sie sich, das Spielchen nicht weiter zu treiben. Deshalb meinte sie: „Ist ja gut! Er leitet einen internationalen Kampfeinsatz gegen Aufständische in Afrika. Er hat seinen persönlichen Urlaub etwas überzogen, aber darüber muss nicht unbedingt ausführlich in bundesdeutschen Zeitungen berichtet werden."

„Nicht zu fassen!" Patti Zorns blaue Augen sprühten vor Wut. „Und das hat dieser Stinkstiefel Moll die ganze Zeit über gewusst?"

„Ja!" Rita konnte sich ein Lachen nicht verkneifen. „Aber er hat dich gewarnt!"

„Unglaublich!", schimpfte Patti noch kurz und fragte anschließend: „Und was machen wir nun?"

„Nun überlegen wir erst mal", antwortete die Hauptkommissarin. „Prinzipiell glaube ich nicht, dass wir uns ernsthafte Gedanken um Leib und Leben machen müssen. Die beiden wollen nur noch etwas ihre Ruhe haben. Claus ist Mitarbeiter einer übergeordneten Behörde, auch wenn er damit gerade etwas hadert, und diese Bonnie steht ziemlich unter Abrissstress. Wahrscheinlich werden sie uns noch ein, zwei Tage hierbehalten, falls wir nicht ein ernstzunehmendes Abkommen mit ihnen schließen. Aber das wolltest du ja nicht."

Die Reporterin schaute sie mit einem entgeisterten Gesichtsausdruck an.

„Naja!“, fuhr Rita ganz gelassen fort. „Auch in mir greift immer mehr der Gedanke, was ich mit dir mache, wenn wir hier wieder raus sind. Das ist zwar eine spannende Story, aber was sagt das Bundesverteidigungsministerium dazu? Eigentlich braucht kein Mensch etwas von einer derartigen Entgleisung zu erfahren. Wahrscheinlich würde großes Gelächter ausbrechen, und Claus würde eventuell für immer im Müllkübel der Behörde landen; wenn es ganz schlimm käme, ich gleich mit. Und das sind mir die Quedlinburger dann doch nicht wert.“

Sie aß ein Stück Tomate und schaute Patti mit ihren grünen Katzenaugen nachdenklich an. Aber die sagte kein Wort.

„Wer weiß also überhaupt, dass wir hier sind?“, überlegte die Kriminalistin weiter. „Einmal abgesehen von den beiden Männern vom Abriss ... Falls du niemandem erzählt hast, wohin du gefahren bist ...,“ Patti Zorn schüttelte den Kopf, „... weiß es nur noch Irenäus. Allerdings sprach der auch von einigen anderen Involvierten. Vielleicht hat er bereits seinem Freund Karl Wabenmond und diesem Hexlein davon erzählt. Angeblich hat diese Frau die gesamte Situation inszeniert ...“

„Was für eine Frau bitte?“, fragte die Reporterin dazwischen.

„Eigentlich spreche ich nicht über die Fälle von Irenäus und Karl“, erklärte die Hauptkommissarin, „aber heute einmal doch: Da gibt es eine Frau, die sich für eine Hexe hält. Sie will jemanden töten, indem sie eine Situation herbeiführt, bei der dieser Mensch stirbt. Angeblich befinden wir uns gerade in dieser Situation.“

„Darf man erfahren, wer ...?“, erkundigte sich Patti.

„Der Mann heißt Egon Ritzrau. Ich kenne ihn nicht näher“, gab Rita bereitwillig Auskunft.

„Oh, Gott!“, brachte die andere stöhnend hervor. „Den habe ich ihm doch erst gezeigt ...!“

„Ihr scheint ja doch recht oft miteinander zu verkehren“, stellte die Kriminalistin mit etwas spitzer Zunge fest.

„Wirklich nicht!“, beteuerte Patti Zorn. „Aber an diesem Tag fing alles an.“ Und dann erzählte sie Rita die ganze Geschichte im Zusammenhang.

„Das ist ja der Hammer!", lachte Rita und veränderte ihre Sitzhaltung auf dem harten Fußboden, „Also hat er auch durch dich erfahren, wo sich Bonnie und Claus aufhalten. Nur, dies alles nützt dem Hexlein nicht viel."

„Diesem Hexlein wird nur nützen, wenn der Geschäftsführer der Wohnungsverwaltungs-Anstalt wiederkommt, mit großem Aufgebot …", beschwor Patti mit großen Augen.

„Bewaffnet!", frohlockte Rita.

„… und Egon Ritzrau dabei ist!", rief die Reporterin, fast zu laut. „Genial!"

„Das Problem ist nur, dass ich nicht an Hexerei glaube", nörgelte die Hauptkommissarin, „schon gar nicht in einem derart komplexen Fall. Überlege doch mal, was das Hexlein alles zusammengefügt haben müsste, um eine solch detailreiche Situation zu installieren!"

„Vielleicht hat sie ja nur den Gedanken in eine Problematik eingebracht, die gerade reif war", überlegte Patti Zorn und stöhnte. Allzu dick war ihr Hintern nicht gepolstert.

„Hast du schon die ganze Nacht auf diesem harten Boden zugebracht?", fragte Rita. Patti Zorn nickte mit verbissenem Gesicht. Die Hauptkommissarin schüttelte schweigend den Kopf. Dann erhob sie sich und ging zur verschlossenen Tür.
Ohne lange zu zögern, schlug sie mit der Faust dagegen und schrie: „Claus! Wir brauchen etwas!"

„Was tust du?", rief Patti Zorn entsetzt.

Die Hauptkommissarin beachtete sie nicht und schrie noch einmal gellend: „Claus! Komm her!"

Hinter der Tür war nun unverständliches Gemurmel zu vernehmen. Dann fragte der Mann: „Was willst du?"

„Ich habe einen Wunsch!", sagte Rita. „Mach mal kurz auf! Brauchst keine Angst zu haben."

„Ich habe keine Angst!", wies sie der Mann zurück und stand in der geöffneten Tür.

Rita war extra einen Schritt zurückgetreten. Sie grinste: „Wenn ihr nicht bis an den Rest des Lebens eine Entschädigung für unsere chronisch entzündeten Nieren und Blasen bezahlen wollt, werft uns mal ein paar Matratzen und Decken rein! Und eine Flasche Wein wäre auch wichtig!"

Claus grinste nun ebenfalls: „Okay, Frau Kollegin, weil Sie es sind!" Dann schloss er wieder die Tür. Die Reporterin musste hysterisch lachen und hielt sich den Mund zu.

„Halt durch!", sagte Rita und sah sich im Raum um. „Gibt es hier eigentlich ein Klo?"

„Dort im Wandschrank, ein Eimer mit Deckel!"

Nach einiger Zeit hörte man es draußen rascheln, und der Mann sagte: „Tretet zurück!"

Kurz darauf ging die Tür auf und ein ganzer Schwung Matratzen und Decken flog ins Zimmer. Zum Schluss wurde noch eine Flasche Wein durch den Türspalt geschoben.

„Danke schön!", rief Rita gegen die Tür und zeigte der Reporterin den erhobenen Daumen der linken Hand. An einer Wand baute sie sich ein Lager und legte sich mit leichtem Ächzen darauf.

„Wir müssen jetzt bald mal überlegen, wie wir hier wieder rauskommen", sagte Patti ungerührt.

„Da hast du vollkommen recht!", stimmte die Hauptkommissarin zu und gähnte ausgiebig. Sie war einfach zu früh aufgestanden. Was wohl Irenäus gerade trieb?

23

Nach den letzten anstrengenden Nächten war Irenäus einfach noch ein Weilchen liegengeblieben, nachdem Rita so frühzeitig das Haus verlassen hatte. Weil sie durch seine eigene Dummheit den Aufenthaltsort von Bonnie und Claus herausbekommen hatte, war sie garantiert gleich von ihm aus nach Quarmbeck gedüst, um die Beiden zu malträtieren. Manchmal fragte er sich ernsthaft, ob er sich eigentlich wirklich mit einer Bullen-Maid auf Dauer zusammentun sollte.

Andererseits war er nun einmal vor einem Jahrzehnt bereits zum „Privatdetektiv ohne Lizenz und Waffe" mutiert, und diese dubiose Aufgabe hätte halb soviel Spaß ohne die Hauptkommissarin gemacht, ja, höchstwahrscheinlich hätte er sich nach dem Ursprungs-Fall um das Projekt Quitilinga History Land ohne Rita nie wieder als solcher betätigt.

Was mochte die Hauptkommissarin wohl jetzt bei Bonnie und Claus abziehen? Diese Frage beschäftigte sein Unterbewusstsein im Laufe des Vormittags zunehmend. Würde Claus zulassen, dass Rita ihm ganz ruhig die Sachlage erklärte und ihm sagen würde, dass sie seinen jetzigen Aufenthaltsort dem Bundesverteidigungsministerium weitermelden müsste. Dann könnte der sich ja selber mit seiner Dienststelle in Verbindung setzen und langsam weiterziehen, so schön die Zeit mit Bonnie nun einmal war; schließlich diente er als Recke bei einer Supermacht, die manchmal aufmüpfige afrikanische Ländchen aufmischte. Und er war ein Werkzeug bei diesem Geschäft.

Plötzlich erinnerte er sich an Patti Zorn, die er völlig verdrängt hatte. Er hatte sie einfach ihrem Schicksal überlassen, getreu der Devise: Wer sich so tief in die Privatangelegenheiten anderer Leute einmischt, muss selber zusehen, wie er mit den Folgen klarkommt. Hätte sie freizügig über die Blockade des Wohnblocks durch das Liebespaar Bonnie und Claus berichtet, wäre sicherlich auch kurz danach die wahre Identität des Elitekämpfers aufgeflogen. Aber hielt er sie etwa nach mehr als 24 Stunden immer noch in Gefangenschaft?

Und was würde geschehen, wenn Rita genau in diese prekäre Situation hineinplatzte? Besaß der Mann genug Eigenverantwortung, die Hauptkommissarin nicht auch noch mit in diese Affäre zu ziehen? Inzwischen waren schon etliche Stunden seit Ritas Abmarsch vergangen, aber die beiden besaßen nicht die Angewohnheit, sich gegenseitig über ihre Arbeitsergebnisse zu informieren.

Also legte Irenäus dieses Thema innerlich ad acta und wandte sich seiner wahren Arbeit zu. Momentan schrieb er an zwei Büchern, deren Inhalte auf den ersten Blick sehr weit voneinander entfernt lagen. Das eine Buch besaß den Arbeitstitel „Homo sapiens quedlinburgensis“ und beschäftigte sich mit dem seltsamen Verhalten und den Merkwürdigkeiten einer rezenten Spezies, deren Exemplare er mehr oder weniger täglich kontaktierte und deren natürliche und unnatürliche Umwelt ihn immer wieder in Bann zog.

Im zweiten Buch erfüllte sich Irenäus einen langgehegten Wunsch. Wer seinen fantastischen Roman „Das Steinkistengrab“ gelesen hatte, wusste, dass sich der Verfasser sehr der Science fiction zugetan fühlte. Allerdings war es nicht einfach, in diesem Genre heutzutage einen Verlag zu finden.

Fast seit der Schulzeit beschäftigte ihn das Thema des Kontaktes: Die Begegnung von Lebewesen unterschiedlicher Herkunft war eine sehr diffizile Angelegenheit, bereits die Begegnung sich fremder Menschen oder zwischen Menschen und Tieren beinhaltete oftmals ein erhebliches Konfliktpotenzial. Wie musste es da erst zugehen bei der Begegnung zwischen einem Menschen und dem Angehörigen einer nichtmenschlichen Zivilisation?

Genau letztere Fragestellung erörterte Irenäus in seinem Manuskript „Leon und Ma'at – Der Kontakt“. Der Humanoide (Mensch) Leon stößt auf die Außerirdische Ma'at und bereist mit ihr von Quedlinburg aus den Planeten Erde. Bei den alten Ägyptern war Ma'at die Göttin des Gleichgewichts und wurde stets mit einer Waage dargestellt. Doch wie der Philosoph weiß, dient eine Waage weniger dazu, ein Ding auf einem Niveau festzuhalten, vielmehr pendelt sie die meiste Zeit zwischen verschiedenen Zuständen hin und her. So pendelt auch Ma-at dank Zeitdilatation bei Reisen mit nahezu Lichtgeschwindigkeit nicht zum ersten Mal zwischen der Erde und ihrem Herkunftsplaneten Azlan hin und her. Dabei gab es einen wundervollen Trick, die nach Albert Einstein extreme Zunahme der Masse bei derart hohen Geschwindigkeiten zu überlisten. Die Nichtmenschen, die von den Menschen als Götter betrachtet wurden, besaßen eine große Basis auf unserer Erde. Diese Basis hatte den Namen Neu-Azlan, in ihrer Sprache Azlan-tis!

Die Azlaner waren lange vor den Menschen da, denn sie führten sich evolutionär nicht auf den Affen zurück, sondern auf die stammesgeschichtlich wesentlich älteren Reptilien. Ma'at war ein Reptiloid, Angehörige ihrer Zivilisation lifteten die dummen Äffchen geistig zu Menschen. In der von Menschen geschriebenen Bibel tauchten sie als die Schlange auf, eine Reptiloide, die Adam und Eva dazu verführte, den Apfel vom Baum der Erkenntnis zu essen. Um zu sehen, wie die Geschichte damals weiterging, benötigt man nur einen kurzen Handgriff: Die Inbetriebnahme des Fernsehapparates.

So dichtete sich Irenäus Moll in seinen Schriften eine alternative Weltgeschichte zusammen, gespickt mit dem Wissen aus vielen klugen Büchern, die zum großen Teil immer noch nicht von der modernen Wissenschaft anerkannt wurden. Natürlich wollen die eitlen Äffchen niemals zugeben, dass sie eigentlich ein Kunstprodukt einer uralten Sauropoden-Zivilisation sind.

Das Pensum des Tages war noch nicht wirklich abgearbeitet, aber Irenäus hörte trotzdem auf zu schreiben. Man kann das Abfassen eines derartigen Werkes nicht mit Gewalt übers Knie brechen. Er befand, dass für heute Schluss wäre. Inzwischen waren einige Stunden vergangen. Nach den Turbulenzen der letzten Tage mit Rita, Clarissa und der Wolfshexe begann er, sich richtiggehend einsam zu fühlen. Das war natürlich die pure Einbildung, denn es war erst früher Nachmittag.

Einen kurzen Moment überlegte er, ob er mit Clarissa Kontakt aufnehmen sollte, verwarf diesen Gedanken aber sofort wieder. Er könnte auch mit Titus in den Wald gehen … der Hund schaute ihn auffordernd an. Doch auch diese Variante erschien ihm zu eintönig. Schließlich entschloss er sich zu einer kleinen Spritztour, gemeinsam mit Titus, versteht sich!

Einige Zeit später parkten sie den armygrünen Daimler in Quedlinburg und schlenderten zum Marktplatz. Mal schauen, was sie heute dort erwartete! Die Nachmittagssonne schien warm vom Himmel, und die Rushhour hatte gerade erst begonnen. Wie zu erwarten, war der Marktplatz noch reichlich belebt, eilige Menschen überquerten ihn auf dem Weg an den häuslichen Herd, andere Leute bummelten ziellos auf dem warmen Pflaster umher oder saßen vor den Caféhäusern. Genau Letzteres hatte Irenäus auch wieder einmal vor. Der alte Titus nahm es ihm nicht übel, denn der kleine Spaziergang in die Innenstadt hatte ihm eigentlich schon gereicht.

Die Beiden suchten sich ein anderes Café aus als beim letzten Mal, als Clarissa zu ihnen stieß, denn diesmal stand die Sonne bereits am südwestlichen Himmel. Sie ließen sich an einem seitlichen freien Tisch nieder, Irenäus bestellte sich ein Bier, und der Schwarze legte sich neben seinem Stuhl in die

Sonne. Natürlich schweiften die Gedanken des Poeten zu Clarissa, die einen nachhaltigen Eindruck auf ihn gemacht hatte, und er bedauerte, dass sie nicht gerade wieder vorbeikam.

Derart versunken, süffelte er an dem kalten Bier, als plötzlich eine Stimme neben ihm sagte: „Hallo, Irenäus! Darf ich mich zu dir setzen?“

Leicht erschrocken drehte er den Kopf und schaute empor. Dann traute er seinen Augen nicht. Vor ihm stand ein Mann in mittleren Jahren und mittelgroß. Er trug ein farbiges Sommerhemd und Jeans, an den Füßen saßen hellbraune lederne Sandalen. Einigermaßen im Kontrast dazu standen sein hellhäutiges Gesicht und die nach hinten gekämmten schütteren, graublonden Haare. „Hallo, Heinz!“, antwortete Irenäus erstaunt. „Was machst du denn hier? Komm, setz dich!“

Tatsächlich, der Mann, der sich nun an seinen Tisch setzte, war Hauptkommissar Heinz Schropel, Ritas Ermittlungspartner. Wie bereits erwähnt, präsentierte er sich Irenäus etliche Jahre lang als ein ausgesprochenes Ekelpaket. Er konnte Privatdetektive prinzipiell nicht ausstehen und ganz besonders nicht Irenäus Moll, der ganz nebenbei auch noch der Geliebte von Rita war. Erst in letzter Zeit hatte er sich ein wenig an Irenäus gewöhnt, wobei allerdings noch ein ganz besonderes Faktum eine wesentliche Rolle spielte: Heinz Schropel war nicht mehr länger Einzelgänger. Eines Tages lernte er die Frau seines Lebens kennen: Helena vom Umweltdezernat des LKA Magdeburg, eine scharfe Blondine, die frappierende Ähnlichkeit mit der ARD-Wetterfee Claudia Kleinert besaß. Sie arbeitete ständig daran, aus der einst faden Schropelmaus im grauen Popelineanzug einen farbenfrohen Gigolo zu zaubern. Was diese Frau dazu animierte, war allen mit dieser Problematik vertrauten Personen ein unlösbares Rätsel.

Schropel orderte auf der Stelle ein Bier und stieß von Herzen hervor: „Das brauche ich jetzt!“

Irenäus musste lachen: „Heinz, was ist denn los mit dir?“

Der Hauptkommissar schwieg und nahm sein Bier entgegen. Dann tat er einen tiefen Zug, verdrehte selig die Augen und antwortete erst jetzt: „Es gab einen Leichenfund. Wahrscheinlich ein Tötungsdelikt. Wir haben den halben Tag lang herumgerätselt."

„Wieso das? Erzähle mehr!", drängte der Privatdetektiv. „Wo war es? Wisst ihr schon, wer es ist?"

Heinz Schropel grinste: „Na, weil du es bist! Es wird ja sowieso gleich die Runde machen. Es war in der Feldflur. Das Problem war, dass der Mann mit einem Fahrrad unterwegs war und höchstwahrscheinlich gestürzt ist. Sein Schädel war mächtig lädiert, wie eine Mischung aus Aufschlagen und Behandlung mit irgendeiner ätzenden Chemikalie. Sehr seltsam."

„Wisst ihr schon, wer der Tote ist?", erkundigte sich Irenäus noch einmal.

Schropel schaute wieder kritisch drein, doch dann kam es frei aus ihm heraus: „Das ist ja gerade das Problem, weshalb ich eben auch gerade im Rathaus war. Der Tote ist der neue Referent für kommunale Sicherheit Egon Ritzrau. Ein Glück, dass Freitagnachmittag ist, da brauchte ich es bloß dem Oberbürgermeister zu erzählen. Alle anderen waren bereits nach Hause gegangen. Übrigens hat mir der OB auch gesagt, dass Ritzrau immer mit dem Fahrrad fuhr, weil er der Ansicht war, dass man damit in Quedlinburg wesentlich wendiger sei."

Der Hauptkommissar bestellte noch zwei Bier und bemerkte nicht, dass sein Gegenüber mit einem tiefen Schrecken kämpfte und, um das zu kaschieren, tief in sein Bierglas guckte. Und tatsächlich gingen Irenäus eine Unmenge von Gedanken durch den Kopf. Nachdem er gemeint hatte, den Fall Egon Ritzrau einigermaßen verstanden zu haben, kam diese Wendung nun für ihn völlig unerwartet. „Und wo in der Feldflur?", fragte er voller Ahnung.

„In der Holzbreite, mitten zwischen den Feldern", erklärte Heinz bereitwillig. „Kurz vor Quarmbeck. Deshalb hat das auch alles so lange gedauert. Was dieser Typ dort eigentlich wollte, weiß niemand."

'Oh, Mann! Ich könnte es dir sagen', dachte Irenäus und meinte stattdessen: „Und was hat Rita dazu gesagt?"

„Ach, gut, dass du mich an die erinnerst!", polterte der Kriminalist weiter. „Rita habe ich heute überhaupt noch nicht gesehen. Ich dachte, du könntest mir vielleicht sagen, wo sie ist."

‘Oh je’, dachte Irenäus, ‘was ist denn heute los? Ich könnte ihm jetzt alles erzählen, von Clarissa, vom Hexlein, dem geplanten Tod von Egon Ritzrau, von Bonnie und Claus in Quarmbeck und dass sich Rita heute Morgen dorthin auf den Weg gemacht hat, genau wie sicherlich ebenfalls Egon Ritzrau. Irgendwer muss diesem Typen vorher begegnet sein und ihn abgefangen haben, aber wieso gleich getötet? Dieses eigentliche Pillepalle dort im Neubaublock rechtfertigte doch keinen Mord!’ Ihm fiel erneut Patti Zorn ein. Die war auch noch nicht wieder aufgetaucht …

Würde er das alles Heinz Schropel erzählen, wäre wahrscheinlich der Teufel los, und die ganze Maschinerie würde ins Laufen kommen. Oder irrte er sich da? Vielleicht blieb der Hauptkommissar ganz cool und arbeitete mit ihm zusammen? Möglicherweise musste er noch etwas warten. Und zuvorderst sollte er Clarissa anrufen – nach ihr hatte er sowieso Sehnsucht. Aber dazu sollte er jetzt bald Schropel loswerden. Vorher musste er aber erst noch dessen Frage beantworten.

„Wo Rita ist, weiß ich leider auch nicht“, erwiderte er wahrheitsgemäß und fügte hinzu: „Ich mache mir bereits etwas Sorgen um sie. Wir rufen uns zwar nicht den ganzen Tag über an, aber wenn du auch nichts von ihr weißt …“

„Du hast ja kein Handy“, knurrte der Hauptkommissar, „deshalb kann ich dir hiermit sagen, dass auch darauf bereits den ganzen Tag über Funkstille herrscht.“

Irenäus geriet zwar etwas ins Grübeln, aber er beschloss doch, den anderen erst mal nicht ins Vertrauen zu ziehen. Vielmehr sagte er: „Dann werde ich mich jetzt auf die Suche machen. Wenn ich sie gefunden habe oder falls ich Hilfe brauche, rufe ich dich an. Ist das okay?“

„Ja, ja!“, brummte Heinz Schropel. „Als alter Ermittler sehe ich zwar, dass du wesentlich mehr darüber weißt, als du sagst, aber sei’s drum. Ich habe ein gewisses Vertrauen in deine Arbeit. Und jetzt gehe ich. Wiedersehen!“ Damit stand er auf und entfernte sich, ohne sich umzusehen, über den Marktplatz.

„Wiedersehen, Heinz!“, rief ihm Irenäus nach.

Anschließend lehnte er sich zurück und überlegte, wie es nun überhaupt weitergehen sollte.

Der gewaltsame Tod des Sicherheitsreferenten passte irgendwie ganz und gar nicht ins Bild. Er hatte in den letzten Tagen die Voraussage des Hexleins mehr und mehr verinnerlicht. Durch die Herbeiführung einer kritischen Situation würde der Mann in eine Gefahrenlage geraten, in der er ums Leben kam. Diese Gefahrenlage sollte in der Hausbesetzung durch Bonnie und Claus eskalieren. Das war sehr plausibel. Morgen sollte der Block gestürmt werden. Doch Morgen war Wochenende. Lag er vielleicht völlig daneben? Hatten ihn die beiden Frauen, Clarissa und das Hexlein, womöglich mit Absicht in eine mentale Sackgasse gelockt? Und wer hatte den Mord an Egon begangen?

Irenäus stellte sich verschiedene Konstellationen vor. Egon Ritzrau war von der Wohnungsverwaltungs-Anstalt von dem bevorstehenden Einsatz informiert worden und hatte sich auf den Weg nach Quarmbeck gemacht, um sich das Problem von Nahem anzusehen. Davon, so dachte Irenäus, konnte er in jedem Fall ausgehen. Er näherte sich über die Holzbreite, denn das war für einen Radfahrer die einfachste Wegeverbindung. Dorthin wurde er verfolgt oder es begegnete ihm zufällig jemand. Diese Person sah im Auftauchen von Egon Ritzrau eine ernsthafte Gefahr und ermordete ihn kurzerhand. (Dieser Mord war ja ohnehin vorhergesagt!) Allerdings muss man schon sehr abgebrüht sein, um einfach so zwischen den Feldern einen Menschen umzubringen. Auch vom Knowhow her musste man dabei wohl außerordentliche Voraussetzungen besitzen, denn so ohne jeglichen Widerstand ließ sich ein Referent für Kommunale Sicherheit wohl auch nicht erschlagen.

Auf den ersten Blick war der Einzige, der das fertiggebracht hätte, Claus. Doch gerade weil es so offensichtlich war, sträubte sich das Sensorium von Irenäus dagegen. Irgendwann musste sich der Liebeswahn auch wieder abschwächen und er konnte nicht glauben, dass deshalb der Kämpfer einer Staatsbehörde den Kämpfer einer anderen Behörde umbringen würde.

Was hatte Schropel über die Todesart gesagt?

„Der Schädel war mächtig lädiert, so wie eine Mischung von Aufschlagen und Behandlung mit irgendeiner ätzenden Chemikalie.“

Die ätzende Chemikalie war möglicherweise der Schlüssel zur Lösung. Gießt man einem Radfahrer eine ätzende Chemikalie über den Kopf, ist mit hoher Wahrscheinlichkeit ein Sturz die Folge. Allerdings ist ein Sturz vom Fahrrad in den seltensten Fällen tödlich, noch dazu bei einem recht gut trainierten Typen wie dem Sicherheitsreferenten. Entweder war die Todesfolge ein blöder Zufall, der gar nicht beabsichtigt war, oder aber der am Boden Liegende wurde erst nachträglich getötet. In allen Fällen musste allerdings der Mörder oder Auslöser des Unfalls ganz in der Nähe gewesen sein. Oder war er dem Opfer gefolgt? Oder hatte er es erwartet? Und wie hatte er es fertiggebracht, das Opfer zu verätzen? Stand er mit einem Säurebehälter am Wegesrand und hat damit den Mann übergossen und ihn anschließend erschlagen?

Irenäus und Titus wanderten bereits zu dem abgestellten Daimler. Unterwegs befassten sich seine Gedanken nun endlich mit seiner Geliebten Rita. Es wäre gar nicht verkehrt, zuerst einmal mit ihr Kontakt aufzunehmen. Er war sich sicher, dass sie morgens nach Quarmbeck gefahren war. Ewig konnte das dort doch nicht dauern, und eigentlich hätte sie den Trouble um Egon mitbekommen müssen. War mit ihr irgendetwas passiert? Er erinnerte sich plötzlich auch an Patti Zorn. Claus hatte sie ihm sozusagen direkt aus der Hand genommen. „Du kannst ab jetzt in unserem Team mitwirken", oder so was Ähnliches hatte er gesagt. Was hatte das zu bedeuten? Wirkte etwa Rita inzwischen ebenfalls bereits in seinem Team mit? War sie deshalb nicht auffindbar?

Er würde wohl noch einmal dort hinfahren und mit diesem Mann sprechen müssen. Allerdings müsste diese Aktion gut vorbereitet sein. Vielleicht sollte er doch Heinz Schropel einweihen?

Während er dies dachte und in Richtung der paar kostenfreien Stellflächen im Mummental ging, nervte ihn unterschwellig ein leichtes Summen. Dieses sehr leise Geräusch nahe der Hörgrenze verfolgte ihn vom Marktplatz durch eine lange schmale Gasse, ohne abzuschwächen.

Jetzt begann Irenäus, sich nach der Ursache umzusehen. Zuerst entdeckte er nichts, doch dann sah er einen kleinen, dunklen Vogel, so wie ein Sperling, der einige Meter über ihm zwischen den Obergeschossen der eng beieinanderstehenden Fachwerkhäuser hin und her flog. Als er nach oben schaute, gewann das Tier oder was auch immer es war schnell an Höhe und verschwand über dem First eines Hauses, wobei das leise Summen verstummte.

Gleich darauf trat er aus der Gasse auf den kleinen Platz mit dem Denkmal der beiden großen Quedlinburger GutsMuths und Carl Ritter, die sich sehr verdient um das deutsche Schulwesen gemacht hatten. Ritter war als junger Mann dargestellt und hielt ein Stöckchen in der Hand. Daraus hatte der vor nichts Ehrfurcht habende Quedlinburger den Witz gerissen, dass es sich hierbei um einen dritten großen Bürger der Stadt handeln würde, nämlich um den Dichter Klopstock.

Genau vor diesem Denkmal stand der armygrüne Daimler in einer kostenfreien Zeitparklücke. Und genau vor diesem armygrünen Daimler sah er zuerst nur einen strohblonden Haarschopf. Als er einige Schritte näher gekommen war, klärte sich die Lage auf. 'Ging diese Person so oft zum Friseur', fragte er sich, 'oder machte sie das alleine?' Es handelte sich natürlich um Clarissa. Sie lehnte an seinem Auto und blickte ihm erwartungsvoll entgegen.

'Na gut', dachte er, 'ich wollte sie ja sowieso konsultieren. Nun ist sie die Erste. Mal sehen, was sie erzählt.' Sie umarmten sich und küssten sich etwas länger als bei einem Begrüßungsküsschen. Sie trug heute ein hemdartiges Oberteil in Altrosa und dazu eine halblange, dunkelrote, knapp sitzende Leinenhose. Ein Paar hochhackige Pantoletten vollendeten das Outfit. Er konnte es nicht lassen, ihren Hintern zu tätscheln, der sowieso dem Daimler zugewandt war. Doch dann schob er sie ein Stück von sich: „Wie kommst du hierher? Was ist los?“

„Du freust dich wohl gar nicht?“, fragte sie und machte kokett eine halbe Drehung vor ihm.

„Doch, doch!“, grinste er und versuchte noch einmal, über ihren Hintern zu streichen. „Ich bin bloß sehr überrascht, woher du auf einmal kommst. Gerade wollte ich dich sogar kontaktieren, denn es ist etwas Wesentliches passiert.“

„Was ist passiert?“, fragte sie, und ihr Gesicht wurde ernst.

Irenäus kam nun aus dieser Kiste nicht mehr raus. Deshalb antwortete er ganz frei: „Egon Ritzrau ist tot.“

„Waaas?“, stammelte sie. „Wie ist das so plötzlich möglich?“

„Er wurde höchstwahrscheinlich ermordet.“ Und dann erzählte er ihr einige weitere Details, auch, dass er die meisten Informationen von der Polizei bekommen hatte. „Ich hatte gerade vor, mir die Stelle selber anzusehen“, fuhr er fort und schloss den Wagen auf. „Du bist herzlich eingeladen mitzukommen!“

„Okay!“, schnaubte die Frau ziemlich aufgeregt. „Ich komme sehr gern mit.“

Bis sie den Stadtrand erreicht hatten, sprachen beide kein Wort. Irenäus verließ den Gernröder Weg, und als er wenig später neben der Bahnlinie in eine Schotterstraße abbog, fragte Clarissa: „Meinst du, der Mann ist hier lang gefahren?“

„Es ist höchstwahrscheinlich, denn auf diesem Weg ist er gestorben, wenn auch noch eine gute Strecke weiter“, antwortete der Privatdetektiv. Also fuhren sie, bis sie in der offenen Feldflur anlangten. „Hier irgendwo muss es gewesen sein. Wir sollten jetzt die Augen aufbehalten.“

Dann stoppte Irenäus den Daimler: „Lass uns aussteigen und ein Stück zu Fuß gehen, damit wir die Stelle nicht verpassen.“ Bedächtig bewegte er sich auf dem Schotter voran. Die Frau kam dicht neben ihn und flüsterte: „Fass mich an! Ich kann das sonst nicht ertragen.“

So ängstlich kannte er Clarissa gar nicht, aber er nahm trotzdem ihre heiße, schweißnasse Hand in die seine. Gleich darauf war der Schotter offensichtlich ziemlich aufgewühlt, und mannigfache Spuren führten zu einer in etwa einhundert Metern Entfernung gelegenen Landstraße.

„Hier etwa muss es gewesen sein!“, sagte Irenäus und strebte zu einer Stelle, an der einige zerknitterte Zellstofftücher lagen. Tatsächlich war dort ein größerer Stein, an dem ein Fleck Blut klebte. Er hatte die Hand der Frau jetzt wieder losgelassen, die mit etwas angeekelter Miene hinter ihm stand. Er wurde einfach nicht klug aus ihr und hätte außerdem jetzt lieber mit ihr im Bett gelegen. Als würde sie diesen Gedanken bereits wieder erraten, blitzte sie ihn mit einem lüsternen Blick an. Irenäus schaute jedoch weiter, ob er noch irgendeine wesentliche Spur fände. Aber alle Spuren war zu sehr durch die Bergung des Toten gestört.

„Wohin wollte dieser Mann?", fragte Clarissa.

„Nach Quarmbeck", erwiderte er und richtete sich wieder auf. Langsam kam der Zeitpunkt, an dem er dieser Frau reinen Wein einschenken oder sie einfach stehenlassen musste.

„Geht es hier um deinen Fall mit dem Bundesverteidigungsministerium?", grinste sie ein wenig.

„Du hast ein gutes Gedächtnis", grinste er zurück. „Wann habe ich dir das gesagt?"

„Das hast du mir gesagt, als du mich vergewaltigt hast", sagte sie mit lasziver Stimme und trat sehr dicht an ihn heran. Er fühlte, dass sich ihre schmale Hand zwischen seine Schenkel schob. Sie streichelte langsam. „Ich würde jetzt viel lieber mit dir im Bett liegen!"

„Das ist prinzipiell eine sehr gute Idee", lachte Irenäus und packte sie um die Hüfte. Dann zog er den strammen Körper an sich und kostete die Berührung aus, allerdings nur für eine Minute. „Wir müssen zurück zum Auto. Darin ist zwar viel Platz und die Rücksitze sind heruntergeklappt, trotzdem fahren wir jetzt erstmal nach Quarmbeck hinein und sondieren."

„Sondieren!", murrte sie. „Bin ich nun schon mal geil und dann willst du nicht ...!"

'Ja, Mädchen, da darfst du eben nicht so wählerisch sein', dachte er, behielt dieses Argument aber für sich und meinte stattdessen: „Ich hoffe, wir werden dafür heute noch Zeit in Ruhe haben."

Clarissa stieg ins Auto und schmollte nicht mehr. Er lenkte den Daimler über die Landstraße hinweg und gegenüber durch die Einfahrt im Grüngürtel, der Quarmbeck ringsum einschloss.

Langsam rollten sie auf der Straße des Friedens. Irenäus erklärte der Frau: „Du weißt ja, dass meine Geliebte bei der Kripo arbeitet. Vor ein paar Tagen wurde ihr – eben vom Bundesverteidigungsministerium – mitgeteilt, dass ein wesentlicher Kämpfer für Auslandseinsätze bei Quedlinburg verlorengegangen ist, zusammen mit einer unbekannten Frau. Das weiß man von einem Radarfoto aus Harsleben. Ich habe die beiden entdeckt. Sie können vor Liebe nicht mehr voneinander lassen. So was soll ja vorkommen." Er warf einen Seitenblick auf Clarissa.

Die Frau strich über seinen Schenkel: „Erzähle weiter, du alter Lüstling!"

„Dummerweise wohnt die Frau in einem Neubaublock, der als erster abgerissen werden soll", erzählte der Privatdetektiv weiter. „Sie will nicht raus, und er schmeißt alle Leute, die sich ihnen nähern, die Treppe runter."

„Und wieso holt der Besitzer nicht die Polizei", fragte sie empört.

„Die Wohnungsverwaltungs-Anstalt hat es einige Tage friedlich versucht", sagte er und hielt bei den letzten Häusern an. Dahinter begann die Feldflur. „Und nun sollte es wohl ganz offiziell und mit Gewalt passieren. Dabei musste eben Egon Ritzrau anwesend sein, als Referent für Kommunale Sicherheit."

„Also gibt es zwei Fälle?", grübelte die Frau und blickte ihn von der Seite an.

„Genau! Du bist ja richtig schlau!", lobte er sie. Der Boxhieb landete umgehend, diesmal auf seinem Oberarm. „Aua! Der Hausbesetzungsfall zog Egon an, und der Mann vom Verteidigungsministerium lockte – und das weißt du noch nicht – Rita an„ die heute Morgen hierher aufgebrochen und seitdem spurlos verschwunden ist. Und deshalb bin ich ursprünglich hierher gefahren."

„Oha!", stieß die Frau hervor. „Ganz schön starker Toback! Und mich ziehst du da einfach mit rein?"

„Also, erstens wolltest du mitkommen", meinte Irenäus halb ernsthaft, „und zweitens bist du ja ganz am Anfang mit dem Fall Egon Ritzrau an mich herangetreten."

Clarissa schwieg und zupfte sich an der Nase.

Er schwieg ebenfalls und lenkte das Auto auf eine schon halb mit Gras überwachsene Stellplatz-Gruppe. Neben dem Daimler stand nur ein einsamer, alter, kobaltblauer Golf.

„Der gehört Rita“, sagte er scheinbar ungerührt. „Das bestärkt mein Gefühl, dass irgendein Scheiß im Gange ist. Wir müssen jetzt über den Platz. Du kommst doch mit, oder? Wir brauchen wahrscheinlich deine kleine Drohne.“

„Woher weißt du ...?“, setzte sie zur Frage an, während sie ausstieg.

„Na, ich habe mir nachträglich zusammengereimt, was mich da umschwirrt hat“, antwortete er und konzentrierte sich bereits auf die bevorstehende Aufgabe. „Wir gehen über den Platz. Da bekommen wir gleich noch die neuesten Neuigkeiten.“

Clarissa nahm ihren Damenrucksack mit und folgte ihm schweigend. Inzwischen war es später Nachmittag. Sie gingen diagonal über den Exerzierplatz. Die FAUN-Zugmaschine stand noch an ihrem Platz. Der eine Fahrer kam ihnen entgegen – im Handstand! Er konnte auf Händen laufen! Kurz vor ihnen sprang er mit einem Salto auf die Füße. Sein Gesicht war leicht gerötet: „Hallo, Irenäus! Man muss sich fit halten, wenn man hier eine Woche steht und nichts tut außer essen!“ Er lachte.

„Hallo!“, begrüßte ihn Irenäus und klatschte zweimal in die Hände. „Wir wollten dem Haus mal wieder einen Besuch abstatten.“

Gleich darauf kamen sie bei seinem Kollegen an, der am Tisch saß und Kaffee trank. Auch er begrüßte den Privatdetektiv und fragte dann: „Oh, hübsche Frau, wer sind Sie denn?“

Die Frau trat nervös auf ihren Pantoletten hin und her und sah Irenäus fragend an. ‘Da stößt sie wieder an ihre kleinbürgerliche Verhaltensgrenze’, dachte der und sagte: „Das ist Clarissa. Und das sind meine Freunde, die FAUN-Fahrer. Habt ihr heute Morgen etwas von dem Spektakel dort draußen auf dem Feldweg mitgekriegt?“

„Ja, es gab jede Menge Blaulicht und Martinshorn. Was war denn los?“, fragte der eine FAUN-Fahrer, und Irenäus erzählte es ihnen.

Danach sagte der Andere: „Aber was dich viel mehr interessieren wird ist, dass deine Freundin von der Kripo hier heute Morgen hineingegangen und bis jetzt noch nicht wieder herausgekommen ist. Wir machen uns schon echt Sorgen um sie."

„Ich hatte das befürchtet und mache mir auch schon Sorgen", erklärte Irenäus. „Und die kleine Reporterin ist bestimmt auch noch nicht wieder vorbeigekommen?"

„Die kleine Starreporterin", antwortete der eine FAUN-Fahrer bereitwillig, „ist bereits seit gestern im Haus – es sei denn, sie hat sich in der Nacht heimlich davongeschlichen. Aber du warst ja gestern dabei."

„Hm! Das sind ja keine guten Nachrichten", überlegte Irenäus vor sich hin. „Da müsste man eigentlich mal durchs Fenster gucken. Wärst du dazu bereit, Clarissa?"

Die Frau sah sich hilfesuchend um, doch alle sahen sie nur auffordernd an. Allerdings war sie bereits vorbereitet und sagte deshalb brav: „Okay! Dann wollen wir mal an die Arbeit gehen."

'Wunderbar', dachte Irenäus, 'sie macht tatsächlich mit.'

„Darf ich?", fragte sie und schob die Kaffeetassen und Kuchenteller beiseite, um ihren Rucksack abzustellen. 'Will sie das etwa von hier aus machen', dachte Irenäus irritiert.

„Vielleicht ist es am besten, wenn ich das von eurem Tisch aus mache", erklärte sie auch prompt. „Das erwartet ein Beobachter nicht sofort, und ich habe eine gute Unterlage. Ihr könnt mir vertrauen! Ich habe genug Übung und brauche nur den Bildschirm, nicht die reale Drohne zu sehen. Schließlich baue ich die Dinger!" Sie lachte kurz und trocken auf. Der Privatdetektiv fragte sich zum x-ten Mal, wie schnell diese Frau eigentlich umschalten konnte – vom etwas verwirrten Schiepchen zur cool handelnden Perfektionistin.

„Prima! Das freut uns!", sagte der eine FAUN-Fahrer, und der andere räumte das Geschirr aus dem Sichtfeld und rückte ihr den Stuhl zurecht. Beide grinsten Irenäus befriedigt an.

Die Frau hatte inzwischen eine Mischung zwischen Laptop und Steuerpult aus dem Rucksack gezogen und konzentriert vor sich angeordnet. Und nun kam der Höhepunkt: Die Drohne!

Die FAUN-Fahrer blickten sehr neugierig über ihre Schulter. Irenäus hatte das Teil bereits kurz von Weitem gesehen, war aber ebenfalls äußerst gespannt. Clarissa legte einen Apparat auf den Tisch, der sehr anders aussah, als die Drohnen, die sich Irenäus inzwischen angeschaut hatte, die um einiges größer waren und durch mehrere Propeller angetrieben wurden.

Vielmehr war dieses Gerät spindelförmig, etwas größer als ein Sperling, aber höchstens wie eine Amsel. Das Material schien ein widerstandsfähiger Plast zu sein. Mit schnellen Handgriffen öffnete die Frau einen Verschluss und schob dort so etwas wie eine Suffon-Patrone ins Innere. Die Energieeinheit, mutmaßte der Privatdetektiv. Dann manipulierte sie an der Bedieneinheit, und das Ding erwachte zum Leben. Es summte leise und fuhr ein Paar kleine Stummelflügel aus. Außerdem besaß es ein Objektiv und einige Öffnungen, die höchstwahrscheinlich als Düsen funktionierten. Irenäus schätzte ein, dass diese Drohne bestimmt sehr leicht war, falls sie nur durch komprimiertes Gas angetrieben wurde, er traute sich jedoch nicht, sie einmal kurz in die Hand zu nehmen.

„Wo sitzen diese Leute deiner Meinung nach?“, erkundigte sie sich, ohne ihn anzusehen.

„Am wahrscheinlichsten oben rechts hinten“, antwortete er.

Sie nickte, und die Drohne erhob sich mit einem kaum hörbaren Zischen. Einen Moment schwebte sie in zwei Metern Höhe vor ihnen, dann raste sie abrupt mit hoher Geschwindigkeit zur linken Gebäudeecke. Sie gewann dabei merklich an Höhe und verschwand hinter dem Haus. Alle versuchten, ein Überlebenszeichen auf dem Bildschirm zu erkennen.

Inzwischen war bereits die Dämmerung hereingebrochen, die Sonne schickte sich im Hintergrund an unterzugehen. Deshalb wurde das Geschehen auf dem Bildschirm immer deutlicher. Relativ schnell strich die Drohne an den oberen Fenstern vorbei. Schemenhaft sah man viele leere Räume vorbeihuschen.

Und dann wurden sie fündig! Im Zimmer lagen Matratzen und Decken. Eine Person lag darauf, eine Zweite hockte mit dem Rücken an der Wand. Auf dem Fußboden lagen einige Utensilien, wie es aussah, auch zwei Weinflaschen. Das Bild war zwar sehr schattig, aber man konnte durchaus Patti Zorn und Rita erahnen. Beide schienen jedoch die Drohne nicht zu bemerken.

„Mist!“, sagte Irenäus. „Kannst du nicht mal ans Fenster klopfen?“

„Ich riskiere dabei einen Defekt an der Drohne oder dass sie abstürzt“, meinte Clarissa mit gefurchter Stirn. „Außerdem muss ich gleich abbrechen, sonst schaffe ich den Rückflug nicht.“

„Ganz vorsichtig!“, forderte der Privatdetektiv.

Clarissa verzog den Mund angewidert, aber trotzdem tat sie es. Irgendein Ruckeln und Zucken war zu erkennen. Tatsächlich richtete sich die Frau auf der Liege auf und zeigte zum Fenster. Es war Rita!

„Oh, Wahnsinn!“, flüsterte der andere FAUN-Fahrer. „Da stecken sie!“

Jetzt drehte auch Patti Zorn den Kopf. Sie machte jedoch einen desolaten Eindruck. Offenbar machte ihr diese Situation sehr zu schaffen. Rita war hingegen aufgesprungen und machte vor der Drohne hektische Zeichen. Doch in diesem Moment drehte das Bild ab, und die Drohne kam zurück.

„Was ist los?“, schrie Irenäus.

„Kein Sprit mehr!“, erwiderte Clarissa gelassen. Die Drohne kam angeschwirrt und landete auf der Tischplatte. Sie surrte leise, zog die Stummelflügel ein und verstummte.

„Das ist ja irre geil!“, stieß der eine FAUN-Fahrer bewundernd hervor. „Da muss doch unheimlich viel IT drin sein. Und du hast die gebaut?“ Den Mann interessierte die Technik mehr als die gefangenen Frauen. Das war auch verständlich, denn diese beiden FAUN-Fahrer waren keine gewöhnlichen LKW-Fahrer, sondern steuerten eine hochspezialisierte, bestimmt sauteuere Technik, mit der sie hochkomplizierte Arbeit ausführten.

„Ja, ich habe die gebaut“, sagte die Frau mit stolzem Gesichtsausdruck. „Sie ist mein Lieblingskind.“

„Ich glaube, wir kommen ins Geschäft“, grinste der andere FAUN-Fahrer. „Mit so einem Teil können wir das Verhalten sehr großer Gebäude beim Abriss viel besser beobachten.“

Irenäus hatte sich diesen Fachdisput ruhig mit angehört. Nun allerdings wollte er es wissen: „Das war ja etwas kurz.

Kannst du nochmal dorthin fliegen. Vielleicht können wir irgendeine Botschaft übermitteln, damit die Beiden weniger Angst haben."

„Das geht nicht." Clarissa sah ihn mit tragischem Gesicht an. „Ich habe keine volle Energiepatrone mehr mit. Konnte ja nicht wissen, dass mich heute so etwas erwartet. Außerdem ist es gleich dunkel."

„Und was machen wir nun?", erkundigte er sich ziemlich aufgeregt. „Zu irgendeinem Beschluss müssten wir uns schon durchringen, oder gehen wir alle nach Hause, als wäre nichts?"

„Welche Alternativen haben wir denn?", fragte sie skeptisch. Die FAUN-Fahrer schauten ihn erwartungsvoll an.

„Mehrere!", begann er in coolem Tonfall. „Die meisten Menschen würden die Polizei holen. Ich glaube, dann hätte die Sache ein schnelles Ende. Aber das wollen wir ja nicht. Die zweite Möglichkeit wäre, hinaufzugehen und mit den Beiden zu reden. Etwas anderes wollten die beiden Frauen aber wahrscheinlich auch nicht. Also werden wir dann wohl genauso enden – als Gefangene.

Drittens könnten wir andere Verstärkung holen. Ich wüsste jetzt aber nicht sofort, wen wir da benachrichtigen sollten. Viertens könnten wir den Chef der Wohnungsver-
waltungs-Anstalt in Alarmbereitschaft versetzen, doch der will morgen früh sowieso einen Einsatz machen."

„Also warten wir doch und gehen nach Hause?", schloss sie daraus mit einem leicht lüsternen Gesicht.

„Das ist sehr unbefriedigend", stöhnte er, sah aber auch keine andere erfolgversprechende Lösung, „aber es wird uns wohl nichts anderes übrigbleiben. Claus ist ein Elite-Kämpfer der höchsten Kategorie."

Die beiden FAUN-Fahrer warfen sich einen sehr bezeichnenden Blick zu, und Irenäus grinste. „Dann ist die Sache klar! Ihr müsst noch eine Nacht hier stehen", verkündete der Privatdetektiv. „Wir werden morgen die Ersten sein, nicht wahr, Clarissa? Wir holen jetzt dein Auto, und du bist dann voll aufgerüstet?"

Die Frau blickte ihn etwas skeptisch an, sagte jedoch lächelnd: „Na, warte mal! Wenn das alles so ist, muss ich mir diesen Claus doch mal anschauen! Wer weiß, ob er morgen noch da ist."

Die Drohne auf dem Tisch begann wieder zu summen und fuhr die Flügelchen aus. Irenäus hatte so etwas fast erwartet. Inzwischen wusste er nicht mehr, ob er diese Frau bewundern oder bescheuert finden sollte. Die FAUN-Fahrer grinsten. Die Drohne hob ab und war kurz darauf kaum noch zu erkennen. Diesmal blieb sie auf der Vorderseite des Hauses und näherte sich den oberen Fenstern, wo sie Bonnie und Claus vermuteten.

Tatsächlich! Jetzt erschien ein relativ gutes Bild. Das war wahrscheinlich das Wohnzimmer. Der Profi saß an einem Tischchen und las, während Bonnie etwas zu kochen schien. Friede, Freude, Eierkuchen – im wahrsten Sinne des Wortes, ging es Irenäus durch den Kopf. Was treiben wir hier eigentlich schon wieder für Blödsinn.

„Brich ab!", sagte er zu Clarissa. In diesem Moment nahm Claus die Drohne wahr. Der Detektiv schrie: „Runter!"

Doch die Frau stach der Hafer. Langsam schwebte sie noch einmal an der gesamten Fensterscheibe vorbei. Claus kam nicht etwa fuchtelnd zum Fenster gelaufen, sondern bewegte sich geduckt in eine Zimmerecke. Was er dort wollte, sah jedoch keiner von ihnen, denn jetzt lenkte Clarissa den Flugroboter tatsächlich zurück. Gleich darauf wurde das Fenster aufgerissen. Irenäus ahnte nichts Gutes. Er griff die Frau mit ganzer Kraft an den Oberarmen und warf sich mit ihr zur Seite ins Gras und hinter einen Zierbusch.

Zwei dumpfe Schläge bellten über den Exerzierplatz. Der Körper der Frau lag auf ihm. Das konnte kaum noch Zufall sein. Trotzdem sah er an ihr vorbei, wie der Campingtisch der FAUN-Fahrer mehrere Meter durch die Luft gewirbelt wurde und die beiden Männer mit ihren Stühlen erschrocken nach hinten kippten. Glücklicherweise hatte Clarissa die Lenkeinrichtung fest im Griff.

Deshalb konnte sich Irenäus auch vom Boden erheben und hinüberschreien: „Das ging aber jetzt zu weit!"

Der Mann am Fenster winkte gelassen ab: „Damit es euch nicht zu gut geht!"

‘Der findet das lustig’, dachte der Privatdetektiv, genau wie er selber. Für wenige Minuten schaute er auf den Häuserblock und die beiden FAUN-Fahrer, die noch gemütlich auf der Erde lagen und kicherten. Nur peripher aus den Augenwinkeln nahm er wahr, dass die Frau hastig irgendeinen Gegenstand aus dem Rucksack zottelte und damit etwas anstellte. Dabei kniete sie immer noch auf dem Rasenteppich. Dann hörten alle ein pfeifendes Geräusch. Was war das? Aufgeregt blickte Irenäus auf die Frau, die konzentriert an ihrem kleinen Pult hantierte. Sofort hob er die Augen und sah gerade noch, wie eine Drohne, deren Existenz er nur erahnen konnte, die gesamte Fensterscheibe bei Bonnie und Claus schwarz-rot einfärbte. Aufmerksam dirigierte sie das Gerät, wobei ein schadenfrohes Grinsen auf ihrem Gesicht lag.

Im Gehirn des Meisterdetektivs fielen einige Relais. Plötzlich meinte er zu wissen, wer Egon Ritzrau getötet hatte. Natürlich, es musste ihm niemand begegnen oder ihn verfolgen. Es reichte bereits eine Drohne – mit einem Teleobjektiv und einer Ladung Säure …!

24

Rita hatte etwas geschlafen und sich nun an die Wand gesetzt. Seit die Matratzen und Decken hier waren, brauchten sie nur noch zu warten. Je ruhiger sie sich verhielten, umso reibungsloser würde die Zeit umgehen, ob es nun ein, zwei, drei oder vier Tage sein würden. Sie könnte Claus glaubhaft vorschlagen, sie danach einfach laufen zu lassen und der Behörde ein bisschen was vorzuschwindeln. Die würden sich freuen, wenn sie sich nicht mit so einer verzwickten Problematik auseinanderzusetzen brauchten. Grundbedingung war natürlich, dass nichts an die Öffentlichkeit drang. Und genau hier lag der Hase im Pfeffer.

Verstohlen warf sie einen Blick hinüber zu der anderen Frau. Was sie nicht unbedingt erwartet hätte: Patti reflektierte, sie blickte sie mit großen, blauen, erwartungsvollen Augen an. Als Starreporterin von Quedlinburg musste sie mit einer derartigen Situation eigentlich gelassen umgehen. Zwar hatte sie so etwas sicherlich noch nie erlebt, andererseits kam sie in ihren Interviews mit unwahrscheinlich vielen Menschen zusammen, deren geistiges Gepräge sie studieren konnte. Allein aus diesem Grunde müsste sie der momentanen Situation total gewappnet gegenüberstehen. Was sollte schon geschehen, wenn sie beide den nächsten dreißig bis vierzig Stunden vollkommen entspannt und wortkarg entgegentraten?

Nur gerade da hatte Rita ihre Bedenken. Würde die Kleine das durchhalten? Würde sie nicht wieder anfangen, loszuschnattern wie aufgezogen?

„Geht's dir gut?", fragte die Hauptkommissarin die Reporterin.

„Weiß nicht!", blockte die ab. „Kann es einem in einer solchen Situation gut gehen?"

Das war nicht die coole Antwort, die Rita am liebsten gehört hätte. Sie ließ sich aber nichts anmerken und sagte: „Zumindest sind wir körperlich unversehrt. Das ist schon mal viel wert. Weißt du, dieser Mensch sieht die Realität ziemlich anders als wir. Wenn er im Einsatz ist, schwebt er mehr oder weniger pausenlos zwischen Leben und Tod. Dabei werden einem viele Dinge gleichgültig. Außerdem lebt man in einer Sonderstellung."

„Na, aber wieso lässt man solch einen Menschen frei zwischen uns herumlaufen?", ereiferte sich die Journalistin.

„Für ihn gelten die Menschenrechte wie für jeden anderen Bürger", meinte Rita. „Das müsstest du doch eigentlich wissen!"

„Ich glaube eher, dass er in eine Kaserne gehört", sagte Patti, nun wieder gelassener. „Die sind doch für solche Menschen extra angelegt. Und wenn man sich derart exklusive Kampfeinsätze leistet, müsste es eben auch exklusive Kasernen geben."

„Es war doch aber schon immer so, dass normale Bürger und Krieger eng an eng beieinander lebten", konterte Rita und schaute die andere seltsam an. „Wir im Westen sind schon lange sehr frei damit umgegangen."

„Und warum macht ihr dann solch eine Geheimniskrämerei um diesen Claus?", provozierte die Reporterin weiter.

„Lass mich doch einfach darüber berichten. Ich taste seine Persönlichkeitsrechte nicht an."

„Ausgerechnet dieser Fall ist nun einmal nicht für jedermann bestimmt!", knurrte die Hauptkommissarin ungehalten.

„Ihr messt wohl mit zweierlei Maß?" Patti grinste: „Ausgerechnet dieser Fall interessiert meine Leser besonders! Und dass wir Deutschen uns auf der ganzen Welt in die Landespolitik einmischen, wissen doch inzwischen alle interessierten Bürger."

„Okay! Ich hatte eben meine Anweisungen!", sagte Rita, leicht verärgert, und schaute zum Fenster.

Genau in diesem Moment ertönte dort so ein leises, klapperndes Geräusch, als hätte etwas gegen die Scheibe gestoßen. Die Frau ihr gegenüber bekam das nicht mit. Ein extrem leises Surren an der Gehörschwelle. Jetzt sah Rita das Vögelchen vor dem Fenster schweben und mit einem Kameraauge in den Raum gucken. Alles passierte in wenigen Sekunden. Sie sprang auf und fuchtelte mit den Armen. Lautlos. Das Vögelchen drehte ab und war sofort verschwunden. Die Hauptkommissarin warf sich mit einem befreienden Lachen auf ihre Matratzen.

„Was ist los?", erkundigte sich Patti Zorn. „Was war das?"

„Hast du es gesehen?", erkundigte sich Rita.

„Im letzten Moment", erwiderte die andere aufgeregt.

„Das war eine Drohne", erklärte Rita. „Man sucht nach uns und hat uns gefunden."

„Wer?", fragte die Reporterin misstrauisch.

„Irenäus! Er arbeitet gerade mit einer Drohnenbauerin zusammen", triumphierte die Kriminalistin. „Außerdem wusste er, dass wir hier sind."

„Der Mann ist wirklich nicht von schlechten Eltern", meinte die Frau, leicht resigniert. „Und was bringt uns das jetzt?"

„So genau kann ich das auch nicht vorhersagen", überlegte Rita. „Deshalb würde ich auch vorschlagen, etwas zu warten, denn ich bin sicher, dass die Drohnen auch bei unserem Pärchen ins Fenster gucken. Und das werden wir bestimmt in wenigen Minuten mitkriegen."

Die Hauptkommissarin registrierte den unzufriedenen Blick der Reporterin und vor allem, dass diese sich langsam von ihrem Sitzplatz erhob. Genau in diesem Moment brach in der Nebenwohnung eine hörbare Unruhe aus. Gleich darauf dröhnten einige Schüsse, und eine Männerstimme schrie etwas.

Patti Zorn stürzte auf die Tür zu und wollte sie aufreißen. Doch Rita hing bereits wie ein Rothaar-Puma in der Luft und fing die Reporterin wenige Zentimeter vor der Türklinke ab. Sie umschlang deren schmale Hüftpartie, hob sie vom Boden ab und warf sie zurück auf die Matratzen. Sie wollte der anderen nicht zu übel mitspielen, denn schließlich waren sie ja keine Feindinnen. Deshalb kniete sie sich auch rittlings über die auf den Matratzen Liegende und hielt deren Arme fest auf den Boden gepresst. Die Frau zappelte und kämpfte und fauchte und setzte erhebliche Körperkräfte frei, doch die Kriminalistin war einfach die erfahrenere und trainiertere Kämpferin.

„Lass den Scheiß!", zischte Rita. „Wenn du jetzt von hier aus eine zweite Front aufmachst, ist die Gefahr sehr groß, dass die beiden durchdrehen. Und dann sehen wir alt aus. Ich hoffe, dass Irenäus sie nicht zu sehr provoziert. Dann kriegen die sich auch wieder ein. Diesem Claus wird sowieso alles nachgesehen, denn er ist, wie du ja richtig bemerkt hast, kein wirklicher Mensch. Lass sie sich beruhigen!"

Wieder warf ihr die Zeitungsmieze so einen merkwürdigen Blick zu, hielt sich aber zurück.

Schließlich rang sich Rita doch noch zu der Bemerkung durch: „Hauptsache, du drehst uns nicht noch ab, meine Kleine. Glaubst du, dass du noch ein paar Stunden durchhältst?"

„Ich will hier endlich raus!", motzte Patti Zorn mit gerötetem Gesicht. „Und ich verstehe langsam überhaupt nicht mehr, warum du als Polizeibeamtin dabei irgendwelche Unklarheiten hast. Ich habe schon verstanden, dass dieser Mann als wichtiger Kämpfer in irgendeinem fernen lokalen Konflikt eingesetzt wird. Vielleicht bringt das sogar für den Weltfrieden irgendeinen Nutzen, obwohl ich daran zweifele, aber wenn dieser Typ so extrem ausrastet, ist er erstens für diesen Job gar nicht mehr geeignet, und zweitens spiele ich da nicht mehr mit. Das ist nicht mein Ding! Kannst du das nicht begreifen? Ich wusste gar nicht, dass du solch eine getreue Staatsdienerin bist."

„Erstens mache ich hier ebenfalls nur meinen Job“, schnaubte die Hauptkommissarin zunehmend verärgert, „und zweitens denke ich, dass dich die Beiden mit an Sicherheit grenzender Wahrscheinlichkeit hier nicht rauslassen, sondern nur eine härtere Gangart einschlagen. Deshalb werde ich dich bei diesem Versuch nicht begleiten.“

25

Doch gleich darauf verwarf Irenäus diesen Gedanken wieder, zumindest vorläufig. Es wäre zwar zeitlich vielleicht möglich gewesen, dass Clarissa einen Drohnenangriff auf den Sicherheitsreferenten gestartet hatte und anschließend ins Mummental geeilt war, um sich gegenüber Irenäus so etwas wie ein Teilalibi zu verschaffen. Aber woher wusste sie eigentlich, dass er sich zu dieser Zeit auf dem Markt aufhielt. Irgendwie kam ihm dieser Verdacht reichlich verschwommen vor, und er hatte überhaupt keinen Antrieb, dem weiter nachzuhängen. Es gab nämlich zwei wesentlich wichtigere Dinge zu klären. „Und was machen wir mit diesen vier Leuten da oben?“, fragte er deshalb die Frau.

„Einfach noch ein bisschen zappeln lassen“, antwortete diese hartgesotten, „oder denkst du, wir kommen so bald erneut zusammen, wenn deine Rita erst mal wieder frei ist. Dabei habe ich richtige Lust auf dich!“

Ein derartiges Angebot bekommt ein älterer Herr nicht alle Tage. Trotzdem befand er sich in einem Gewissenskonflikt, denn die ihm seit Jahren am nächsten stehende Person befand sich dort oben in Gefangenschaft. Allerdings waren sie dort zu Zweit, und er hielt ihre Lage keineswegs für ernst. Deshalb hatten sie doch ihre Berufe gewählt und nicht weil sie ihr Leben lang nur über Alltagsklatsch schreiben oder Karteikarten ordnen wollten. Die kleine Affäre mit Clarissa ging gerade ihrem Ende entgegen, wie er aus Erfahrung spürte. Darum meinte er auch sofort: „Dann lass uns gleich fahren, ehe uns noch jemand dazwischenfunkt.“ Dabei warf er einen Blick auf die FAUN-Fahrer, die sich inzwischen aufgerappelt hatten und ihren Tisch wieder zusammenbauten. „Dann wünschen wir euch viel Spaß", sagte der Eine von ihnen und lächelte zum Abschied.

„Und was wird morgen früh", erkundigte sich der Andere, „wenn der Chef mit dem großen Aufgebot kommt?"

„Wenn die Nacht gut verläuft", schmunzelte Clarissa und hakte sich bei Irenäus unter, „sind wir zur Stelle. Komm jetzt, Irenäus! Es wird bald dunkel."

Zum Ford Mustang wollte die Frau nicht zurück. Sie gab darüber keine weitere Erklärung ab. Zwar verwunderte das den Recken, aber er hatte andere Gedanken im Kopf als an das Auto seiner Begleiterin. Auch in Bezug auf Rita und ihre Mitgefangene musste er eine ganze Menge verdrängen, aber er tröstete sich damit, dass er beiden Frauen dringend vor dieser Eskapade abgeraten hatte.

Bei ihm zu Hause tranken sie jeder eine Flasche Altenburger gegen den elementaren Durst. Inzwischen war die Sonne längst untergegangen.

„Machst du dir immer noch Gedanken darüber, wer Egon Ritzrau ermordet hat?", fragte sie plötzlich aus heiterem Himmel.

'Ach du Scheiße', ging es Irenäus sofort durch den Kopf, denn er versuchte gerade, diese Fragestellung für heute endgültig zu verdrängen. Etwas verstört und etwas verstimmt, antwortete er: „Darüber wollte ich mich heute gerade überhaupt nicht mehr unterhalten! Musste das jetzt sein?"

„Du hast aber vorhin daran gedacht, als du meine Flugkünste gesehen hast", fuhr sie fort und sah ihn dabei prüfend an.

„Du hast wirklich hellseherische Fähigkeiten", murrte er und blickte finster drein.

„Beruhige dich!" Sie strich ihm liebevoll über den Arm. „Es gibt auch noch andere Leute, die Drohnen haben. Ich wollte dir nur sagen, dass ich es nicht war, damit du nicht die ganze Nacht unterschwellig daran denkst."

Das Gesicht des Mannes erglänzte wieder zu einem Lächeln: „Danke schön! Dann könnte ich dich ja endlich zu einer Flasche Wein in mein Bett einladen."

Er hatte den Eindruck, dass die Frau an diesem Abend nicht mehr viel reden wollte, wenn überhaupt. Sie zog ihre Oberbekleidung aus. Für einige Augenblicke fand es Irenäus fatal, dass dieses schöne Weib, das sich noch vor wenigen Tagen unnahbar gegeben hatte, auf einmal entkleidet neben seinem Bett stand. Heute trug sie ein weinrotes Seidenhemdchen mit schwarzer Spitze. Darunter eine dunkelrote BH-Tanga-Kombination. Behutsam legte er seine flache rechte Hand auf die Höhe ihrer Schlüsselbeine. Dort verharrte er einen Moment und strich dann mit einer leicht drehenden Bewegung tiefer. Kurz darauf hielt er eine ihrer ziemlich großen Brüste in der Hand und fühlte bereits die erigierte Brustwarze zwischen den Fingern. Clarissa stöhnte leise. Wenig später streckte sie ihm ihr massives Hinterteil entgegen, und kurz darauf sanken beide in seinem Bett aufeinander.

Am nächsten Morgen wurde es schon sehr zeitig hell. Als er wieder zu sich kam, fühlte er eine warme Hand sein edelstes Teil umspannen. Die ersten Strahlen der Sonne erinnerten ihn jedoch an die bevorstehende Erstürmung des Quarmbecker Blockes. Was sollte er tun? Seine Bequemlichkeit gebot ihm, sich schnellstens umzudrehen und das Gesicht zwischen den Brüsten der Frau einzuwühlen. Ein grandioses schlechtes Gewissen bezüglich Ritas allerdings ließ dieses Bild nur als geilen Wunschtraum aufflackern.

Deshalb befreite er sich aus der Umklammerung der Frau und stieg aus dem Bett. Bewusst ließ er sie schlafen, um noch ein Weilchen ganz allein zu sein. Leise schlich er sich ins Freie, nur schwach bekleidet mit T-Shirt und Slip. Beglückt räkelte er sich in den noch rötlichen Sonnenschlieren. Was führte er doch für ein angenehmes und spannendes Leben …

Genau in diesem Moment hörte er leise in einiger Entfernung eine Autotür klappen. Wer war das? Ein Jäger? Eine Minute räkelte er sich weiter. Doch dann vernahm er ein irgendwie bekanntes surrendes Rauschen. Schnell ließ er die Arme sinken und blickte sich um. Und nun sah er sie. Ihn durchjagte solch ein wahrhaft eisiger Schreck, von dessen Sorte man zwar manchmal hört oder liest, von dem man aber in der Wirklichkeit höchst selten ereilt wird. Es waren zwei. Sie kamen vom Eingang her über der Zufahrt zwischen den Büschen auf ihn zugeflogen, in Formation, etwa drei Meter hoch. Sie mussten IT-mäßig gekoppelt sein, ging ihm innerhalb einiger Mikrosekunden durch den Kopf, eine Drohnen-Schar.

Schreck lass nach! Jetzt war er dran! Da war er sich so gut wie sicher!

Dort lehnte sein Spaten, den er sich gerade noch greifen konnte. Zum Glück waren die Dinger nicht besonders schnell, wahrscheinlich suchten sie ihn noch. Es handelte sich um die Großen mit Propellern, die etwas tragen konnten, zum Beispiel eine ätzende Flüssigkeit. Die vordere Drohne hatte ihn entdeckt und beschleunigte auf ihn zu. Doch Irenäus hatte den Spaten bereits abwehrbereit angehoben Und tatsächlich, es gelang. Er schlug mit dem Spaten voll gegen den Flugkörper, der dieser Attacke nicht gewachsen war. Er zerbrach kurz vor Irenäus in der Luft und entließ dabei dummerweise seinen Inhalt.

Dabei handelte es sich um eine Flüssigkeit, die sich in nicht geringer Menge genau auf den Körper des Privatdetektivs ergoss. Praktisch augenblicklich verspürte dieser ein heißes Brennen auf Arm und Schulter. Nun begann das zweite Gerät, ihn zu umkreisen. Er drehte sich mit und warf mit dem Spaten nach der surrenden Maschinerie, die inzwischen etwas an Höhe gewonnen hatte. Aus den Augenwinkeln sah er eine Gestalt, die durch die Büsche auf den Hof geschritten kam und offenbar die Fernbedienung in Händen hielt. Wenn er nicht nachhaltig verätzt werden wollte, blieb ihm nur eine Sofortmaßnahme.

Irenäus benötigte für seinen Hausgarten eine ganze Menge Gießwasser. Dies fing er aus der Dachrenne seines Hauses in einem runden Stahlbehälter auf mit den beachtlichen Abmaßen von etwa drei Metern Durchmesser und einem Meter Höhe. Genau dort hinein setzte er mit einer Mischung aus Hechtsprung und Rolle vorwärts. Lange würde ihn das zwar vor dem Angreifer nicht schützen, aber zumindest konnte er so schnell wie möglich die ätzende Flüssigkeit abwaschen oder zumindest verdünnen. Dann müsste es allerdings schnellstens weitergehen, denn er würde alsbald wieder auftauchen müssen, und der Unbekannte war garantiert bereits kurz hinter ihm.

Gerade als er den Kopf notgedrungen aus dem rostigen Regenwasser hob, ertönte ganz in der Nähe ein furchtbar lautes Krachen, das sich innerhalb von Sekundenbruchteilen noch einmal wiederholte. Unmittelbar darauf erschallte viehisches Gebrüll, das garantiert von einem Menschen stammte, und zwar von einem Mann. Prustend drehte Irenäus den Kopf und blickte über den kleinen Hof.

Dort bot sich ihm ein sehr außergewöhnliches und zugleich ungemein tröstliches Bild. Fast hätte er zur Entspannung laut losgelacht.

Einige Meter vom Bassin entfernt wälzte sich ein Mann in mittleren Jahren, den Irenäus nicht kannte, auf dem Erdboden. Er zuckte und umklammerte mit Händen und Armen seine Beine. Zwischen seinen Gliedmaßen war überall Blut, das schnell mehr zu werden schien. Schräg hinter ihm stand ein grün gekleideter Mann mit einem grünen Hütchen auf dem Kopf. Im Anschlag hing vor seiner Brust ein Suhler Drilling, dessen einer Lauf noch leicht qualmte. Der Mann in Grün schien gerade telefoniert zu haben und steckte sein Handy ein. Dann wandte er sich dem Privatdetektiv zu, der es inzwischen in seinem Fass zunehmend kalt fand.

„Ich habe das erste Mal im Leben auf einen Menschen geschossen", sagte Karl Wabenmond und grinste seinen Freund dabei leicht an. „Kannst jetzt raus kommen, oder macht es Spaß da drinnen?"

„Du hast mir damit wahrscheinlich das Leben gerettet", antwortete Irenäus und stieg aus dem Wasser. „Vielen Dank! Was machen wir jetzt mit dem? Ich kenne ihn nicht!"

„Es wird wohl der sein, der auch Egon Ritzrau mit einer ätzenden Flüssigkeit übergossen hat", meinte der Förster und trat an den Mann heran. „Deshalb habe ich überhaupt geschossen. Es war reiner Zufall, dass ich hier um diese Zeit auf der Pirsch war. Hilf mir mal zu überprüfen, ob der keine Waffe bei sich hat. Du weißt doch ...!"

Irenäus wusste: Das fehlende Happy End in vielen Filmen wurde dadurch verursacht, dass die Helden dachten, sie hätten ihren am Boden liegenden Feind besiegt, der dann allerdings in einem unbewachten Augenblick von irgendwo noch eine Waffe hervorzog und die Hauptperson oder meistens dessen Geliebte erschoss.

„Woher weißt du das mit Egon Ritzrau?", fragte der Privatdetektiv neugierig und half dabei, den Mann zu untersuchen.

„Schropel hat mich gestern Abend angerufen", grinste sein Freund. „Er war unzufrieden und fühlte sich von dir im Dunkeln gelassen. Ich allerdings ebenfalls. Außerdem ist Rita noch nicht wieder aufgetaucht."

„Ojeh! Rita müssen wir als nächstes befreien!", stöhnte Irenäus. „Es war gestern schon spät, und meine neue Verehrerin hat mich in Anspruch genommen. Wo ist sie eigentlich? Das war doch nicht zu überhören eben."

Der Mann zwischen ihnen stöhnte auf. Er hatte sich in den letzten Minuten beruhigt und mit geschlossenen Augen dagelegen. Erst jetzt konnte der Detektiv ihn wirklich betrachten. Er war in mittleren Jahren, kräftig, schlank, blondhaarig und mit Sommerhemd, Jeans und Jogging-Schuhen bekleidet, also keine besonderen Merkmale.

Karl hatte ihm inzwischen mit seinem Waidmesser die

Jeans aufgeschnitten und hantierte bereits an den Wunden. Dabei sagte er: „Hole mal deinen Verbandskasten aus dem Auto!"

Der Mann klagte fast gar nicht, und der Jäger sagte zu ihm: „Ich habe nur Hasenschrot genommen. Das gibt praktisch minimale Schäden. Das Schlimmere wird für dich der andere Fall sein. Mann, oh Mann, da hast du dich richtig in die Scheiße geritten."

Irenäus gab ihm den Verbandskasten und sah dabei, dass die Wunden tatsächlich kaum der Rede wert waren. Er fragte: „Wen hast du eigentlich angerufen, Karl?"

„Das große Aufgebot", antwortete dieser gelassen und beendete den Verband am ersten Bein. „Ich weiß, was du denkst. Aber ich habe einen Beruf und eine Lizenz. Ich habe einen Menschen angeschossen, der dazu noch ein Krimineller ist. Das können wir nicht einfach unter den Tisch fallen lassen."

Normalerweise wollte Irenäus schon seit einiger Zeit nach Clarissa sehen. Ihn wunderte, dass die Frau so felsenfest weiterschlief, obwohl sie doch die Schüsse garantiert gehört und auch längst bemerkt haben musste, dass er nicht mehr neben ihr lag. Und gerade als er sich nun entschloss nachzusehen, steigerte sich die „action" von anderer Seite her.

Draußen auf dem Feldweg ertönte das Geräusch eines Automotors. Die beiden Freunde blickten auf, der unbekannte Mann lag weiterhin mit geschlossenen Augen am Boden. Zunächst kam eine in Weiß gekleidete Frau mit einer orangenen Weste durch die Büsche. Als erstes hörten sie ihr Gelächter. Es war die Notärztin. Mariandl. Sie kam mit ihrem Nothilfekoffer.

„Guten Morgen!", sagte sie mit ihrer ein wenig gutturalen Stimme. „Ihr beide seid wirklich unmöglich! Was ist denn nun wieder passiert? Wie ich sehe, hat es euch nicht getroffen!"

„Mich schon!", knurrte Irenäus. „Aber schau dir erstmal ihn an!"

Mariandl warf ihm einen spöttischen Blick zu. Sie kniete sich dann neben den Verletzten und unterwies ihn: „Mit den Beiden hätten Sie sich nicht einlassen sollen! Da haben Sie immer schlechte Karten!" Dann zu den Beiden: „Was hat er denn?"

„Ich musste ihm in die Beine schießen", erklärte Karl, „aber nur mit Hasenschrot. Er wollte gerade Irenäus mit einer Ladung Säure übergießen."

„Oh!" Das Gesicht der Notärztin wurde streng. „So wie bei dem Toten auf dem Feldweg?"

„Genau so", erwiderte Irenäus, „es ist der gleiche Mann! Hast du den Toten auch gehabt?"

Die Notärztin nickte, kam aber nicht mehr zu Wort, denn draußen hielt erneut ein Auto. Die Besatzung kam ziemlich hektisch auf den Hof gelaufen, hielt dann jedoch inne, als sie die Situation überblickte. Es handelte sich um den freundlichen Polizisten mit den braunen Augen und die Polizistin mit den blonden Dauerwellen und der Nickelbrille. Sie hielt sich gleich im Hintergrund, denn sie konnte kein Blut sehen. Dahinter schritt etwas langsamer Hauptkommissar Heinz Schropel durch die Büsche.

Sie kannten sich alle.

„Guten Morgen!“, sagte Heinz Schropel mit etwas frostiger Miene. „Wie ich sehe, haben die Herren Privatdetektive ihren Fall bereits gelöst. Darf ich übernehmen?“

„Guten Morgen, Heinz!“, begrüßte ihn Irenäus, der eigentlich immer darum bemüht war, ihr Verhältnis bei guter Laune zu halten. „Ich denke, dass wir dir hier den Mörder von Egon Ritzrau übergeben können. Was er allerdings bei mir wollte, habe ich noch nicht verstanden.“

„Er ist mein Mann!“, erschallte in diesem Augenblick eine sonore Frauenstimme vom Haus her.

Stumm richteten sich die Augen aller Anwesenden auf Clarissa, die mit trotzigem Gesicht langsam auf sie zu kam. „Er verfolgt mich schon seit Tagen. Hast du das noch nicht bemerkt, Herr Privatdetektiv?“

„Ich höre seit Tagen in der Ferne eine Autotür klappen!“, antwortete er resigniert und konnte sich dann nicht enthalten zu lachen.

„Weiß das Rita?“, fand als Erster Heinz Schropel die Sprache wieder. „Sie ist übrigens nicht erreichbar – seit vielen Stunden.“

„Sie weiß es teilweise“, erwiderte Irenäus zerknirscht, „aber sie steckt gerade in einer Klemme. Das ist dann der zweite Fall, den wir gleich danach lösen müssen. Aber erst noch zu diesem hier. Was passiert nun, Heinz?“

„Manno! Meinst du nicht, dass ihr den Bogen etwas überspannt?“, fragte der Hauptkommissar und drehte sich dann den anderen zu. „Möchte jemand von Ihnen zur Aufklärung der Situation eine Erklärung abgeben? Warum sind Sie alle hier? Wieso wurde dieser Mann verletzt? Was meinen Sie als Ehefrau? Was hat es mit dem Toten in der Holzbreite auf sich?“

Alle schwiegen. Nach einer Weile ergriff der Privatdetektiv das Wort: „Ich glaube, ich spreche hier für alle, wenn wir erst einmal schweigen wollen. Du weißt, dass Karl und ich gern verzwickte Fälle lösen, aber in dieser Situation ist niemand mehr in Gefahr. Lassen wir es dabei bewenden.

Aber etwas anderes liegt, wie gesagt, an: Rita befindet sich in einer Notsituation. Und dorthin würde ich mich jetzt gern mit dir zusammen und mit denen, die sonst noch mitkommen wollen, auf den Weg machen. Nach Quarmbeck!"

„Wir machen uns dann auch auf", sagte Mariandl. „Der Verletzte ist verpackt. Der Streifenwagen kommt mit."

„Warte mal!", sagte Irenäus. „Mir wurde die eine Schulter verätzt. Kannst du da bitte eine Salbe draufmachen?"

Die Ärztin kam zu ihm. „Oh, das muss sofort behandelt werden." Sie holte noch einmal ihren Koffer.

„Ist das auch von dem?", erkundigte sich Schropel.

Irenäus nickte und hielt der Notärztin den Arm hin. Schropels Blick suchte die Frau, und Irenäus folgte mit seinen Augen. Clarissa saß auf einem Holzstamm und starrte ins Leere. Was sollte er jetzt tun? Schnell fasste er den Beschluss, sie direkt aufzufordern: „Kommst du mit nach Quarmbeck oder willst du lieber deinen Mann begleiten?"

„Wenn diese Frage echt gemeint war, komme ich mit nach Quarmbeck", sagte sie harsch und erhob sich.

„Und du musst unbedingt dabei sein", sagte Irenäus zum Hauptkommissar. „Ich wollte dich gerade einweihen."

„Oh, wie aufmerksam", sagte der pikiert. „Ich bin sowieso ohne Fahrzeug hier, denn der Einsatzwagen ist gerade abgefahren."

„Und du musst auch mitkommen, Karl!", forderte er auf. „Los, beeile dich! Wir sind bereits viel zu spät. Wer weiß, was dort inzwischen passiert ist."

„Der Geschäftsführer der Wohnungsverwaltungs-Anstalt war bestimmt längst dort", moserte nun auch Clarissa, die ziemlich schnell zu ihrer alten Form zurückfand.

Irenäus freute sich. Alle setzten sich in seinen Daimler. Da Dachsbracke Birka nicht zurückgelassen werden konnte, denn sie hatte sich das Spektakel die ganze Zeit mit angesehen, durfte auch Titus mitfahren. Heinz Schropel saß vorn neben Irenäus und wurde unterwegs aufgeklärt. Er schaute ziemlich verdrießlich drein, aber immerhin war er beim voraussichtlichen Finale dabei.

Endlich hatten sie Quarmbeck erreicht und stellten den Daimler neben Ritas kobaltblauen Golf ab. Dass der noch dort parkte, war ein „gutes Zeichen“, denn daraus war zu schließen, dass sich bisher nichts verändert hatte. Heinz Schropel schüttelte die ganze Zeit über den Kopf, und Karl Wabenmond grinste. Mit Clarissa würde Irenäus noch einmal dringend unter vier Augen reden müssen, denn im Zusammenhang mit ihr gab es allerlei Ungereimtheiten, die er aber ohne die anderen erörtern wollte.

Irenäus figurierte mit Vorbedacht als Anführer und leitete die Anderen diagonal über die Wiese des Exerzierplatzes. Dort saßen natürlich die FAUN-Fahrer am abgefrühstückten Tisch und blickten ihnen mit großer Freude entgegen. Sie sprangen auf und schüttelten ihm und Clarissa die Hände.

„Irenäus! Wir dachten schon, ihr kommt nicht mehr!“, rief der eine FAUN-Fahrer.

„Aber ihr habt nichts verpasst, denn der Geschäftsführer ist auch noch nicht da!“, freute sich der andere FAUN-Fahrer. „Und Sie, schöne Frau, sind auch wieder mit dabei! Super!“

„Ihr scheint euch hier ja schon ganz heimisch zu fühlen“, moserte der Hauptkommissar.

„Das ist Hauptkommissar Heinz Schropel und das ist der Förster Karl Wabenmond“, stellte Irenäus seine beiden Begleiter den FAUN-Fahrern vor. „Er ist der Kollege von Rita. Ist die noch oben?“

„Ja, ja!“, lachten die Männer. „Bei uns haben sich die Frauen nicht abgemeldet.“

„Da kommt wer!“, fiel ihnen in diesem Moment der Förster ins Wort. Alle blickten zur Straße.

„Jetzt geht's los!“, freuten sich die FAUN-Fahrer. „Das ist der Geschäftsführer!“

Gleich zwei Fahrzeuge fuhren vor, aus denen eine ganze Anzahl von Personen stieg. Einige davon sahen ziemlich verwegen aus. Der Geschäftsführer und sein Adjutant waren natürlich auch dabei.

Schropel setzte sich in Marsch auf diesen Pulk zu, die drei anderen folgten ihm. Jetzt wurde die Haustür geöffnet, und die ersten gingen hinein. Endlich sahen der Geschäftsführer und der Adjutant die Vierergruppe. Ein merklicher Ruck ging durch ihre Körper.

„Was wollen Sie hier, Moll?“, schrie der Adjutant in keifendem Tonfall, ehe selbst der Geschäftsführer zu Wort kam. „Sie haben hier nichts zu suchen.“

Der Privatdetektiv grinste und blieb stumm.

Der Kriminalist hielt einen Ausweis in die Höhe: „Immer mit der Ruhe, junger Mann! Ich bin Kriminalhauptkommissar Heinz Schropel. Diese Zeugen haben mich darauf aufmerksam gemacht, dass in Ihrer oberen Wohnung zwei Frauen gefangengehalten werden, eine Journalistin und eine Mitarbeiterin von mir. Und da wollten wir gerade nachschauen. Also bitte! Ehe Ihre Schlägertruppe uns zuvorkommt.“

„Das kann überhaupt nicht wahr sein!“, rief der Geschäftsführer außer sich. „Das stimmt nicht! Herr Moll, was erzählen Sie hier für Lügenmärchen?“

Doch Schropel hatte sich bereits an ihm vorbeigedrängt und sprang die Treppe hinauf. Irenäus und Karl folgten ihm als Letzte. Spätestens zu diesem Zeitpunkt bemerkte Irenäus, dass Clarissa nicht mehr bei ihnen war. Das bedauerte er zwar etwas, aber in Anbetracht des sicherlich gleich stattfindenden Zusammentreffens mit Rita empfand er vor allem Erleichterung. Die martialische Truppe stand noch abwartend auf dem obersten Flur.

„Haben Sie einen Schlüssel für die Wohnung?“, fragte der Hauptkommissar mit leiser Stimme. Der Geschäftsführer reichte ihm den gewünschten Gegenstand. „So, Vorsicht jetzt! Ich versuche es erst einmal amtlich“, flüsterte Schropel so jovial, wie Irenäus ihn kaum kannte. „Wenn ich Unterstützung brauche, rückt ihr nach!“ Sehr leise führte er den Sicherheitsschlüssel ins Schloss ein und drehte ihn dann sensibel und schnell um. Dann öffnete er die Tür mit schneller Drehung und machte einen Schritt in die Wohnung.

„Heinz!“, schrie eine den Privatdetektiven wohlbekannte Frauenstimme und mehrstimmiges Frauengelächter erscholl.

Irenäus und Karl stürmten nach vorn, ehe sich die Anderen auf die Situation einstellen konnten. Dadurch kamen sie als Zweiter und Dritter ins Zimmer. Was sie nie für möglich gehalten hätten: Vor ihnen stand ein kichernder Heinz Schropel. Sie beide brachen ebenso in schallendes Gelächter aus.

„Hey, was gibt es da zu lachen?", lachte Rita und erhob sich vom Tisch. „Hallo, Irenäus! Hast du uns gerettet? Und Karl!" Sie sprang ihnen entgegen und umarmte erst Irenäus und dann den Förster. Zum Schluss kam Heinz Schropel dran.

Dann trat sie zwei Schritte zurück. Mitten im Zimmer waren zwei Tische zusammengerückt. Auf ihnen war alles aufgetafelt, was lecker war und süchtig machte: Über Süßigkeiten, Torten bis Schinken und Pastetchen, von Champagner über Weine bis zu edlen Fruchtsäften – alles, was das Herz begehrte! Mitten drin standen zwei große Blumensträuße.

Patti Zorn saß noch auf einem Stuhl mit einer geöffneten Schachtel Mon Cheri in der Hand und winkte den Eindringlingen lachend zu. Rita stand nun neben ihr und wartete, bis alle hereingekommen waren.

Svante Brahms und seine Mannschaft schauten sich mit befremdeten Gesichtern um. Sie kamen nicht aus der Welt des Irenäus Moll. Eigentlich hatten sie sich auf einen Kampf gefreut.

„Was ist passiert?", fragte der Geschäftsführer mit sehr skeptischer Stimme.

„Wir hatten aber trotzdem recht!", grinste Schropel, und Irenäus warf einen Blick auf seinen Freund, den Adjutanten. „Wieso wussten Sie eigentlich von nichts, Herr Brahms?"

„Lass ihn!", warf Rita schnell ein und erzählte die Geschichte in ihrer Version. „Irgendwann vor vielen Stunden sind die beiden Wohnungsbesetzer abgehauen. Sie haben uns einen Brief und diese ganzen feinen Sachen hier als kleine Entschädigung hinterlassen. Selbst Patti ist nicht mehr grantig, stimmt's?"

„Ja, stimmt!", lachte die Frau. „Wisst ihr, was ich jetzt vorschlagen würde? Wir nehmen alle ein paar von diesen schönen Leckerlies und gehen runter zu den FAUN-Fahrern und machen eine kleine Feier."

Der Anführer der martialischen Truppe war ein dunkelhaariger Mann mit einem lustigen Lächeln im Gesicht. Er sagte als Erster: „Oh ja, das ist eine sehr gute Idee. Heute ist sowieso Samstag. Was sollen wir tragen."

Man sah sofort, dass Patti Zorn hin und weg von diesem Typen war. Gemeinsam gaben sie Anweisungen, und in weniger als einer halben Stunde war neben der FAUN-Zugmaschine eine wunderschöne Tafel aufgebaut.

Als alle mit dem ersten Glas Champagner angestoßen hatten, stand Rita auf und sagte laut in die Runde: „Liebe Freunde, ehe wir die verflossene Situation im Detail auswerten, möchte ich euch noch eine Nachricht verlesen, die uns Bonnie und Claus hinterlassen haben."

Die Hauptkommissarin schaute reihum, und alle sahen sie erwartungsvoll an, selbst der Geschäftsführer und sein Adjutant, die den beiden FAUN-Fahrern gegenübersaßen.

Rita las:

„Liebe Rita und liebe Patti! Bitte verzeiht uns unsere kleine Zwangsmaßnahme. Mit dieser Tafel voller Leckereien möchten wir euch darüber hinwegtrösten! Lasst es euch schmecken!

Was uns wesentlich wichtiger ist, beinhaltet folgende Botschaft: Bitte bringt sie unters Volk!

Es gab eine ferne Zeit, da besaß die Wohnungsverwaltungs-Anstalt einen alten Geschäftsführer, dessen Herz für den Ortsteil Quarmbeck schlug. Er wollte daraus eine angenehme Wohngegend mit möglichst vielen Einwohnern machen. Doch irgendwann ging er in den Ruhestand.

Es ergab sich, dass der folgende Geschäftsführer und der folgende Bürgermeister von Beruf Physiker waren. Beide konnten mit dem Ortsteil und seinen Bewohnern nicht viel anfangen. Deshalb beschlossen sie, diesen Missstand zu beseitigen, d.h. Quarmbeck abreißen zu lassen. Mit einem Stadtratsbeschluss und einer Fördermittelzuweisung des Landes gelang es ihnen, diesen Plan offiziell sanktionieren zu lassen. Außerdem ließen sie niemanden mehr dorthinziehen oder gar eins der Häuser käuflich erwerben, obwohl dieser Ortsteil durchaus attraktiv ist.

Doch es gab in Quarmbeck noch zu viele Menschen, die hier geboren waren und ein Leben lang hier wohnten. Sie gründeten eine Bürgerinitiative gegen den Abriss.

Der neueste Geschäftsführer kommt aus dem Westen. Sein Verhältnis zu dem Ortsteil ist rein merkantil gesteuert (also über das Geld) und von wenig Interesse für die dortige Anwohnerschaft.

Nun muss gewartet werden, bis die Häuser fast leer sind.

Wir haben uns indes bei anderen Baufachleuten kundig gemacht. Deren erstaunlich konsequenter und einheitlicher Ratschlag ist: Abriss der Plattenbauten, die ohnedies sehr anfällig sind und eine geringe normative Nutzungsdauer haben. Dafür Erhalt und Pflege der restaurierten, sehr rustikalen Altbauten, einschließlich Erarbeitung eines detaillierten Nutzungskonzeptes und Werbung für Zuzug von außen.

Dafür bedarf es allerdings einiger neuer und der Annullierung einiger alter Stadtratsbeschlüsse.

Bonnie und Claus

In ihrer Nähe ertönte einsamer Applaus. Alle drehten sich erstaunt um. Nur die Detektive und die beiden Angestellten der Wohnungsverwaltungs-Anstalt wussten, wer dort auf der Wiese mit einem kleinen Wägelchen stand.

Als Erster ergriff Irenäus die Initiative, denn er freute sich über die Neuankömmlinge. Axel und Marina betrieben bis zum Abriss die nette, kleine „Quarmbecker Klause". Dort trafen sich trinkfreudige Anwohner wie in einem allgemeinen Wohnzimmer und tauschten das Neueste vom Tage aus. Doch auch auf dieses Bauwerk wartete bereits die große Maschine der FAUN-Fahrer.

Die Wirtsleute hatten aus ihrem Fundus ein schmackhaftes Sortiment zusammengepackt und fragten: „Dürfen wir uns dazusetzen?"

„Aber klar!", übernahm Irenäus wieder die Initiative. „Kommt her! Dahinten kommen bereits die Nächsten!"

Und tatsächlich kamen schon aus der Richtung des Lazaretts Angelika, die dort immer noch in ihrer Wohnung ausgeharrt hatte, und eine stets größer werdende Schar Mitstreiter aus den anderen Häusern. Aus der entgegengesetzten Richtung nahten Daniel von der Bürgerinitiative, Herr Karl und der Ortsteils-Bürgermeister Klaus Antoniewicz. Die meisten von ihnen trugen Flaschen oder beladene Teller, andere schleppten noch Tische und Stühle herbei.

Ziemlich zum Schluss kam ein schlanker Mann mit einem Gewehr über der Schulter, dessen Lauf nach oben zeigte. Er fand einen freien Platz genau gegenüber von Karl Wabenmond. Die Security-Männer schauten ihn sehr kritisch an, aber die beiden Privatdetektive machten beruhigende Handzeichen.

„Hallo, Karl!", sagte er ein wenig verschämt. „Verzeih mir! Ich habe zusammen mit Claus das Gewehr geklaut. Aber es ging nicht gegen dich. Wir wollten nur verhindern, dass das Haus abgerissen wird, zumindest bevor wenigstens in der Öffentlichkeit eine Diskussion darüber stattfindet. Und Sie, Herr Geschäftsführer, können die Sachlage vielleicht auch noch einmal überdenken. Für den Splitter kann ich mich nur entschuldigen!"

Ziemlich viele der am Tisch Versammelten mussten bereits grinsen. Auch der Geschäftsführer rang sich daraufhin ein Lächeln ab und sagte: „Wir werden sehen, Herr Janusch, wir werden sehen!"

„Komm, Gustav! Nimm erst einmal einen Champagner!", wiegelte Irenäus die Situation ab. „Du hast in den letzten Tagen nichts zu lachen gehabt!"

Gustav Janusch nahm das Glas entgegen und sagte leise: „Das kann man wohl sagen …!"

Der Förster übernahm sein Kleinkalibergewehr und löste sicherheitshalber das Magazin heraus. Dann konnten sich endlich alle einander und den Leckereien zuwenden. Man vermied es tunlichst, über die gerade ausgestandene Problematik zu sprechen. Auch die Quarmbecker hielten sich vorerst mit ihren Kritiken am Handeln der Wohnungsverwaltungs-Anstalt zurück und vergnügten sich mit den anderen.

Epilog

So verging die erste Hälfte des Tages wie im Fluge. Als einige der Anwesenden bereits etwas beschwipst waren, veränderte sich auf einmal irgendetwas in den Randbedingungen. Das bekamen die meisten Menschen an der inzwischen viele Meter langen Tafel gar nicht mit.

Erst sehr leise war das Dröhnen eines exotischen, sehr starken Automotors zu vernehmen. Das Geräusch schallte von dem Eingang der Straße des Friedens, mit anderen Worten, das Fahrzeug hatte Quarmbeck soeben erreicht.

Höchstwahrscheinlich war Irenäus der Erste, der wusste, was für ein Automobil nun nahte. Er war sich nicht sicher, ob er sich darüber freuen sollte. Dann aber sagte Rita verständnisvoll: „Nimmst du dich ihrer an?“

Jetzt bog der weiße Ford Mustang bereits in die Otto-Lilienthal-Straße ein. Langsam fuhr er am Rande des Exerzierplatzes. Einige Leute schauten neugierig das exotische Auto an, die meisten aber beachteten es gar nicht. Es fuhr bis auf den entferntesten Straßenabschnitt, vor dem die Häuser schon vor längerer Zeit abgerissen worden waren und blieb dort stehen. Irenäus hatte schnell festgestellt, dass in dem Fahrzeug zwei Frauen saßen. Deshalb winkte er Karl verstohlen zu, um ihn zum Mitkommen aufzufordern. Der Förster erhob sich, und auch Rita kam mit ihnen ein Stück Weges.

Auf halber Strecke sagte die Hauptkommissarin: „Wartet einen Moment! Ich habe nicht vor, euch bis zu euren Liebsten zu begleiten. Aber etwas anderes ist sehr dringend. Die Problematik mit Claus braucht niemand zu wissen. Patti Korn habe ich zum Glück so weit, dass sie in ihrer Zeitung nur noch über das gemeinsame Nachdenken zum Abriss von Quarmbeck schreibt. Das denken auch die Quarmbecker, bis auf Gustav Janusch, und der wird als nächster von mir instruiert. Selbst der Geschäftsführer hat keine Ahnung, um was es eigentlich ging. Seid ihr mit diesem Verfahren einverstanden?“

Die Männer nickten stumm.

Sarkastisch fügte sie hinzu: „Sagt das bitte auch euren Mörzen!“ Dann wandte sie sich zum Gehen.

Ziemlich still trafen die Männer mit den beiden Frauen zusammen. Diese hatten natürlich auch gesehen, dass Rita noch ein Stück mitgekommen war. Aber sie enthielten sich dazu jeglichen Kommentars. Stattdessen sagte Clarissa: „Wir würden gern noch ein Stündchen mit euch durch die Feldflur fahren und einiges erklären. Anschließen setzen wir euch wieder hier ab."

„Ihr dürft auch gerne länger mit uns durch die Feldflur fahren", erwiderte Karl Wabenmond euphorisch.

„Nein, für heute reicht eine Stunde", meinte Clarissa. „Kommt, steigt ein! Kennt ihr eine schöne ruhige Stelle?"

„Die Dreibogenbrücke!", antwortete der Förster, und sie machten sich dorthin auf den Weg.

Schweigend fuhren sie von Quarmbeck aus auf einer einsamen Schotterpiste. Rechts und links davon erstreckte sich ein sehr schönes Gebiet, ein ehemaliger Truppenübungsplatz, in dem gerade die Natur aufblühte. Pflanzen und Tiere stellten dort ihre ganze frühsommerliche Pracht zur Schau. Leider würde diese Schönheit nicht lange währen. Irenäus und Karl wussten, dass ein Teil der kleinlichen Quedlinburger Bürgerschaft dort neuerdings ein Industriegebiet hinklotzen wollte, einhundert Hektar versiegelte Landschaft mitten ins Welterbe, wogegen oberste Denkmalschützer bereits interveniert hatten. Leider existierte da ein ohne Grund einflussreicher Mensch, der die unangenehme und gefährliche Gabe besaß, mental unkritischere Menschen in seine extrem egozentrische Geisteswelt einzusaugen, und der, wo er ging oder stand, eine hässliche Schleimspur aus Asphalt und Beton hinter sich her zog. Gegen derartige Typen musste sich die Natur selber schützen, zum Beispiel durch eine hässliche Krankheit, ansonsten gab es nur wenig Aussichten auf einen Sieg der dort lebenden Tier- und Pflanzenwelt.

Am Rande dieses Geländes befand sich früher eine kleine Zubringer-Eisenbahnline von Quarmbeck zur Hauptstrecke. Der Bahndamm war noch übrig und eben diese Dreibogenbrücke, die ein Bächlein querte. Dieses Gelände war sehr einsam, und die beiden Frauen kannte es gar nicht. Hier stiegen die Vier aus dem Ford Mustang.

„Schön ist es hier!", freute sich Clarissa und setzte sich auf eine kleine Grasrampe. Sie ließ die Füße in dem flachen Wasser baumeln und wartete, bis es sich die anderen ebenfalls bequem gemacht hatten. Dann begann sie mit ihrem Bericht: „Verzeiht, wenn ich euch so lange im Dunkeln habe warten lassen. Vor allem du, lieber Irenäus, wunderst dich schon seit Tagen immer mehr und weißt nicht, was du an meinem Verhalten kochen solltest. Dafür sind uns aber diese Tage des Wartens anderweitig sehr gut gelungen, und ich hoffe, euch ebenso, Crystel und Karl. Ich wollte jedoch mit euch an einem Ort sein, wo wir unter uns sind, und das Thema nicht etwa in Quarmbeck vor allen Anwohnern und der Kriminalpolizei abhandeln.

Crystel und ich sind enger verbunden, als wir euch erzählt haben. Wir kannten Egon Ritzrau beide sehr gut. Dieser Mann war ein Waffen- und Sicherheitsexperte, aber er war kein Arschloch. Karl kannte ihn ja sowieso nur von einem kurzen Telefonat. Die Anderen haben ihn zum größten Teil ebenfalls nie oder nur kurz oder von weitem gesehen.

Vor allem deshalb wusste auch niemand, dass Egon Ritzrau ein begnadeter Liebhaber war. Wir beide haben das mehrfach ausprobiert. Es gab da bloß ein Problem: Ich bin verheiratet!

Meinen Mann habt ihr vorhin kennengelernt. Er ist ausgesprochen eifersüchtig und äußerst rabiat. Und er kann natürlich ebenfalls virtuos mit Drohnen umgehen.

Irgendwann vor nicht allzu langer Zeit kam dann der Tag, an dem er schwor, Egon Ritzrau zu töten.

Crystel und ich nahmen diese Drohung nicht auf die leichte Schulter. Wir überlegten, was da zu tun sei. Immerhin ist der Mord an einem Menschen eine der schändlichsten Taten überhaupt. Während wir noch hin und her überlegten, kam dann die Eskalation von einer ganz anderen Seite. Egon schoss den Leitwolf an – einfach so! Auf dem Weg zu ihr, weil er ein echter Jäger war. Da war es bei Crystel aus mit lustig, und sie wurde bitterböse. Ihr kennt die Geschichte weitgehend.

Trotzdem wollte ich diesen Menschen gern retten. Also überlegte ich teilweise allein, teilweise mit Crystel, wie wir das anstellen könnten. Die Polizei kam für uns nicht infrage, denn ihr wäre diese Geschichte gewiss zu nebulös gewesen, oder sie wären ganz hart gegen meinen Mann vorgegangen. Aber dann kam uns in den Sinn, dass es doch da noch zwei Privatdetektive gäbe. Und ohne Crystel einzuweihen, habe ich dich, Irenäus, zu Hilfe gerufen. Dass wir beide im weiteren Gefolge an euch verstärkt Inter-esse gewannen, war so eigentlich nicht vorgesehen. Den Rest brauche ich nicht zu erzählen, den kennt ihr. Egon ist nun trotzdem tot, und mein Mann hat sich sicherlich für den Rest seines Lebens in die Scheiße geritten. Er tut mir trotzdem leid, und ich fühle mich auch irgendwie schuldig. Deshalb werde ich mich jetzt als nächstes um ihn kümmern.

Bis nach Quarmbeck nehme ich euch mit. Ich nehme an, dass sich Karl dann Crystel widmet.

Und du, lieber Irenäus, wirst ganz fest in meinem Gedächtnis bleiben. Wir werden uns aber öfter mal am Supermarkt wiedersehen. Vielleicht trinken wir dort eine Tasse Kaffee!"

Irenäus nahm Clarissa in die Arme und gab ihr einen Kuss. Zum Schluss sagte er: „Danke, meine Liebe. Es war wunderschön, und ich werde oft an dich denken. Auf Wiedersehen! Ich gehe zu Fuß zurück." Dann drückte er auch das Hexlein zum Abschied an sich und verharrte, bis der Ford Mustang in einer Staubwolke auf dem Schotterweg verschwunden war.

Nach dermaßen viel Aufregung erschien ihm diese Erklärung etwas zu fade. Wieder war ihm so, als erwache er aus einem Traum. Was hatten diese Frauen eigentlich in Wirklichkeit mit ihm angestellt. Und gab es überhaupt eine Wirklichkeit? Und warum hatten sie sich gerade ihn für ihr Spielchen ausgewählt? Er hatte diese vertrackten Weiber vorher kaum wahrgenommen, und dann auch nur eine von ihnen. Waren sie gar von jemand anderes auf ihn angesetzt worden? Nein, das war wohl eine Verschwörungstheorie. Karl hatte diese Problematik wahrscheinlich nur schwach tangiert, aber er, Irenäus, fühlte sich davon stark mitgenommen. Zum Glück lehrte ihn eine lange Erfahrung, dass dieser negative mentale Zustand in nächster Zeit exponentiell abklingen würde.

In derartige Gedanken vertieft, wanderte er gemeinsam mit Titus zu seinem Daimler in Quarmbeck zurück. Dabei nahm er sich extra viel Zeit, weil er hoffte, dass die spontane Feier inzwischen beendet sei. Er hatte Glück! Die Wiese war leer. Selbst die FAUN-Fahrer konnte er nicht entdecken. Nur neben seinem armygrünen Daimler stand noch ein zweiter Wagen. Das war ein kobaltblauer Golf älterer Bauart. Darin saß jemand.

„Na?", erkundigte sich die Hauptkommissarin durchs geöffnete Wagenfenster. „Habt ihr euch voneinander und alles andere erfolgreich gelöst?"

„Ja!", erwiderte Irenäus grinsend. „Vor allem haben wir auch beide Fälle erfolgreich gelöst."

„Jetzt stapelst du mal wieder zu hoch!", ermahnte ihn Rita. „Oder kannst du mir sagen, was aus Bonnie und Claus geworden ist?"

„Oh, da hast du wie immer recht!", sagte er in ernstem Tonfall und blickte sie fragend an. „Aber wenn du mich schon so fragst, wirst du es mir bestimmt gleich sagen."

Die rothaarige Frau stieg aus und stellte sich vor ihn. Sie strich ganz leicht über seinen gebräunten Unterarm: „Du Schmeichler! Leider wurde mir jegliche Auskunft an Dritte vom Bundesverteidigungsministerium untersagt."

Jetzt erregte sich der Privatdetektiv: „Dein bescheuertes Bundesverteidigungsministerium hätte in diesem Fall überhaupt keinen Stich gesehen, wenn ich nicht …!"

Lachend strich ihm Rita mit zwei Fingern über die Lippen: „Ist ja gut!! Mein schlauer Computer hat mir vor ein paar Minuten mitgeteilt, dass ein Mercedes A2 mit der entsprechenden Nummer und einem Paar an Bord vor gut einer Stunde das Hoheitsgebiet der EU verlassen hat. Aller Wahrscheinlichkeit nach bewegen sie sich gerade auf der Autobahn nach Kiew. Ich würde mal sagen, dass sie spätestens morgen früh auf der Krim ankommen und im Schwarzen Meer baden gehen werden."

„Super!", lachte Irenäus und küsste sie. „Von dort stammt bestimmt Bonnies Vater. Wäre das nicht auch mal eine kleine Entspannung für uns?"

„Das ist eine sehr gute Idee!", meinte Rita und ging zu ihrem Golf. „Vorher würde ich allerdings noch furchtbar gern eins von deinen berühmten Gemüse-Gerichten essen, um diesen ganzen Lecker-Kram zu kompensieren. Mal sehen, wer zuerst bei dir ist!"

Sie sprang zurück in ihren alten kobaltblauen Golf, dessen Motor sogleich aufheulte. Einige Sekunden später verschwand sie in einer Staubwolke am Eingang von Quarmbeck.

Irenäus streichelte seinen armygrünen Daimler und meinte: „Lassen wir sie ruhig mal gewinnen!"

ENDE

Christian Amling im dr. ziethen verlag

Quitilinga History Land
978-3-86289-140-5, Preis 10 Euro

Odins Fluch. Ein neuer Fall für Irenäus Moll
978-3-938380-46-8, Preis 10 Euro

Die Superfrucht
978-3-938380-62-8, Preis 9,90 Euro

Der Koffer der Pandora
978-3-938380-81-9, Preis 9,90 Euro

Das Geheimnis der minoischen Dame
978-3-938380-96-3, Preis 9,90 Euro

BergErz – Die Rache der Ariadne
978-3-86289-005-7, Preis: 9,90 Euro

Der hunnische Tyrann
978-3-83289-031-6; Preis ,90 Euro

Der Hexentrunk
978-3-86289-047-7, Preis 10 Euro

Die Höhlenfrau
978-3-86289-069-9, Preis 10 Euro

Das Steinkistengrab
978-3-86289-073-6, Preis 14,99 Euro

Das schwarze Pferd
978-3-86289-108-5 , Preis 10 Euro

Der schwarze Prinz
978-3-86289-126-9 , Preis 15 Euro